17218
H

MEMOIRES
POUR SERVIR
A L'HISTOIRE
DES
HOMMES
ILLUSTRES
DANS LA REPUBLIQUE DES LETTRES.
AVEC
UN CATALOGUE RAISONNE
de leurs Ouvrages.
Par feu le R. P. NICERON, *Barnabite.*
TOME XL.

A LA SCIENCE

A PARIS,
Chez BRIASSON, Libraire, ruë S. Jacques,
à la Science.

M. DCC. XXXIX.
Avec Approbation & Privilege du Roi.

TABLE
ALPHABETIQUE

Des Auteurs contenus dans les trente - neuf
Volumes de ces Mémoires.

Le chiffre marque le Volume.

Les noms qui sont en italique marquent les Auteurs dont il est dit peu de choses & dont il n'est parlé que dans la vie des autres & non en particulier.

Tome LX. a ij

TABLE ALPHABETIQUE

DES AUTEURS.

a iij

TABLE ALPHABETIQUE

TABLE ALPHABETIQUE

DES AUTEURS.

TABLE ALPHABETIQUE

TABLE ALPHABETIQUE

TABLE ALPHABETIQUE

A

DES AUTEURS.

TABLE ALPHABETIQUE

b ij

TABLE ALPHABETIQUE

TABLE ALPHABETIQUE

DES AUTEURS.

Fin de la Table Alphabetique des Auteurs.

Table particuliere de ce Volume.

TABLE ALPHAB. DES AUTEURS.

Fin.

Les Volumes suivans seront donnez au tems ordinaire, c'est-à-dire de six en six mois, l'Auteur ayant laissé à sa mort de la matiere pour plusieurs Volumes. Ceux qui auront des additions, des corrections ou quelques vies à faire inserer dans la suite, s'adresseront au Libraire.

MEMOIRES

MEMOIRES

POUR SERVIR

A L'HISTOIRE

DES

HOMMES

ILLUSTRES

DANS LA REPUBLIQUE des Lettres;

Avec un Catalogue raifonné
de leurs Ouvrages.

ISAAC BARROW.

ISAAC BARROW,
naquit à *Londres* au mois
d'Octobre de l'an 1630.
de *Thomas Barrouv*, bon
Bourgeois de cette ville, dont le
frere *Ifaac Barrouv* a été Evêque de
S. Afaph, & d'*Anne Buggin*.

Tome X L.   A

ISAAC
BARROW.

Il fit pendant deux ou trois ans ſes premieres études dans l'Ecole de la Chartreuſe ; mais il s'y negligea tellement, que ſon pere avoit une fort mauvaiſe opinion de ſa capacité future, & qu'il diſoit ſouvent, que ſi Dieu avoit à lui enlever quelqu'un de ſes enfans, il ſouhaitoit que cela tombât ſur ſon fils *Iſaac.* Son plus grand divertiſſement étoit alors de ſe battre avec ſes camarades, & il acquit par là un courage, dont il donna depuis des preuves en quelques occaſions. Il dompta cependant cette humeur querelleuſe qui le poſſedoit dans ſes premieres années, mais il en conſerva toujours une certaine négligence dans ſa maniere de s'habiller.

Son pere l'ayant tiré de la Chartreuſe pour l'envoyer à *Felſted* dans le Comté d'*Eſſex*, il s'y donna tout de bon à l'étude, dans laquelle il fit en peu de temps des progrès conſiderables.

Il paſſa à *Cambrige* au mois de Fevrier de l'an 1645, & y fut reçu dans le College de la Trinité. Il eut d'abord de la peine à y ſubſiſter, parce que ſon pere avoit perdu la plus grande

partie de ſon bien au ſervice du Roy
Charles I. mais il fut depuis aidé par
les liberalités du fameux Docteur
Henri Hammond.

ISAAC
BARROW.

Quoi qu'il fût Royaliſte, & qu'il
n'eût pas voulu recevoir le Conve-
nant, il ſçut par ſa prudence, ſa douceur, & ſa bonne conduite gagner
l'affection des Chefs de l'Univerſité
& du Principal de ſon College, qui
le ſoutinrent toujours malgré les efforts de ceux qui demandoient qu'on
le chaſſât.

Il s'appliqua alors particulierement
à l'étude de la Philoſophie ; mais peu
content de celle qu'on enſeignoit
communément, il voulut lire les
écrits de *Bacon*, de *Deſcartes*, de *Ga-
lilée*, & des autres ſçavans hommes
de ſon temps, pour s'y inſtruire d'u-
ne maniere plus ſolide.

L'élection des Membres du College de la Trinité s'étant faite en
1649. *Barrow* fut du nombre de
ceux qu'on nomma, & il dut cette
place à ſon ſeul mérite, étant d'un
parti oppoſé à celui qui dominoit
alors.

Il ſongea alors au parti qu'il pren-

A ij

ISAAC droit : comme il avoit dés fentimens
BARROW. differens des autres fur les affaires de
la Religion & de l'Etat, il vit bien
que la Théologie ne lui convenoit
pas, & qu'elle ne le conduifoit à rien.
Il fe tourna donc du côté de la Medecine, à laquelle il s'appliqua pendant quelques années, & il fe rendit habile dans l'Anatomie, la Bo-
tanique & la Chimie.

Faifant depuis reflexion que ces
fciences ne s'accordoient point avec
le ferment qu'il avoit fait, lorfqu'il
avoit été reçu Membre de fon College, il les abandonna pour fe
donner à la Theologie.

Lifant depuis les remarques de *Sca-*
liger fur *Eufebe*, il reconnut la liaifon
que la chronologie a avec l'Aftrono-
mie, & voulut avoir quelque connoiffance de cette derniere fcience.
Il fe mit pour cela à lire l'Almagefte
de *Ptolomée*; mais il fentit d'abord, que
l'on ne pouvoit lire avec fruit cette
forte de livres fans le fecours de la
Geometrie.

Dès lors il s'appliqua à étudier les
Elemens d'Euclide, & enfuite les autres Mathematiciens, & il fit en peu

de temps de grands progrès dans cet- ISAAC
te étude par le ſecours de *Jean Ray*. BARROW.

La Poëſie lui ſervoit de délaſſement,
& on a pluſieurs pièces en ce genre
de ſa façon.

On voit par les Regiſtres de l'Univerſité d'*Oxford*, qu'il y fut incorporé
le 12. Juillet 1653. en la qualité de
Maître-ès-Arts, qu'il avoit reçu auparavant à *Cambrige*.

Jacques Duport, Profeſſeur en Langue Grecque dans cette derniere ville,
ayant quitté ſa Chaire en 1654. re-
commanda pour être ſon Succeſſeur,
Barrovv qui avoit été ſon diſciple. On
l'admit à l'examen, qu'il ſubit avec
beaucoup d'applaudiſſement; il ne put
cependant obtenir cette place, parce
qu'on croyoit qu'il avoit du penchant pour l'Arminianiſme, qui n'é-
toit pas favoriſé alors en Angleterre.

Cela le fit reſoudre à voyager. Il
vint d'abord en France, où il vit ſon
pere, qui y avoit ſuivi le Roi *Charles
II*. Il paſſa enſuite en Italie, & fit quelque ſéjour à *Florence*. La peſte qui dé-
ſoloit *Rome* l'empêcha de ſatisfaire le
deſir qu'il avoit de voir cette ville.
Pour ſe dédommager il s'embarqua

A iij

ISAAC à *Livourne* au mois de Novembre de
BARROW. l'an 1657. & passa à *Smyrne*, & de
là à *Constantinople*.

Il demeura un an en Turquie, &
lut pendant ce temps tous les Ouvrages de S. *Jean Chrysostome*. S'é-
tant ensuite embarqué pour retourner en Angleterre, le feu prit à son
vaisseau qui fut entierement brulé
avec les effets qu'il portoit, mais il
eut le bonheur de se sauver avec
tous ceux qui étoient dessus & d'ar-
river chez lui en santé après avoir tra-
versé l'Allemagne & la Hollande.

Comme le temps auquel il devoit,
suivant les Reglemens, prendre les
ordres sacrés, ou sortir de son College, étoit un peu passé, il n'eut
point de repos qu'il n'eût satisfait en
cela aux Reglemens, & se hâta de
recevoir la Prêtrise.

Charles II. ayant été rétabli en
1660. tout le monde crut que *Barrow* recevroit quelque récompense,
de ce qu'il avoit toujours été invio-
lablement attaché à son parti; mais
n'en recevant d'abord aucune, il ne
put s'empêcher de faire là dessus ce
distique.

ISAAC
BARROW.

Te magis optavit rediturum, Carole,
nemo ;
Et nemo sensit te redisse minus.

Il fut cependant fait la même année Professeur en Langue Grecque
à *Cambrige* ; & deux ans après c'est-
à-dire le 16. Juillet 1662. il fut choisi pour remplir une Chaire de Geometrie au College de *Gresham* à *Lon-*
dres, vacante par la mort de *Lau-*
rent Rook.

Le Docteur *Wilkins*, qui l'estimoit
beaucoup, & qui avoit contribué à
lui procurer cette place, s'employa
l'année suivante 1663. pour lui faire
avoir une Chaire de Geometrie, que
M. *Lucas* avoit fondée à *Cambrige*,
& y réussit.

Barrow la remplit le premier, & fit
faire une loi pour lui & ses succes-
seurs, qui les obligeoit de laisser tous
les ans à l'Université dix de leurs leçons par écrit.

Il aimoit en effet les Mathématiques si passionnément, que l'on a trouvé au devant de son *Apollonius* ces
paroles écrites de sa main:

Ο θεὸς γεωμετρεῖ
Tu autem Domine, quantus es Geo-

A iiij

Isaac
Barrow. *metra! cum enim hæc scientia nullos ter-
minos habeat, cum in sempiternum novorum theorematum inventioni locus re-
linquatur, etiam penes humanum ingenium, tu uno hæc omnia intuitu perspecta
habes, absque catena consequentiarum,
absque tædio demonstrationum. Ad cætera pene nihil facere potest intellectus
noster; & tanquam brutorum phantasia
videtur non nisi incerta quædam som-
niare, unde in iis quot sunt homines tot
existunt fere sententiæ: in his conspiratur
ab omnibus, in his humanum ingenium
se posse aliquid, imo ingens aliquid &
mirificum visum est, ut nihil magis mi-
rum; quod enim in cæteris pene ineptum
in hoc efficax, sedulum, prosperum &c.
Te igitur vel ex hac re amare gaudeo,
te suspicor, atque illum diem desiderare
suspiriis fortibus, in quo purgata mente
& claro oculo non hæc solum omnia absque hac successiva & laboriosa imagi-
nandi cura, verum multo plura & majora ex tua bonitate & immensissima
sanctissimaque benignitate conspicere &
scire concedetur.*

Il y a sans doute peu de gens qui
mettent, comme *Barrow*, entre les
motifs qui leur font souhaiter d'aller

en paradis, l'envie de ſçavoir parfaitement les Mathematiques. Au reſte il ſe laſſa bientôt de ces ſpeculations & reſolut de s'appliquer uniquement à la Théologie. Ce qu'il exécuta, après s'être demis en 1669. de ſa Chaire de Mathématiques en faveur d'*Iſaac Newton.*

L'Evêque de *S. Aſaph* lui donna alors un petit Benefice ſimple dans la Principauté de *Galles*, & celui de *Salisbury* lui conſera une prebende de ſon Egliſe. Enfin le Roy le nomma en 1672. Recteur du College de la Trinité à *Cambrige*, & il remplit ce dernier poſte avec l'applaudiſſement de tout le monde.

Il mourut à *Londres* le 4. May 1677. dans ſa 47e année, & fut enterré dans l'Abbaye de *Weſtminſter*, où ſes amis lui firent dreſſer l'Epitaphe ſuivante.

Iſaacus Barrow, S. T. P. Regi Carolo II. à ſacris, vir prope divinus, & vere magnus, ſi quid magni habent pietas, probitas, Fides, ſumma eruditio, par modeſtia, mores ſanctiſſimi undequaque & ſuaviſſimi. Geometriæ Profeſſor Londini Greshamenſis, Græca

ISAAC
BARROW.

lingua & Matheseos apud Cantabri-
gienses suos. Cathedras omnes , Eccle-
siam , Gentem ornavit. Collegium SS.
Trinitatis Præses illustravit; jactis Bi-
bliotheca vere Regiæ fundamentis auxit.
Opes , honores , & universum vitæ am-
bitum , ad majora natus , non contemp-
sit , sed reliquit sæculo. Deum , quem à
teneris coluit , cum primis imitatus est ,
paucissimis egendo , bene faciendo quam
plurimis , etiam posteris , quibus vel
mortuus concionari non desinit. Cætera
& pene majora ex scriptis peti possunt.
Abi , Lector , & æmulare.

Obiit IV. die Maii , anno D.
1677. Ætatis suæ 47. Monumen-
tum hoc amici posuere.

Catalogue de ses Ouvrages.

Les Oeuvres d'Isaac Barrow , Doc-
teur en Theologie ,Recteur du College de
la Trinité à Cambrige ; publiées par le
Docteur Tillotson , Doyen de Cantorbe-
ry (en Anglois) Londres in-fol. 4.
volumes. Les trois premiers en 1683.
& le quatriéme en 1687.

Le premier volume contient.

1. *Trente-deux sermons prononcés en*
differentes occasions. (en Anglois)
Ils paroissent ici pour la premiere fois

à l'exception de deux ; l'un *du devoir*   **ISAAC**
& de la récompense de la charité envers **BARROW**
les pauvres, qui fut imprimé à la
follicitation du Maire & des Alder-
mahs de *Londres*, & dont *Tillotfon*
dit qu'il n'y a peut-être rien de plus
achevé en ce genre ; & l'autre *de la*
Paſſion de Jeſus-Chriſt, qui fut le dernier qu'il prononça, & qu'il donna
à l'Imprimeur avant ſa mort.

   2. *Courte expoſition de l'Oraiſon*
Dominicale & du Decalogue ; avec la
Doctrine des Sacremens. (en Anglois)
Ces ouvrages avoient déja été imprimés *in-*12. Ils ſont fort courts ; mais
on y trouve l'Oraiſon Dominicale,
& les dix Commandemens de la Loy
expliqués d'une maniere ſimple &
nette ſans qu'il y ait rien d'eſſentiel
d'oublié.

   30. *Traité de la Primauté du Pape ;*
auquel on a joint un diſcours ſur l'unité
de l'Egliſe. (en Anglois) Ce Traité
avoit été publié en 1679. *in-*40. par
Tillotfon, à qui l'Auteur avoit remis
en mourant le ſoin de l'impreſſion.
Il a été traduit en Allemand par
Auguſtin Tittel, & imprimé en cette
Langue à *Lipſic* l'an 1723. *in-*40.

Isaac Le 2e. volume renferme.

Barrow· 4. *L'explication du symbole en trente-quatre sermons.* (en Anglois) Le dernier de ces sermons finit à l'article du S. Esprit. Le reste n'est expliqué qu'en peu de mots , parceque l'Auteur en avoit traité en d'autres endroits de ses ouvrages.

Le 3e. volume comprend.

5. *Quarante cinq Sermons sur differens sujets.* (en Anglois) Tous ces discours sont moins des sermons que des traitez & des dissertations , suivant le goût des Anglois, qui les estimment beaucoup.

Le 4e. volume renfermé diverses sortes d'ouvrages, qui sont en Latin, à l'exception de deux ou trois pieces qui sont Angloises. En voici le titre particulier qui indique ce qui y est contenu.

6. *If.Barrow opuscula, videlicet Determinationes, Conciones ad Clerum, Orationes, Poëmata.* Les poësies sont ce qu'il y a de moindre ; les vers étant prosaïques & quelquefois assez barbares.

Il faut parler maintenant de ses ouvrages de Mathématique , dont on n'a point fait de Recueil.

7. *Euclidis elementorum libri 15.*

breviter demonstrati. Cantabrigiæ. 1655. ISAAC
in-8o. It. Londini 1659. *in* 8o. It. *Of* BARROW.
nabrugi. 1675. *in-8o.* It. *Londini*
1678. *in* 8o.

8. *Euclidis data succincte demonstra-*
ta ; unà cum emendationibus quibusdam
& additamentis ad elementa Euclidis.
Londini 1659. *in* 8o.

9. *Lectiones XVIII. Opticæ Canta-*
brigiæ in scholis publicis habitæ, in qui-
bus opticorum Phænomenon genuinæ ra-
tiones investigantur ac exponuntur. Lon-
dini 1669. *in* 4o.

10. *Lectiones XIII. Geometricæ in*
quibus præsertim generalia Conicarum
linearum symptomata declarantur. Lon-
dini 1670. *in-*4o.

11. *Archimedis opera nova Methodo*
illustrata & succincte demonstrata. Ibid.
1675. *in-*4.

12. *Apollonii Conica nova Methodo*
illustrata & succincte demonstrata. Ibid.
1675. *in* 4o.

13. *Theodosii sphærica nova Metho-*
do illustrata & succincte demonstrata.
Ibid. 1675. *in-*4o.

14. *Lectiones habitæ in scholis publicis*
Academiæ Cantabrigiensis anno D.
1664. *Londini* 1683. *in-*8o. Ces Leçons sont au nombre de huit.

ISAAC BARROW. 15. *Lectiones Mathematicæ XXIII, in quibus principia Matheseos generalia exponuntur, habita Cantabrigiæ annis 1664. 65. & 66. Item Lectiones IV. in quibus Theoremata & Problemata Archimedis de Sphæra & Cylindro methodo analytica eruuntur. Londini 1685. in-8o.*

V. Sa vie par *Jean Tillotson*, à la tête du premier volume de ses œuvres.

SALOMON GESNER.

S. GESNER. *S*Alomon *Gesner* naquit à *Boleslaw* en *Silesie* le 8. Novembre 1559, de *Paul Gesner*, Ministre de ce lieu, & d'*Anne Cunrad*.

La mort de son pere qu'il perdit à l'âge de six ans, le laissa dans une triste situation ; la disette où sa mere tomba alors, ne lui permettant pas de fournir aux frais necessaires pour son éducation. Heureusement il se trouva une personne charitable qui y supplea. Avec les secours qu'il en reçut, il alla à *Tropaw*, & y commença ses études.

Après avoir fait quelque séjour en

ce lieu, il retourna à *Boleslaw*, où
Matthias Hilvvig ſe chargea de ſon
inſtruction, & l'aida outre cela de
ſes liberalités.

Une famine qui deſola quelque
temps après non-ſeulement la Sileſie,
mais encore toute l'Allemagne, pen-
ſa déranger abſolument ſes études;
mais ſon ardeur lui fit ſurmonter toutes les difficultés, & il ſe reduiſit à
aller mandier ſon pain de porte en
porte, & à manger ſouvent du pain
de ſon.

Ces temps fâcheux étant paſſés,
il alla à *Breslaw*, dans le deſſein d'y
continuer ſes études; mais la diſette
où il s'y trouva, l'obligea de ſe mettre au ſervice d'un Orfevre pour travailler ſous lui. Cet homme inſtruit
de ſa capacité, aima mieux l'avoir
pour Precepteur de ſes enfans, & le
reçut chez lui en cette qualité, malgré ſa grande jeuneſſe.

Gefner profita de cette occaſion,
qui le rendoit maître de ſon temps,
pour s'avancer dans la connoiſſance
des Langues Latine, Greque & Hebraïque. La Poëſie, qu'il cultiva alors
avec beaucoup de ſoin, lui fut d'un

S.

GESNER.

grand secours par les presens qu'elle lui procura de la part de plusieurs personnes pour lesquelles il fit en diverses occasions des pieces de vers.

Ayant amassé quelque argent, il quitta *Breslavv* en 1576. & passa à *Strasbourg*, où après avoir subi un examen il fut reçu dans la premiere classe.

Il eut au bout de quelque temps l'avantage d'être admis en qualité de Boursier du Senat de cette ville dans le College de *Guillaume*; & il jouit de cette faveur pendant cinq ans. Il s'appliqua durant ce temps à la Philosophie, aux Mathematiques, aux Langues Orientales, & à la Theologie; & s'exerça à la Predication.

Ses cinq années finies, il demeura encore une année à *Strasbourg* aux dépens d'un jeune Seigneur de Livonie, qui s'étoit rendu son disciple. Enfin après y avoir reçu le degré de Maître-ès-Arts en 1583. il passa en Pologne, où il demeura plusieurs mois auprès de quelques enfans de qualité qu'on l'avoit chargé d'instruire.

Le desir de se perfectionner dans ses

ſes connoiſſances lui ayant fait quitter ce poſte, pour aller viſiter encore les Academies, il retourna à *Breslaw*, dans le deſſein de repaſſer à *Straſbourg*. Mais à peine fut il arrivé dans cette premiere ville, qu'*André Dudith* l'engagea à ſe charger de l'inſtruction de ſon fils aîné, auprès duquel il demeura quelque temps.

En 1585. il fut rappellé à *Boleſlaw* pour ſucceder à *Mathias Hilwig*, Recteur de l'Ecole de cette ville, qui venoit de mourir, & dont il épouſa la veuve l'année ſuivante.

Il conſerva ce poſte juſqu'en 1589. qu'il le quitta pour être Recteur du College de *Stettin*.

Quelques diſputes qu'il eut en ce lieu ſur divers points de Religion avec *Joachim Stygius*, Diacre de l'Egliſe Collegiale de *Sainte Marie* l'ayant dégouté de ſon ſéjour, il le quitta en 1592. pour paſſer à *Stralſund*, où il étoit appellé pour aider le Miniſtre de cette ville qui étoit fort âgé, & pour être Regent de ſon Ecole.

A peine eut-il demeuré ſept mois en ce lieu, qu'il fut appellé à *Wittem*-

berg, pour y être Professeur en Theologie. *Gesner* accepta ce nouveau poste avec d'autant plus de plaisir, que la délicatesse de son temperamment ne s'accommodoit point de l'air ni de la maniere de vivre de *Stralsund*.

Avant que de se rendre à *Wittemberg*, il passa à *Stettin*, où le differend qu'il avoit eu avec *Stygius* ayant été examiné par ordre du Prince *Jean Frederic*, on lui donna des attestations favorables de vie, de mœurs & de doctrine.

Il arriva à *Wittemberg* le 16. May 1593. & s'y fit recevoir Docteur en Theologie le 10. Août suivant. Après quoi il prit possession de sa Chaire de Professeur, qu'il a remplie jusqu'à la fin de sa vie. Il fut chargé outre cela en 1595. de prêcher dans l'Eglise du Château, & eut pendant quelque temps l'inspection des Pensionnaires Electoraux.

Il eut de grandes disputes avec *Samuel Huber* sur la Predestination universelle, & soutint toujours vivement le pur Lutheranisme, conformément à la Confession d'*Augsbourg*.

Il mourut le 7. Fevrier 1605. âgé

de 45 ans , & fut enterré dans l'E-   S.
gliſe du Château de *Wittemberg*, GESNER,
dont il étoit Predicateur , avec cette
Epitaphe.

Pietati & memoriæ Rev. & Cl. Vi-
ri, Salomonis Geſneri, Boleslaviæ Sileſii,
SS. Theologiæ Doctoris & Profeſſoris ,
in Schola quidem annos XII. legendo
ac diſputando ; in Templo hoc annos X.
concionando ; utrinque fide & induſtria
Opt. Max. qui ingenio , doctrina , ju-
dicio, eloquentia, zelo religionis & vitæ
integritate , par ſummis ævi ſui Theolo-
gis : Monumentis de Doctrina Chri-
ſtiana edita nomini ſuo famam , pieta-
te domum æternam ſibi vivus curavit.
Hæredes hoc quod eſt è Saxo P. C. De-
functo VII. Eidus Februarii ætatis ſuæ
46. Chriſti 1605.

Il avoit été pluſieurs fois Doyen de
la Faculté de Theologie , & deux fois
Recteur de l'Univerſité.

Catalogue de ſes Ouvrages.

1. *Epigramma in inſignia Comitum de*
Labiſchin. A la tête d'un Livre in-
titulé : *Georgii Latalski F. Comitis de*
Labiſchin , Poloni, Oratio Panegyrica ,
continens hiſtoriam belli inter Regem
Poloniæ & Moſcum. Tiguri. 1582.

B ij

S.
GESNER.

2. *M. T. Ciceronis liber de Fato , commentatione logica explicatus per Salom. Gesnerum. Accessit ad calcem libri explicatio quorumdam locorum Aristotelis de Providentia Dei. Witteb.* 1594. *in-8o.* Il composa cet Ouvrage en 1584. pendant qu'il étoit auprès du fils d'*André Dudith.*

3. *De Psalmorum dignitate oratio inauguralis. Witteb.* 1593. *in-8.*

4. *Ægidii Hunnii , Polycarpi Lyseri , & Samuelis Gesneri controversia inter Theologos Wittenbergenses de regeneratione & electione explicatio ; cum refutatione argumentorum quæ Samuel Huberus pro assertione suæ opinionis hactenus protulit. Francofurti* 1594. *in-4o.*

5. *De Ecclesia triumphante in cælis disputationes duæ ; una de Sanctorum Beatitudine , altera de eorum cultu. Witteb.* 1595. *in-4o.*

6. *Orthodoxa Confessio de persona & Officio Christi , ex solido Dei verbo extracta. Ibid* 1595. *in-8o.*

7. *Disputationes XVII. pro Christiana concordia libro. Witteb.* 1595. *in-4o.*

8. *Disputationes XXXVIII. in Genesin. Witteb.* 1595. 1604. 1613. 1629. *in 4o.*

9. *M. Joannis Verſoris in primam* **S.**
Ariſtotelis Philoſophiam quæſtiones, **GESNER.**
editæ à Zacharia Semmero, Fridber-
genſi. Cum Præfatione Salomonis Geſ-
neri. Witteb. 1596. *in-80.*

10. *Diſputationes tres de Turca. Wit-*
teb. 1596. *in-4º.*

11. *Quinze ſermons contre les Turcs*
ſur les chapitres 38. & 39. d'Ezechiel.
(en Allemand.) *Ibid.* 1596. *in-4º.*

12. *Theſes de ſacramentis in genere.*
Ibid. 1596. *in-40.*

13. *Diſputationes de Papiſmo Cal-*
vinianorum dogmatico, item de Cal-
vinianorum Papiſmo practico. Witteb.
1597. *in-40.*

14. *Diſputationes duæ contra Jodo-*
cum Naum. Witteb. 1597. *in-40.*

15. *Meditatio generalis Pſalterii,*
in quâ de dignitate, uſu, argumento &
connexione Pſalmorum diſſeritur. Ibid.
1597. *in 80.* It. Avec ſon commentaire ſur les Pſeaumes. *Ibid.* 1605.
in-fol.

16. *Trois ſermons.* (en Allemand)
Wittemberg 1599, *in-4º.*

17. *Diſputatio præparatoria de Con-*
ciliis. Ibid. 1600. *in-40.*

18. *De Conciliis libri duo, quorum*

S.
GESNER.

primus generalem tractationem, secundus historicam narrationem omnium Conciliorum continet. *Witteb.* 1600. *in-*8o.

19. *De Conciliis libri duo posteriores Elenchtici, refutationem duorum Bellarmini librorum de Conciliis continentes.* Ibid. 1601. *in-*8o. It. Les quatre livres. *Ibid.* 1617. *in-*8o.

20. *Joannis Bugenhagii Passio Jesu Christi ex IV. Evangeliis, concionibus explicata à Salom. Gesnero.* Ibid. 1600. *in-*8o. It. Ibid. 1619. *in-*8o.

21. *Daniel Propheta disputationibus XII. & Præfatione Chronologica breviter explicatus.* Ibid. 1601. 1606. 1635. *in-*4°.

22. *Oratio de tribus summis beneficiis Academiæ Wittebergensi divinitus collatis.* Witteb. 1601. *in-*4o.

23. *Oseas Propheta duplici Latina versione & commentario D. Hieronymi illustratus, cum Præfatione & annotatiunculis.* Witteb. 1601. *in-*8o.

24. *Disputationes XVIII. pro Examine Concilii Tridentini à Martino Chemnicio conscripto.* Ibid. 1602. *in-*4o.

25. *Oratio funebris in obitum Friderici Wilhelmi Saxoniæ Ducis.* Ibid. 1602. *in-*12. Ce Prince mourut cette même année.

26. *Sermon ſur le Pſeaume* 122. *pro-*   S.
noncé à l'occaſion du Jubilé de l'Uni-   GESNER.
verſité de Wittemberg (en Allemand)
Ibid. 1602. *in*-4o.

27. *Avertiſſement aux Etats de Si-*
leſie, d'être en garde contre les Calvi-
niſtes (en Allemand) *Ibid.* 1602.
in-8o. Geſner a toujours fait la guerre
aux Lutheriens mitigez, qui s'ap-
prochoient du Calviniſme.

28. *Refutation ſolide de l'Apologie de*
Martin Moller ſur ſon livre intitulé :
Praxis Evangeliorum. (en Allemand)
Ibid. 1602. *in*-8o.

29. *Diſputatio de Traditionibus. Ibid.*
1602. *in*-8o.

30. *Explicatio dicti II. Timot. III.*
16. *Ibid.* 1602. *in*-8o.

31. *Sermon funebre ſur Gilles Hun-*
nius (en Allemand) *Ibid.* 1603. *in*-4o.

32. *Diſputatio de dicto Chriſti :* Tu
es Petrus, &c. contra Primatum Papæ.
Witteb. 1604. *in*-4o.

33. *Deux Predications ſur le* 133e.
Pſeaume & ſur le fils de la veuve de
Naim (en Allemand) *Ibid.* 1604. *in*-4o.

34. *Paraphraſis & explicatio in Na-*
hum Prophetam. Ibid. 1604. *in*-8o.

35. *Cinq Sermons.* (en Allemand)
Ibid. 1605. *in* 4o.

S.
GESNER.

36. *Commentarius in Psalmos. Ibid.* 1605. *in-fol.* It. *Ibid.* 1609. 1629. 1665. *in-fol.*

37. *Compendium Doctrinæ cælestis, seu brevis præcipuorum locorum S. Theologiæ explicatio. Witteb.* 1606. *in 8°.* It. *Hamburgi.* 1609. *in-12.*

38. *Prælectiones in Esaiæ Prophetæ capita priora XIV. & caput LIII. Witteb.* 1609. *in-80.*

39. *Commentarius in Prophetam Joël, edente Paulo Gesnero. Ibid.* 1614. *in-40.*

40. *Commentarius in Obadiam.* 1618. *in-80.*

V. *Leonardati Hutteri Oratio in Obitum Gesneri* 1605. *in-40. Melchioris Adami vitæ Theologorum Germanorum.*

AUGUSTIN DATI.

A. DATI.

A Ugustin Dati naquit à *Sienne* l'an 1420. de *Nicolas Dati*, Avocat de cette ville, & d'*Angelique* dont il ne marque en aucun endroit le surnom.

Les progrès, qu'il fit de bonne heure dans l'étude, donnèrent lieu de juger

favorablement

favorablement de ce qu'il deviendroit A. DATI. un jour. Lorſqu'il fut ſuffiſamment avancé, on le mit ſous la diſcipline de *François Philelphe*, dont il prit des leçons, pendant qu'il enſeigna à *Sienne*, c'eſt-à-dire en 1435. & les trois années ſuivantes, & il en profita ſi bien que *Philelphe* interrogé, lorſqu'il quitta cette ville, qui étoit le plus habile de tous ſes diſciples, répondit que c'étoit inconteſtablement le Begue; c'eſt ainſi qu'il apppelloit *Dati*, parce que dans ſa jeuneſſe il avoit de la peine à prononcer certaines lettres.

Ce défaut lui attiroit les railleries de ſes condiſciples, & l'empêchoit de prononcer des diſcours en public, comme faiſoient les autres. La honte lui fit chercher les moyens de s'en délivrer, & il employa avec ſuccès ceux dont s'étoit ſervi *Demoſthene*. Il mettoit de petits cailloux dans ſa bouche, & montant avec viteſſe ſur des montagnes, il faiſoit pendant ce temps des efforts pour bien prononcer. Cet exercice ſouvent réiteré diſſipa la difficulté qu'il avoit, & il parla depuis avec une netteté & une fa-

Tome XL. C

A. DATI. cilité merveilleuse. Ce qui lui resta de cette incommodité fut une foiblesse indigne d'un homme d'esprit, qui lui faisoit fuir la compagnie de ceux qui begayoient comme il avoit fait.

Après s'être appliqué aux Langues Latine & Greque, il voulut aussi sçavoir l'Hébraïque, & passa ensuite à la Philosophie & à la Theologie.

Il ne songeoit qu'à ses études, lorsque le Duc d'*Urbin* ayant entendu parler avantageusement de lui, l'appella dans cette ville, pour y enseigner les Belles-Lettres.

Il partit pour s'y rendre le 29 Avril 1442. & fut fort bien reçu par-tout où il passa, mais il ne se plut point d'abord à *Urbin*, tant parce qu'il n'y connoissoit personne, que parce que le Duc en étoit absent. Mais ce Prince y étant retourné, il en reçut toutes sortes d'honneurs, & fut souvent obligé d'aller à la Cour pour satisfaire le plaisir qu'il prenoit à s'entretenir avec lui.

Cette apparence de prosperité ne fut pas longue ; l'affection que le Duc lui témoignoit lui fut même funeste. Il n'y avoit qu'un an & demi qu'il étoit à *Urbin* , lorfque ce Prince que ſes débauches, ſes impudicités, & les violences avoient rendu odieux à ſes ſujets, fut aſſaſſiné dans une émeute populaire, auſſi-bien que deux de ſes favoris, qui l'avoient entretenu dans ſes deſordres.

Dati , qui étoit aimé du Prince, & haï pour ce ſujet de la populace, eut bien de la peine à ſe ſauver de ſa fureur, on pilla ſa maiſon, & tout ce qu'il put faire fut de ſe retirer dans une Egliſe, n'emportant de tout ce qu'il avoit qu'une ſeule bague.

Le Prince *Frederic*, ſucceſſeur du Duc mort, tâcha de le conſoler de ſa diſgrace, & pour l'engager à demeurer à *Urbin*, lui promit de lui donner une bonne penſion, & de le dédommager entierement des pertes qu'il avoit faites. Mais toutes ces promeſſes, & les careſſes que ce Prince lui fit, ne l'empêcherent point de retourner à *Sienne*, après deux années d'abſence, c'eſt-à-dire en 1444. & il ne parla plus depuis de revoir *Urbin*, ſoit qu'on n'exécutât rien des promeſſes qu'on lui avoit faites, ſoit qu'il apprehendât qu'il ne ſe fît encore quelque revolu-

A. DATI. tion dans cette ville.

Dans ces entrefaites on l'appella en Sicile pour y enseigner la jeunesse ; & on lui offrit pour cela sept cens écus d'appointemens, avec une maison, & tout ce qui seroit nécessaire pour l'entretien de sa famille ; & quelques-uns disent qu'il passa dans cette Isle, & y enseigna quelque temps. Mais ce fait est faux ; car son fils, *Nicolas Dati*, nous apprend, que lorsqu'il fut de retour d'*Urbin*, il ne sortit plus de sa patrie, que pour aller à *Rome*, où le Pape *Nicolas V.* qui aimoit les gens de Lettres, vouloit le faire Secretaire des Brefs. Mais il n'accepta pas cet honneur, qui l'auroit privé du repos qu'il cherchoit, & obligé de vivre à la Cour, dont il n'aimoit pas le mouvement & le tumulte.

Il se hâta donc de retourner à *Sienne*, où il ouvrit un Collège, dans lequel il enseigna la Rhetorique & les Humanités. Il le fit avec tant de succès pour ce temps-là, que le Cardinal de *Sienne*, *François Piccolomini*, prevenu de sa capacité en toutes sortes de sciences, lui accorda par des Lettres en forme la permission d'expliquer &

d'enfeigner publiquement l'Ecriture A. DATI.
Sainte, quoi qu'il fût marié, & que
les Reglemens de l'Academie y
fuffent contraires, & même de faire
des difcours fur toutes fortes de Sujets, non-feulement dans fon College,
mais encore dans lesEglifes & en tous
lieux publics. Auffi fon fils nous dit-il
l'avoir entendu pendant fon enfance
prêcher un Carême dans l'Eglife ; apparemment parce qu'il ne fe trouvoit
point d'Ecclefiaftique qui fût capable
de le faire.

La facilité qu'il avoit à parler le faifoit choifir en bien des occafions pour
prononcer des difcours Latins en public ; car comme *Naudé* nous l'apprend dans fon Mafcurat, p. 169. c'é-
toit la coutume en Italie dans le 15e.
fiécle ; lorfque le Latin n'étoit pas fi
commun qu'il eft maintenant, de l'employer en toutes les ceremonies qui
étoient un peu confiderables, comme
quelque chofe d'extraordinaire. Ainfi
il ne mouroit gueres de Gentilshommes, de Magiftrats, d'Avocats, de Me-
decins, ou d'hommes doctes en quelque fcience que ce fût ; il ne fe faifoit
auffi gueres d'entrées d'Evêques ou de

A. Dati. Gouverneurs, ni de mariages parmi la Noblesse, qu'on ne prononçât à cette occasion quelques discours Latins; & même toutes les Lettres des Communautés ne s'écrivoient qu'en cette Langue. C'est ce qu'on peut voir dans les ouvrages de *Dati*, où il y en a un grand nombre sur tous ces sortes de sujets.

Les talens de *Dati* ne se bornoient pas à l'instruction de la jeunesse, & il remplit avec honneur plusieurs charges. Il fut fait en 1458. Juge de *Massa*, & il conserva ce poste pendant plusieurs années. Il passa aussi par les charges de sa patrie, & parvint même à la premiere Magistrature. Comme il y avoit alors de la division à *Sienne*, il s'attacha au parti du Peuple, comme faisoient tous ceux qui cherchoient la paix & la tranquillité.

Le Pape *Pie II.* étant venu à *Sienne*, *Dati* fut choisi pour le haranguer; & il alla plus d'une fois à *Rome* pour négocier quelques affaires auprès de ce Pontife. Il fit même un séjour d'une année dans cette ville, où il se vit recherché par des Cardinaux, & par les personnes les plus considerables de

cette Cour. Mais les distractions que A. DAI
ces visites lui causoient, le détournant
de ses études, ne pouvoient que lui
déplaire.

La Republique de *Sienne* le députa
en diverses autres villes pour ses interêts, & le nomma le 13. Avril 1457.
pour son Secretaire ; emploi confide-
rable, qu'il remplit pendant deux ans.
Sur la fin de sa vie, il abandonna la
lecture des Auteurs profanes, qui
avoient fait jusques là ses délices, pour
se donner entierement à celle de l'E-
criture Sainte, & des Auteurs Ecclesiastiques.

Il mourut de la peste, qui regnoit
à *Sienne* le 6. Avril 1478. âgé de
58 ans.

Il s'étoit marié à l'âge de 35 ans, &
avoit épousé *Marguerite Petrone*, dont
il eut trois enfans, entr'autres Nicolas, dont j'ai parlé ci-devant.

C'étoit un petit homme, fort vif &
fort gai dont les mœurs étoient bien
reglées & qui avoit beaucoup de pieté.
Il fit bâtir dans un Fauxbourg de *Sienne* une Chapelle, qu'il dédia à *S. Bernard*, dont il faisoit faire tous les ans
la Fête avec beaucoup de pompe.

A. Dati. Catalogue de ses Ouvrages.

Augustini Dathi, Senensis, opera. *Senis.* 1503. *in fol.* It. *Venetiis* 1516. *in-fol.* Cette derniere édition, quoiqu'inferieure à la precedente pour les caracteres, lui est preferable, parce qu'elle renferme plusieurs choses, qui ne sont point dans la premiere. Ce fut *Nicolas Dati*, qui rassembla ces ouvrages de son pere, mais sa mort ne lui ayant pas permis de les publier, *Jerome Dati*, son cousin, suppléa à son défaut, & se chargea de ce soin. Voici les ouvrages de *Dati*, qu'on trouve dans ce Recueil.

1. *De Animi immortalitate libri X.* C'est le dernier ouvrage qu'il a composé, & qui même est demeuré imparfait. Car il n'y a que le troisiéme livre qui paroisse achevé; on n'y trouve que les commencemens des 2. 4. 6. 7. & 9e. il manque près de la moitié du premier aussi bien que la plus grande partie du 5. du 8e. & du dernier. Il n'y a ni methode, ni ordre dans cet Ouvrage.

2. *Orationum libri septem.* Tous ces discours sont écrits en latin, à l'exception de ceux du septiéme livre,,

qui font en Italien. Il n'y a rien que A. DATI de fort general & de peu intereffant.

3. *Epiftolarum libri tres.* Le premier livre contient les Lettres familiaires; le 2e. les Lettres d'érudition, & le 3e. celles qu'il a écrites au nom de la ville de *Sienne*, lorfqu'il en étoit Secretaire. Il y a peu à apprendre dans tout cela. Je trouve deux éditions de ces Lettres faites à *Paris* en 1512. & 1517. *in*-40.

4. *Fragmenta Senenfium Hiftoriarum, libris tribus.* Dati avoit été chargé par le Senat de *Sienne* d'écrire cette hiftoire, & il s'acquitta de cette commiffion avec beaucoup de fincerité; mais après fa mort fon fils par politique & pour ne point déplaire à certaines perfonnes en retrancha beaucoup de chofes, & gâta ainfi ce morceau d'hiftoire, qui renferme dix années depuis 1447. jufqu'en 1457. Il y a des chofes curieufes & fingulieres; *Dati* s'y eft propofé pour modéle *Tite-Live*, dont il copie fouvent des phrafes entieres, fuivant le goût de fon fiécle.

5. *Plumbinenfis Hiftoria.* Cette Hiftoire de *Piombino*, qu'il compofa à la priere du Cardinal de *Siene*, *Fran*-

A. Dati. *cois Piccolomini*, est peu de chose.

6. *Isagogicus libellus pro conficiendis & Epistolis & Orationibus.* Cet ouvrage est appellé autrement *elegantiarum libellus*, titre qui lui convient mieux que le précedent. Il a été imprimé plusieurs fois à part. Je le trouve avec les commentaires de *Josse Clichthoue*, & de *Josse Badius*, dans un Récueil imprimé à *Paris en* 1501. *in* 40. & à *Basle en* 1520 *in* 40. dont le titre est *In elegantiarum Augustini Dathi codice contenta, &c.* It. *Lugduni.* 1539. *in* 80. It. *Marpurgi.* 1608. *in* 80.

7. *Stromatum liber* 1. & 3. On n'a donné que ces deux livres, parce que le second a été perdu. L'Auteur traite ici de divers points d'érudition. L'ouvrage a été imprimé avec les deux premiers livres des Oraisons à *Paris en* 1513. & 1514. *in* 40.

8. *Sermo de voluptate.* C'est un dialogue qui est imparfait.

9. *Isagoge de Ordine dicendi ad Nicolaum Filium.*

10. *De Novem verbis contra vulgatam multorum opinionem.* Il s'agit ici de l'explication de neuf mots Latins.

Ce petit ouvrage se trouve dans le A. DATI.
Recueil de *Badius*, marqué ci-dessus au no. 6

11. *De Genio & geniali Hieme trac-*
tactus.

12. *Lectio prima, cum Virgilii Ænei-*
dem publice explicare cœpisset. Elle est
précédée d'un discours prononcé
avant cette leçon par *Pierre Fundi*,
neveu de *Dati.*

13. *Tractatus de vita beata.* Ce Traité a été imprimé avec celui de *Bap-*
tiste Mantouan sur le même sujet à
Paris 1505. in-80.

14. *Platonis libellus, qui Halcyon*
inscribitur, quem Augustinus Dathus
à Græco sermone in Latinum convertit.
Cet ouvrage est mal attribué ici à
Platon, dont il n'est point.

15. *De septem virtutibus libellus.*

16. *De sacramentis panis & aquæ*
libri duo.

17. *Libellus Flosculorum.* Ouvrage
de Grammaire, qui se trouve dans le
Recueil que j'ai marqué au no. 6.

V. *Nicolai Dathi de laudibus Elo-*
quentiæ & Augustini Dathi. A la tête
du Recueil de ses Oeuvres. *Titi Su-*
trini de vita & laudibus Aug. Dathi

A. Dati. *Oratio.* A la tête des discours de notre Auteur. *J. Nicolai Bandiera de Augustino Datho libri duo. Roma* 1723. *in-4°.* Cette vie, qui est fort étendue, est tirée de ses ouvrages.

ANDRE' DU SAUSSAY.

A. du Saussay. ANdré du Saussay naquit à *Paris* vers l'an 1589. d'une famille si pauvre, que ses parens furent obligés de le mettre dans son enfance à l'Hôpital du S. Esprit, pour l'y faire élever.

Ayant paru avoir de la disposition & de l'inclination pour l'étude, on l'envoya étudier au College des Jesuites. Y-allant un matin avec quelques uns de ses compagnons, ils trouverent dans une rue les restes d'une paillasse qu'on y avoit brulée, sans songer à y fouiller, parce qu'elle venoit d'un Prêtre fort pauvre, mort nouvellement. S'étant amusés à les remuer, ils y trouverent plusieurs pieces d'argent que ce Prêtre y avoit cachées depuis long-temps. Ils les partagerent entre eux, & *du Saussay*

ayant eu la valeur de cent écus pour
ſa part, il en acheta des Livres & ſe
donna au travail avec une ardeur in-
concévable. Ce qui lui fit contrac-
ter une habitude d'étudier qu'il a con-
ſervée juſqu'à la fin de ſa vie. Cette
particularité ſe trouve écrite ſur le ca-
talogue alphabetique de la Bibliothe-
que du Roy, & paroît venir de M. *Cle-*
ment, Garde de cette Bibliotheque.

Du Sauſſay ayant fait ſa Theologie,
reçut les Ordres Sacrés & ſe donna
à la Predication. Il étoit déja Prêtre
& Predicateur le 29. Avril 1614.
lorſqu'il donna au Public ſon pre-
mier ouvrage. Ainſi *Du Pin* & le *P.*
Benoiſt de Toul ſe ſont trompés, quand
ils lui ont donné ſeulement 80. ans en
1675. qui fut l'année de ſa mort.
Car ſi leur calcul ſubſiſtoit, il fau-
droit qu'il eût reçu la Prêtriſe à 18.
où à 19 ans.

Dès l'an 1625. il étoit Protonotaire
du S. Siege Apoſtolique, Conſeiller,
Aumoſnier & Predicateur du Roy,
& outre cela Curé de *S. Leu S. Gil-*
les. Il prend toutes ces qualités à la
tête de ſon *Metropole Pariſien*, impri-
mé cette année, & elles lui étoient

A. DU
SAUSSAY.

A. DU
SAUSSAY

apparemment nouvelles alors, puisqu'elles ne paroissent point dans son ouvrage précedent des *Censures*, imprimé en 1621.

En 1633. il se qualifie Professeur en Theologie dans sa *Nullité de la Religion pretendue Reformée*. Ce n'est peut-être qu'une qualité honoraire; car je ne sçai où il peut avoir professé cette science: il est du moins certain qu'il n'y a jamais été Docteur, mais seulement Docteur en l'un & l'autre Droit, comme on le voit par le titre de son Martyrologe.

Jean-François de Gond, premier Archevêque de *Paris* le choisit depuis pour son Grand-Vicaire. Il en prend le titre dans l'Epître de son Ouvrage sur *S. Bruno*, qui est daté du 29. Decembre 1644. & il le conserva apparemment jusqu'à la mort de ce Prélat.

Il fut aussi Official de l'Eglise de *Paris*; mais on ignore la date de cette dignité, dont il se donne pour la premiere fois le titre en 1646. dans sa *Panoplia Episcopalis*, qui est de cette année.

Il fut nommé en 1649. Evêque de

Toul en L rtaine, mais il ne put obtenir fes Bulles que fix ans après. *Gui*
Patin écrivant le 16. Septembre 16 3.
à *Charles Spon*, lui parle ainfi a ce fujet avec la malignité, qui lui eft ordinaire, & qui par conféquent ne peut
faire aucun tort à *du Sauffay*. ,, J'ap-
,, prens que celui qui a donné avis à
,, la Ducheffe d'*Eguillon*, de ce que
,, M. *Rigault* avoit mis dans la vie de
,, feu M. *du Puy* contre le Cardinal
,, *de Richelieu*, & au *Mazarin* de l'autre
,, paffage, eft un certain Prêtre, fort
,, intereffé, nommé M. *du Sauffay*,
,, Curé de *S. Leu & S. Gilles*, & Of-
,, ficial de Nôtre-Dame de *Paris*. C'eft
,, lui qui a fait ôter ce qu'il y avoit
,, de bien, & qui y a remis le galima-
,, tias que je vous envoye, & tout cela
,, par flatteries pour tâcher d'attraper
,, un Evêché, qui eft celui de *Toul*
,, en Lorraine, auquel il a été nommé
,, par la Reine *ante aliquot annos*, &
,, dont néanmoins il ne peut venir à
,, bout, le Pape ne voulant pas lui en
,, donner les Bulles.

Voici les caufes de ce refus. Il y
avoit long-temps que la Cour de France étoit en difpute avec celle de *Rome*

A. DU
SAUSSAY. pour la nomination à l'Evêché de *Toul*, que les Chanoines soutenus par le Pape prétendoient leur appartenir. Le dernier Evêque étant mort, les Chanoines ne purent faire d'élection à cause des défenses du Roi qui nomma *du Saussay*, & écrivit en sa faveur au Pape pour lui faire donner des Bulles. *Innocent X.* qui siegeoit alors, répondit au Roi, & lui marqua par sa Lettre, qu'il ne pouvoit lui faire d'autre grace que de nommer lui-même M. *du Saussay*, puisqu'il lui étoit agréable, & qu'il le prioit de se déporter de son brevet de nomination. Mais le Roi n'ayant point voulu le faire, & le Pape ayant persisté dans ses prétentions les choses demeurerent en suspens jusqu'à la mort du Pontife, qui arriva le 5. Janvier 1655. *Alexandre VII.* qui lui succeda, voulant terminer cette affaire, accorda au Roi un Indult pour nommer aux Benefices des trois Evêchés de Lorraine. Les Bulles de *du Saussay* furent expediées le 11. Octobre de cette année ; & il fut sacré en 1657. dans l'Eglise de *Poissy* par *Jacques Lescot*, Evêque de *Chartres.*

L'incertitude

L'incertitude où il étoit, s'il ob-
tiendroit ſes Bulles, l'a empêché apparemment de prendre la qualité
d'Evêque, dans les ouvrages qu'il a
compoſés depuis ſa nomination juſqu'à ſon Sacre.

Jean-François de Gondi, Archevêque de Paris, étant mort le 21. Mars
1654. le Cardinal de *Retz*, ſon neveu, qui lui ſucceda en qualité de
Coadjuteur, nomma *du Sauſſay*, qui
n'avoit pas encore reçu ſes Bulles,
ſon Grand-Vicaire, conformément
aux deſirs de la Cour; mais il ne le
conſerva pas long-temps dans ce poſte; car *Joly* nous apprend dans ſes
Memoires, que le Cardinal *de Retz*
ſçachant qu'il lui étoit contraire, &
qu'il le déſervoit, le revoquà bien-
tôt.

Du Sauſſay fit ſon entrée dans *Toul*
le 6. Juin 1657. & viſita ſon Diocèſe cette même année. Il demeura
depuis dans cette ville, partagé entre
les ſoins de ſon Egliſe, & la compoſition de quelques ouvrages.

Il y mourut le 9. Septembre 1675.
âgé de 85. ans pour le moins.

Il avoit beaucoup d'érudition &

Du Saussay, point de critique.

Catalogue de ses Ouvrages.

1. *La genealogie des Heretiques sacramentaires; ou catalogue des sectes qui ont oppugné le S. Sacrement de l'Eucharistie, depuis Nôtre-Seigneur Jesus-Christ jusqu'à present.* Paris 1614. *in 8o.* pp. 126. L'Epître de *du Saussay* est datée du Collège de *Lisieux* à *Paris* le 29. Avril de cette année. Il augmenta depuis cet Ouvrage considerablement, & le publia de nouveau sous le titre suivant.

2. *Histoire chronologique du combat Eucharistique contre l'Heresie & la Foy, representée par la Genealogie des sectes qui ont oppugné le S. Sacrement de l'Eucharistie & realité en icelui du precieux Corps de Nôtre-Seigneur J. C. depuis son institution jusqu'à present & par un catalogue des Péres & Docteurs, qui ont défendu contre lesdits Heretiques icelui S. Sacrement & realité depuis le premier siecle jusqu'à ce temps. Avec plusieurs Conciles & Miracles, & une ample preface Apologetique pour l'autorité desdits saints Peres contre les modernes heretiques sacramentaires.* Pa-

ris 1617. *in-*8o. pp. 603.

3. *Apologie pour le Jubilé celebré à* SAUSSAY.
*Paris, contre le Jubilé des Miniftres de
Charenton. Paris* 1617. *in-*8o.

4. *Les cenfures prononcées par le Ser.
Roy d'Angleterre contre les principaux
points de la doctrine des Miniftres, extraites de la meditation dudit Seigneur
fur l'Oraifon Dominicale. Paris* 1621.
*in-*8o. pp. 134.

5. *Le Metropole Parifien, ou traité
des caufes legitimes de l'erection de l'E-
vêché de Paris en Archevêché, faite par
le Pape Gregoire XV. Avec les Bulles,
Lettres-Patentes, & Arrêts touchant ladite erection. En ce traité eft démontrée
l'origine des Archevêchés & Primaties,
par André du Sauffay, Protonotaire du
S. Siege Apoftolique, Confeiller, Au-
monier & Prédicateur ordinaire du Roi,
Curé de S. Leu S. Gilles. Paris* 1625.
*in-*8o. pp. 62. It. traduit en Latin parmi fes *Opufcula Mifcellanea*, imprimés en 1629.

6. *De facro ritu præferendi crucem ma-
joribus Prælatis Ecclefiæ libellus Apologeticus pro Archiepifcopo Parifienfi contra novum conatum Archiantiftitis Lug-
dunenfis, Galliæ Celticæ Primatis. Pa-*

A. DU riſ. 1628. *in-4ᵘ. pp. 375.*

SAUSSAY. 7. *Opuſculorum Miſcellaneorum Faſciculus. Pariſ. 1629. in-4°.* On trouve ici quatre opuſcules, qui ſont les ſuivans.

Opuſculum Chron-Hiſtoricum de vero ſaculo, quo claruit Ægidius Abbas, deque bini Cæſarii Arelatenſis Epiſcopi neceſſaria exiſtentia.

Epiſtola Chron-Hiſtorica de falſo & commentitio Aliergerio, Epiſcopo Carnotenſi, à Blondo ſuppoſito, & vero Halitcario, Epiſcopo Cameracenſi.

Martyrii SS. Sixti & Sinicii Remenſis Eccleſia & Sueſſionenſis Apoſtolorum Aſſertio.

Metropolis Pariſienſis, ſeu Tractatus Apologeticus pro erectione Archiepiſcopatus Pariſienſis, facta à Gregorio XV. adverſus Encyclicam Capituli Senonenſis Epiſtolam.

8. *Nota in Breviarium Pariſienſe. Pariſ. 1631. in-4°. pp. 50.*

9. *De Epiſcopali Monogamia & unitate Eccleſiaſtica Diſſertatio: ſeu inſignis Eccleſia Lingonenſis divortium & ſciſſuram detrectantis pia ac neceſſaria defenſio ad SS. Papam Urbanum VIII. Pariſ. 1632. in-4°. pp. 414.*

10. *Nullité de la Religion pretendue*   A. DU
Reformée démontrée par les premiers SAUSSAY.
principes du Chriſtianiſme, à J. le Sueur
Miniſtre de la Ferté ſous Jouarre. Paris
1633. *in-*80. pp. 315. Il prend dans
cet Ouvrage la qualité de Profeſſeur
en Theologie.

11. *Martyrologium Gallicanum, in quo*
Sanctorum, Beatorumque ac Piorum pluſ-
quam octoginta millium, ortu, vita, fac-
tis, doctrina, &c. in Gallia illuſtrium
certi Natales indicantur, & elogia deſ-
cribuntur ſtudio & labore Andreæ du
Sauſſay, Juris utriuſque Doctoris. Pa-
riſ. 1638. *in fol.* Deux vol. Baillet a fort
bien jugé de cet ouvrage dans ſon
diſcours ſur l'hiſtoire de la vie des Saints,
où il s'exprime ainſi ; *André du Sauſſay*
,, publia une compilation abregée de
,, vies des Saints de France ſous le ſpe-
,, cieux titre de martyrologe de l'E-
,, gliſe Gallicane où il prétendoit re-
,, preſenter plus de quatre-vingt mille
,, Saints & autres bienheureux, dont
,, il ſe vantoit de décrire les actions,
,, les combats, & les triomphes
,, avec une exactitude & une fi-
,, delité ſouveraine ſur les monumens
,, les plus authentiques & les manuſ-

A. DU ,, crits les plus anciens. Il promettoit
SAUSSAY. ,, dans le même titre quatre autres
,, tomes de commentaires apodicti-
,, ques, ou démonstratifs, où la vie
,, de chaque Saint étoit traitée dans
,, une plus grande discussion, & où
,, se trouvoit, disoit-il, toute l'histoire
,, de l'Eglise de France, renfermée &
,, accomplie d'une maniere à ne plus
,, laisser rien à desirer sur ce sujet. Que
,, ne devoit point faire esperer la vûe
,, d'une montre si magnifique ? Mais
,, quel fut l'étonnement, pour ne pas
,, dire l'indignation secrete des per-
,, sonnes intelligentes, lorsqu'elles se
,, virent trompées ? Bollandus, qui
,, travailloit actuellement au premier
,, volume de son grand recueil, ayant
,, marqué une avidité extraordinaire
,, pour l'ouvrage, avant que de l'a-
,, voir vû, fut assez moderé pour ne
,, s'en pas plaindre, après que le té-
,, moignage de ses yeux l'eut désabu-
,, sé. Il ut même le courage de n'en
,, parler qu'avec éloge. Ses continua-
,, teurs ne se crurent pas obligés à une
,, semblable dissimulation. Au juge-
,, ment du *. Papebroch*, ce martyro-
,, loge est l'ouvrage d'un jeune hom

A. DU
SAUSSAY.

„ me, qui n'étoit point aſſez préparé
„ ſur ſa matiére ; qui avoit trop de
„ facilité & de précipitation; qui man-
„ quoit d'exactitude & de diſcerne-
„ ment; qui donnoit trop à ſon ge-
„ nie & à ſon imagination ; qui ne
„ faiſoit point ſcrupule d'alterer la vé-
„ rité des faits ; qui outroit la licence
„ que permet la Rhetorique , & qui
„ faiſoit des amplifications plus qu'é-
„ colieres. Il eſt fâcheux pour la mé-
„ moire de M. du *Sauſſay* d'avoir à
„ ſubir une ſi rigoureuſe cenſure ;
„ mais il eſt encore plus fâcheux de
„ l'avoir méritée. Il adopte preſ-
„ que toutes les fables des legen-
„ des, & il ſe contente de les revêtir
„ d'un beau latin, ſi toutefois on peut
„ donner ce nom à un ſtile plein
„ d'affectation; dont toutes les richeſſes
„ conſiſtent en ſynonimes, en antithe-
„ ſes, en metaphores & en hyperboles.
„ Il ne cite nulle part aucun Auteur,
„ & ne garentit jamais rien de ce
„ qu'il avance. Il fait ſouvent des bé-
„ vûes puériles ; & quoi qu'il ait éta-
„ bli une claſſe à part pour les
„ perſonnes de pieté que l'Egliſe n'a
„ point encore miſes au catalogue

'A. DU ,, des Saints, il ne laisse pas d'en con-
SAUSSAY. ,, fondre plusieurs de cette espece,
,, qu'il range sans scrupule dans la
,, premiere classe parmi ceux qui sont
,, publiquement reconnus, & qui ont
,, culte reglé. Ainsi l'on n'est plus sur-
,, pris de voir que le Public l'ait dis-
,, pensé des quatre tomes de com-
,, mentaires apodictiques sur les Sains
,, de France, & c'est ménager assez
,, mal la dignité de l'Église Gallicane,
,, que d'honorer de son nom un tel
,, Martyrologe." J'ajoûte à ceci qu'on
lui a donné communément le nom de
Plaustrum Mendaciorum.

12. *De Mysticis Gallia scriptoribus,
multiplicique in ea Christianorum rituum
origine selecta dissertationes in singulas
Ecclesia ætates digesta. Quarum prima
centuria, vice coronidis, accessit Pole-
micus de Apostolatu Gallico S. Dionysii
Areopagitæ tractatus. Parisi. 1639.
in 4°. pp. 1199.* Cet ouvrage est tout
autre que le titre le pourroit faire
croire. Il s'y agit des premiers Apôtres des Gaules, qui y sont venus,
suivant *du Saussay,* dans le premier siécle, c'est-à-dire, de *S. Paul,* de *S. Lin,*
de *S. Savinien,* de *S. Potentien,* de *S.
Martial*

Martial, & de *S. Denys* l'Areopagite, &des reglemens qu'ils ont faits fur les Rites Ecclefiaftiques. Les deux tiers de l'ouvrage roulent fur le dernier, dont *du Sauffay* prétend faire voir l'identité avec l'Evêque de *Paris.* Il y a dans tout le Livre beaucoup de fatras, & peu de critique.

13. *De caufa converfionis S. Brunonis, Carthufianorum Patriarchæ, Epiftola didafcalica. Juxta exemplar Coloniæ editum. in-8o.* pp. 51. Cette lettre eft datée de Paris le 29. Decembre 1644. Il tâche d'y défendre l'hiftoire prétendue du Chanoine.

14. *Panoplia Epifcopalis, feu de facro Epifcoporum ornatu libri feptem; cum Analectis. Parif.* 1646. *in-fol.* pp. 504. On trouve à la fin p. 461. *Appendix pro ritus defenfione deofculationis pedum fummi Pontificis.*

15. *Panoplia Clericalis, feu de Clericorum tonfura & habitu, eorumque recta inftitutione & canonica difciplina libri XV. Parif.* 1649. *in-fol.* pp. 776.

16. *Panoplia Sacerdotalis, feu de venerando facerdotum habitu, eorumque multiplici munere ac officio in Ecclefia Dei, libri* 14. *duas in partes digefti,*

Tome XL. E

A. DU SAUSSAY.

cum duplici appendice 1ª. *De invocatione Chrifti.* 2ª. *De Euchariftiæ adoratione. Parif.* 1653. *in-fol.* pp. 929.

17. *Le petit Office avec le Rofaire & Litanies de Sainte Anne, Mere de la glorieufe Vierge Marie. Enfemble un pieux exercice pour entendre dévotement le S. Sacrifice de la Meffe. Par André du Sauffay Official de Paris, & Vicaire General de M. l'Archevêque. Paris* 1650. *in-*12.

18. *Andreas Frater Simonis Petri, five de gloria S. Andreæ Apoftoli libri XII. His accefferunt vindiciæ infignis Epiftolæ Prefbyterorum & Diaconorum Achaiæ de ejus paffione ad univerfas Ecclefias. Parif.* 1656. *in-fol.*

19. *Divina Doxologia, feu facra glorificandi Deum in Hymnis & Canticis Methodus, Theologica paraphrafi in Myfticas modulationes Te Deum laudamus & Gloria in excelfis, elucidata. Tulli* 1657. *in-*12.

20. *Statuta Synodi Diœcefanæ Tullenfis ab Ill. D. Andrea du Sauffay, Epifcopo & Comite Tullenfi, Tulli die* 5. *menfis Junii* 1658. *celebrata. Tulli-Leucorum.* 1658. *in-*80. *Ordonnances generales de M. André du Sauffay faites*

en ſon premier Synode general tenu à A. DU
Toul le 5. *Juin* 1658. *touchant ce qui* SAUSSAY.
regarde les Paroiſſiens de chaque Pa-
roiſſe de ſon Diocèſe , & ce qui eſt com-
mun entr'eux & leurs Curés. A la ſuite
des Statuta. pp. 64. *en tout.*

21. *De Bipartito Domini Clavo Tre-*
virenſi & Tullenſi Criſis hiſtorica, in qua
de clavo etiam Mediolanenſi ac de Dio-
nyſiano diſſeritur; non nullaque obſerva-
tiones aliis de rebus ſelectione dignis in-
terſeruntnr. Deſcripta mente & manu
Andreæ du Sauſſay. Tulli-Leucorum
1660. *in-*40. pp. 56.

22. *De gloria S. Remigii, propriis*
Francorum Apoſtoli & Prophetæ per
quem cæleſtis unctionis munus Regibus
Chriſtianiſſimis , divinitus impetratum
eſt , libri quatuor , quibus ſubnectitur
aſſertio veritatis ſacræ Ampullæ Remen-
ſis. Tulli-Leucorum 1661. *in-fol.* pp.
197.

23. *Epitome vitæ admirabilis S. Phi-*
lippi Nerii , Oratorii Romani fundato-
ris , cum Bulla ejus Canonizationis, no-
tis didacticis illuſtrata, quibus ritus hu-
jus ſacri Theoria & praxis accurate deſ-
cribuntur. Tulli-Leucorum 1667. *in-*4°.

24. *Inſignis libri de ſcriptoribus Ec-*

E ij

A. DU
SAUSSAY.

*clesiasticis Emin. Cardinalis Bellarmi-
ni continuatio ab anno* 1500. *in quo de-
finit, ad annum* 1600. *quo incipit sequen-
tis saculi exordium. Tulli-Leucorum*
1665. *in-40.* pp. 239. Ouvrage fort
superficiel & peu exact. *Du Saussay* a
mis à la fin le catalogue de ses Ouvrages, mais il est confus & sans dates. On y en trouve deux ou trois que
je ne connois point, & dont je ne
peux rien dire.

25. Il y a quelques Offices & quelques leçons de sa façon dans le Bre-
viaire de *Paris* qui fut reformé de
son temps.

V. *Gallia Christiana, & les Auteurs cités ci-dessus. Benoist de Toul, Histoire des Evêques de Toul.* p. 701.

MARIN LIBERGE.

M. LI-
BERGE.

MArin Liberge étoit natif de la
Paroisse de *Soef*, au Pays du
Maine près de *Belesme*, si l'on s'en
rapporte à *la Croix du Maine*, qui a
été copié sur cet article par *Claude
Menard*. Mais cet Auteur est trop fau-
tif, pour ne pas preferer à son Auto-

rité celle de *Gilles Bry*, qui dans son
histoire du Perche le fait naître à *Bil-*
lou-le-Trichard. Comme ce lieu dé-
pend de l'Evêché du Mans, & de l'Ordinaire du Perche à *Belesme*, il a pris
dans tous ses ouvrages la qualité de
Cenomanensis.

M. LI-
BERGE.

A près avoir étudié en Droit à *Paris*,
il fut Docteur-Regent en cette Faculté dans l'Université de *Poitiers* ; & il
étoit dans cette ville en 1569. pendant le siege qui s'en fit alors, & dont
il a donné l'Histoire.

Il passa en 1574. à *Angers* pour remplir un semblable poste, & il s'acquit
par son mérite & sa capacité un si
grand credit dans cette ville, qu'il ap-
paisa deux fois des emeutes populai-
res qui s'y leverent au commencement de la Ligue.

Cela fut cause qu'on le nomma
Echevin perpetuel en 1589. charge
qu'il refusa d'abord, mais qu'il fut obligé d'accepter par l'ordre exprès du Ma-
réchal d'*Aumont*, qui commandoit
dans le Pays.

Sa derniere action publique fut un
discours qu'il prononça en 1598. en
presence du Roy Henri IV. Ce Prin-

M. LI-
BERGE.

ce l'écouta avec tant de plaisir, qu'après l'avoir embrassé & loué publiquement, il accorda en sa faveur à l'Université d'*Angers* le droit d'appetissement de Pintes à partager avec la Maison de Ville.

Liberge ne survecut pas beaucoup à cet honneur. Il mourut à *Angers* l'année suivante 1599. suivant *Gilles Bry*, ou l'an 1600. suivant *Menage*; & fut enterré dans l'Eglise de S. *Maurille.*

Catalogue de ses Ouvrages.

1. *Universæ Juris historiæ descriptio, ex variis Authoribus collecta, & in Pictaviensi Gymnasio exposita.* Pictavis. Marnef 1567. in-4o.

2o. *De præsentis tempestatis & sæculi calamitate Oratio.* Pictavis 1567. in-4o.

3. *De calamitatum Galliæ causis Oratio.* Pictavis 1569. in-4o.

4. *Ample discours de ce qui s'est fait & passé au Siege de Poitiers*, écrit durant icelui par homme qui étoit dedans, & depuis envoyé à un sien amy de la ville d'*Angers*, avec quelques vers François sur la défense de ladite ville, imités du latin de *J. V.* Paris, *Nicolas Chesneau* 1569. in-8o. pp. 150. Cet ami

dont il eſt parlé dans le titre, eſt M. M. LI-
Bautru, ſieur des Matras. It. *Poitiers* BERGE.
1570. in-80. It. ſous cet autre titre.
*Le ſiege de Poitiers, & ample diſcours
de ce qui s'y eſt fait & paſſé ès mois de
Juillet, Aouſt & Septembre avec les
noms & nombre des Seigneurs, Cheva-
liers, Gentilshommes, & Compagnies,
tant étrangeres que Françoiſes, qui
étoient dedans la ville durant le Siége,
& de ceux qui y ont été bleſſés & tués;
enſemble des Epitaphes Latins & François de quelques uns des occis. Par Marin Liberge. Revû & corrigé de nouveau,
& ajoûté à la fin une ample narration
de la bataille de Montcontour & du ſié-
ge de S. Jean d'Angeli, tirée des plus
fidelles Hiſtoriens de France. Le tout ave-
nu en l'année* 1569. *Poitiers* 1621.
*in-*12.

5. *De Juſtitia & Jure Oratio, in An-
degavenſi Juris Auditorio habita anno*
1574. *Paris, Nic. Cheſneau* 1574.
*in-*40.

6. Il a écrit une grande Lettre Latine à *Gui de Leſrat,* Preſident &
Lieutenant-General au Siege Preſidial
d'*Angers,* qui eſt imprimée avec les
Remontrances de ce Magiſtrat. Il avoit

E iiij

M. LI- fait sa vie, mais elle n'a pas été im-
BERGE. primée.

7. *De artibus & disciplinis, quibus Ju-*
ris studiosum instructum & ornatum esse
oportet; oratio habita in schola Ande-
gavensi 1592. in 80.

V. *Gilles Bry, Histoire du Perche*
P. 374. *Remarques de Menage sur la*
vie de Pierre Ayrault p. 158.

PIERRE ARCUDIUS

P. AR- Pierre *Arcudius* naquit dans l'Isle
CUDIUS. de *Corfou*, de parens grecs.

Etant passé en Italie à l'âge de 10
ans, il fit ses études à *Rome* dans le
Collège des Grecs avec un succès,
qui donna lieu de juger favorablement
de son esprit.

Après avoir été ordonné Prêtre, &
reçu le degré de Docteur en Philosophie & en Theologie, il fut jugé
capable d'être employé à la réunion
des Russiens à l'Eglise Romaine.

Le Pape *Gregoire XIV.* l'envoya dans
ce dessein l'an 1591. en Pologne, d'où
il passa en Moscovie sous la protection
de *Sigismond III.* Roi de Pologne,

qui le fit accompagner par ſes Am- P. ARE-
baſſadeurs. Le Pape *Clement VIII.* le DIUS.
chargea du même ſoin , & il marque
dans l'Epître dedicatoire de ſa *Con-*
cordia Eccleſia Occidentalis & Orien-
talis au Roi *Sigiſmond,* qu'il avoit travaillé vingt ans entiers tant à ramener
les Ruſſiens à l'obéiſſance au S. Siége ,
qu'à les y retenir.

Auſſi étoit-il ſi fort attaché à l'E-
gliſe Latine , que , quoiqu'il fût Grec,
& eût ſuivi longtemps les Rites des
Grecs , il demanda comme une grace
la permiſſion de celebrer la Meſſe
ſuivant le Rite Latin ; ce qui lui fut
accordé.

De retour de ſes voyages , il s'attacha au Cardinal *Scipion Borgheſe* , neveu du Pape *Paul V.* chez lequel il demeura quelque temps. Mais enfin laſſé
de voir que ce Cardinal ne faiſoit
rien pour lui , comme le prétendent
quelques-uns , ou bien préferant l'é-
tude & le travail à tous les honneurs ,
comme l'aſſure *Vittorio Roſſ* , il ſe retira dans le College des Grecs , où il
demeura juſqu'à la fin de ſa vie.

Trois ans avant que de mourir ,
il lui arriva un accident fâcheux ; en

P. ARCU-
DIUS

marchant dans une rue de *Rome*, un cheval chargé de vin, qui passa près de lui, & qu'il ne songea pas à éviter, le jetta par terre, & il se blessa tellement aux jambes, qu'il ne put plus s'en servir le reste de ses jours. Cela ne rallentit pas cependant son ardeur pour l'étude; il se faisoit porter tous les matins dans la Bibliotheque du College des Grecs, & y restoit jusqu'au soir, s'occupant à lire & écrire.

Du Pin & la plûpart des Auteurs le font mourir vers l'an 1621. mais ils se trompent de beaucoup. Il vivoit encore en 1633. lorsque *Leon Allatius* publia ses *Apes Urbanæ*. Mais il étoit mort en 1637. quand *Pantaleon Ligaridius* publia son Traité *de Purgatorio*. *Allatius* marque dans son Livre *de Ecclesiæ Occidentalis & Orientalis perpetua consensione*, p. 999. qu'il étoit enterré à *Rome* dans l'Eglise de *Saint Athanase* de la nation Grecque.

Cet Auteur remarque au même endroit, qu'*Arcudius* a écrit avec trop d'emportement contre les Novateurs, dont il haïssoit jusqu'au nom même, & que souvent pouvant défendre la verité par de bonnes raisons, il aime

mieux employer dès injures;que vou- P. ARCU-
lant rapporter fur chaque matiere tout DIUS.
ce qu'il avoit recueilli , il s'éloigne
fouvent de fon fujet par de longues
digreffions , qui embrouillent tout ;
& que quoi qu'il fe piquât de bien
écrire en Grec , il n'étoit pas heureux
dans le choix de fes expreffions.

Eufebe Renaudot va encore plus loin
dans fes notes fur l'Homelie de *Gen-
nade* fur l'Euchariftie ; car il dit que
fouvent il manque d'exactitude , &
même de bonne foy ; & qu'il eft re-
gardé comme un homme qui s'eft
propofé de décrier l'Eglife Grecque.

. Catalogue de fes Ouvrages.

10. *Novum Anthologium. Grecè.* Romæ 1598. *in-*40. C'eft un abregé de
l'Office Divin à l'ufage des Grecs pour
ceux qui ne peuvent affifter à l'Eglife,
qui a été dreffé par *Arcudius* ; mais
Allatius prétend,qu'il eft fort mal fait.

2. *Libri feptem de concordia Ecclefiæ Occidentalis & Orientalis in feptem
facramentorum adminiftratione.* Parif.
1619. *in-fòl.* Cette édition a été faite
fur une précedente de Rome,dont j'i-
gnore la date.It.Paris.*in-fol.*1626.It.*Ib.*
1672. *in-*40. Il a compofé cet ouvrage
pour montrer que les Eglifes d'Occi-

P. ARCU-
DIUS.

dent & d'Orient s'accordoient ancien-
nement non-feulement fur la doctrine des Sacremens, mais encore fur les
Rites de leur adminiftration ; que les
Grecs nouveaux n'ont rien changé
touchant la doctrine des Sacremens,
& que les changemens qu'ils ont
faits touchant l'adminiftration ne
font pas confiderables, & peuvent
être excufés, tolerés, ou conciliés
avec les ufages de l'Eglife Latine,
au lieu que la doctrine des heretiques
modernes touchant les Sacremens, &
la maniere dont ils les adminiftrent,
eft entierement oppofée à la doctrine
& à la pratique de toutes les Eglifes.

3. *Utrum detur Purgatorium, & an
illud fit per ignem. Roma* 1622. *in-*4°.
pp. 84.

4. *Opufcula aurea Theologica quorumdam clariffimorum virorum pofterio-
rum Græcorum, qui extinguendæ Græ-
ciæ inftar poftremi fplendoris impetu
quodam divino cùm pietatis, tùm doctrinæ fulferunt circa Proceffionem Spi-
ritus fancti; videlicet Joannis Vecci, Gregorii Palamæ, Beffarionis Cardinalis,
Demetrii Cydonii & Maximi Planudæ;
Petro Arcudio collectore Interprete. Ro-*

ma 1630. *in-*40. It. *Ibid.* 1671. *in-*40.

5. *De Purgatorio adversus Barlaam*, *Petri Arcudii. Roma* 1637. *in-*40. en Grec & en Latin. C'est un ouvrage posthume, qui a été publié par *Pantaleon Ligaridius*, de *Chio*, Professeur en langue Grecque à *Rome*.

6. *Menologium Græcorum jussu Basilii Junioris Imperatoris C. P. ante annum* 984. *conscriptum*, *Latinè versum à Petro Arcudio. Ughelli* a inséré cette traduction dans le 6e. tome de son *Italia sacra. Roma* 1664. *in-fol.* p 1048. Mais elle ne contient que la moitié du Menologe, c'est-à-dire les quatre derniers & les deux premiers mois de l'année.

V. *Leonis Allatii Apes Urbanæ.* p. 216. *Jani Nicii Erythræi Pinacotheca prima. Joannis Alberti Fabricii Bibliotheca Græca. Tom.* 10. p. 416.

PAUL EMILE.

PAul *Emile* étoit né à *Verone*. La réputation qu'il s'étoit acquise dans son pays par sa capacité, fut cause qu'*Etienne Poncher*, Evêque de *Pa-*

P. EMILE. ris, conseilla au Roi *Louis XII.* de
l'attirer en France, & de lui faire écrire en Latin l'Histoire de nos Rois.

Ce Prince suivit ce conseil, & tira
Paul Emile de la ville de *Rome*, où il
étoit alors, pour le faire venir à *Paris*.
Outre les bienfaits du Roy, l'Evêque
Poncher lui donna un Canonicat de
Nôtre-Dame, pour le mettre en état
de travailler plus à son aise à son His-
toire.

Emile se retira au College de Na-
varre pour s'appliquer à ce travail,
qui l'occupa pendant plusieurs années, mais qu'il ne put finir, parce
qu'étant extrêmement difficile sur ce
qu'il faisoit, il le retouchoit continuellement.

Il mourut le 5. May 1529. & fut
enterré dans la croisée septentrionale
de l'Eglise de Nôtre-Dame, où l'on
lui grava cette Epitaphe, que le P. *du
Breuil* rapporte ainsi dans ses *Antiquitez de Paris.*

*Paulus Æmilius, Veronensis, hujus
Ecclesiæ Canonicus, qui propter exi-
miam vitæ sanctitatem, quanta quoque
doctrina præstiterit index atque testis erit
historia de rebus gestis Francorum,*

poſteris ab eodem edita. Obiit anno Do- P. EMILE.
mini 1529. *die quinta menſis Maii.*

Le ſeul Ouvrage qu'on ait de ſa façon eſt ſon Hiſtoire de France.

De rebus geſtis Francorum libri IV.
Pariſ. in-fol. ſans date. Cette édition,
qui va juſqu'à l'an 1110. doit avoir
été faite pendant les premieres années
du Regne de *François I.* & avant l'an
1520. puiſqu'*Eraſme* l'annonçoit déja dans une Lettre de l'an 1516. *Emile*
publia apparemment ces quatre premiers livres comme un eſſai de ſon
travail.

Libri ſex. Pariſ. Badius. in-fol. cette
édition eſt encore ſans date , mais le
P. *le Long* s'eſt trompé ſûrement ,
en la mettant vers l'an 1500. puiſqu'on ne peut gueres mettre la venue
d'*Emile* en France avant cette année ,
Louis XII. qui l'y appella , n'ayant
commencé à regner qu'en 1498. cette édition va juſqu'en 1223.

Libri Decem. Additum eſt Chroni-
con Joannis Tilii , Epiſcopi Meldenſis.
Pariſ. Mich. Vaſcoſan. 1539. *in-fol.*
Le dixiéme Livre fut trouvé dans les
papiers de l'Auteur en aſſez mauvais
état , il fallut qu'un de ſes parens ,

P. EMILE. nommé *Daniel Zavarisi*, de *Verone*, prît le soin de mettre en ordre ce qu'il avoit laissé. Ces dix livres s'étendent depuis *Pharamond* jusqu'à l'an 1488. qui est le 5e. du Regne de *Charles VIII.*

Vascosan donna une nouvelle édition de l'Ouvrage à *Paris* en 1544. *in fol.*

Cum continuatione Arnoldi Ferroni, *usque ad Francisci I. obitum. Paris.* 1548. *&* 1555. *in-8o.* deux vol. It. *Paris* 1560. 1566. 1576. *in-fol.* La continuation d'*Arnaud du Ferron* est divisée en neuf livres.

Cum continuatione Arnoldi Ferroni, *& Joannis Thomæ Paralipomenis usque ad annum* 1569. *Basileæ Henricpetri* 1569. *in-fol.*

La derniere édition que je connoisse porte ce titre : *Pauli Æmilii, Veronensis, de rebus gestis Francorum à Pharamundo primo Rege usque ad Carolum VIII. libri decem. Arnoldi Ferroni de rebus gestis Gallorum libri 9. ad Historiam Pauli Æmilii additi à Carolo III. usque ad Henricum II. Continuatio Jacobi Henricpetri J. V. D. ad Æmilium & Ferronum adjecta usque ad annum* 1601. *Ad hujus Historiæ lucem in fine adjunctum est Chronicon* Joan-

[*nis*

nis *Tilii de Regibus Francorum à Pha-* P. EMILE.
ramundo uſque ad Henricum II. à D.
Jacobo Henricpetri auctum uſque ad
Henricum IV. Editio ultima Baſileæ.
Sebaſt. Henricpetri 1601. *in-fol.*

Il s'eſt fait differentes traductions
de l'Hiſtoire de *Paul Emile.*

Simon du Monſtiers Avocat au Parlement de *Rouen,* a publié *les deux premiers livres de l'Hiſtoire de France de
Paul Æmile, traduits de Latin en François. Paris, Michel Vaſcoſan* 1556. *in-4°.*

Jean *Regnart,* Angevin, en donna
dans le même temps une autre traduction plus étendue : *Les cinq premiers
Livres de l'Hiſtoire de France de Paul
Æmile, traduits en François. Paris*
1553. *in-8°.* It. *Ibid* 1556. 1573.
in-fol. S'il faut en croire les Libraires, qui publierent depuis l'ouvrage
entier en François, *Regnart* tra-
duiſit les cinq autres livres, qui ne parurent qu'après ſa mort, ſous ce
titre.

*Hiſtoire des faits, geſtes & conquêtes
des Rois, Princes, Seigneurs, & peuple de France, deſcrite en dix livres,
& compoſée premierement en Latin par
noble & ſçavant perſonnage Paul Æmile*

Tome XL. F

P. EMILE. *Veronois, & depuis mise en François par Jean Regnart, Gentilhomme Angevin, en son vivant Seigneur de la Miéliere, avec la suite de ladite histoire tirée du latin de feu Maître Arnold le Ferron, Conseiller du Roy à Bourdeaux & autres bons Auteurs. Paris, Fed. Morel 1581. in-fol. It. Paris, Robert Fouet, 1598. in-fol. It. Paris 1643. in-fol.*

L'histoire d'*Emile* a été aussi traduite en Italien & en Allemand.

La traduction Italienne faite par un Auteur inconnu a été imprimée à *Venise* en 1549. in-4°.

L'Allemande, qui est de *Jean Thomas Fren*, a paru à *Basle* en 1572. in-fol.

,, Cet Auteur a plus illustré notre
,, histoire par son élégance, que par
,, sa fidelité. Son stile est pur, court,
,, & serré, mais il n'est pas toujours
,, égal. Son histoire est peu sûre, il y
,, a commis bien des erreurs, pour
,, avoir trop déferé à son propre juge-
,, ment, & ne s'être pas assez appli-
,, qué à faire une recherche exacte des
,, faits qu'il rapporte. Il paroît trop
,, passionné pour ceux de sa nation;
,, aussi plusieurs sçavans, comme le
,, rapporte *Beaucaire* dans la Preface

,, de ſon Hiſtoire de France , le nom- **P. EMILE.**

,, ment-ils *Italorum Buccinatorem po-*

,, *tius quam Gallicæ Hiſtoriæ ſcriptorem.*

,, On lui doit cependant cette juſtice

,, qu'il a le premier un peu débrouillé

,, l'ancienne hiſtoire de France. C'eſt

,, ainſi qu'en parle le P. *le Long.*

V. Bayle , Dictionnaire. Le Long ,
Bibliotheque Hiſtorique de la France Pope-
Blount , cenſura celebriorum Autorum.

SIXTE DE SIENNE

SIxte de Sienne naquit l'an 1520 à
Sienne ville de Toſcane , d'où il a
pris ſon nom , d'une famille Juive. **S. DE SIENNE.**

Il fut déſabuſé de bonne heure des
erreurs du Judaïſme, & ayant embraſ-
ſé la Religion chrétienne , il entra
dans l'Ordre des Cordeliers , où il fit
profeſſion.

Il ſe donna depuis avec ardeur à l'é-
tude de l'Ecriture ſainte, & y eut pour
Maître *Ambroiſe Catharin ,* Dominicain , comme il le marque lui-même.
Il eſt aſſez difficile de marquer le lieu
& le temps précis , où il étudia ſous
lui. Ce n'a pû être à *Sienne ,* puiſqu'il

F ij

S.
SIENNE.

DE n'avoit gueres plus de douze ans, lorsque *Catharin* en sortit; il est plus vraisemblable que c'a été en France, où *Catharin* demeura depuis l'an 1534. jusqu'en 1543. tant à *Toulouse*, qu'à *Lyon*, & ailleurs, soit que *Sixte* fût venu dans ce Royaume avant que d'entrer chez les Cordeliers, soit qu'il y eût été envoyé par les Superieurs de cet Ordre, suivant la coutume ordinaire de ce temps-là.

Etant ensuite retourné en Italie, il y devint habile Predicateur, & prêcha dans plusieurs villes de ce pays depuis l'an 1540 jusqu'en 1550 avec beaucoup de réputation.

Mais étant tombé en plusieurs erreurs considerables, dont il fut repris à diverses fois par l'Inquisition, on le condamna au feu comme opiniâtre & relaps; & il auroit subi cette peine, si le P. *Michel Ghisleri*, alors Dominicain & Commissaire general de ce Tribunal, qui fut depuis Pape sous le nom de *Pie V.* ayant travaillé avec succès à sa conversion, crut qu'il pourroit rendre dans la suite de grands services à l'Eglise, & obtint sa grace du Pape *Jules III.*

La honte que *Sixte* avoit de reparoître dans ſon Ordre, lui faiſoit preſque rejetter cette faveur ; mais *Ghiſleri*, qui s'étoit rendu ſon protecteur, lui fournit un moyen pour n'y être point expoſé, en obtenant pour lui du Pape un Bref de tranſlation de l'Ordre des Cordeliers, dans celui des Dominicains, dont il lui donna lui-même l'habit.

On ignore la date de cette tranſlation ; mais elle a dû ſe faire entre l'année 1551. que *Ghiſlery* fut fait Commiſſaire du S. Office, & 1555. le Pape *Jules III.* qui le délivra du ſupplice, étant mort le 28 Mars de celle ci.

Sixte converti alors ſincerement, s'employa avec ardeur à la converſion des Heretiques, & des Juifs, juſqu'à la fin de ſa vie.

Il mourut à *Gennes*, dans le Couvent de *Sainte Marie de Caſtello*, dont il étoit, l'an 1569. âgé de 49. ans, après avoir fait jetter au feu pendant ſa derniere maladie, la plûpart de ſes ouvrages auſquels il n'avoit pas mis la derniere main.

Catalogue de ſes Ouvrages.

§. DE
SIENNE.

I. *Bibliotheca sancta, à F. Sixto Se-nensi ex præcipuis Catholicæ Ecclesiæ Autoribus collecta & in octo libros digesta. Venetiis* 1566. *in-fol.* Deux tomes, qui ne font qu'un volume, comme dans toutes les éditions. It. *Francofurti* 1575. *in-fol.* It. *Lugduni* 1575. *in-fol.* It. *Coloniæ* 1576. *in-fol.* It. *Venetiis.* 1580. *in-40.* It. *Coloniæ* 1586. *in-fol.* It. *A Joanne Hayo, Scoto, S. J. plurimis in locis à mendis expurgata, & scholiis illustrata. Lugduni.* 1591. & 1593. *in-fol.* It. *Paris* 1610. *in-fol.* It. *Coloniæ* 1626. *in-40.* On a aussi le troisiéme livre de cette Bibliotheque imprimé à part sous ce titre.

Ars interpretandi sacras scripturas absolutissima, cui Coronidis instar accesserunt SS. Patrum Regula, 234. & Canones 372. F. Francisco Ruizio, Vallisoletano & F. Joanne Hoffmeistero collectoribus ad sacras Litteras recte citoque perdiscendas imprimis necessarii. Coloniæ, Typis Petri Horst. 1577. & 1588. *in-80.*

Cet ouvrage peut être utile à ceux qui s'appliquent à l'étude de l'Ecriture Sainte, & quoique l'Auteur n'ait pas sçu parfaitement la critique de l'Ecriture, on peut dire qu'il y a peu

d'ouvrages ſur cette matiere où il y
a tant d'érudition & de bon ſens ; il
y explique même ſouvent ſa penſée
avec beaucoup de liberté. Il ſeroit
néanmoins à ſouhaiter, qu'il eût traité certaines matieres plus à fond, qu'il
eût paſſé ſur d'autres plus legerement,
& qu'il en eût omis qui ne ſont d'aucune utilité , ou qui ne viennent point
à ſon ſujet. C'eſt le jugement qu'en
portent le P. *Simon* & M. *Du Pin.* J'a-
joute, que le troiſiéme Livre , qui eſt
un Dictionnaire alphabetique de tous
les Auteurs qui ont écrit ſur l'Ecriture ſainte , & de leurs ouvrages, eſt ex-
trémement ſuperficiel , & peu exact
en pluſieurs endroits.

Morery a fait une plaiſante faute à
l'occaſion de ce Livre. Ayant vû au
titre : *Bibliotheca ſacra à F. Sixto, Se-
nenſi* , & croyant que cette F. qui
ſignifie *Frere,* ſignifioit *François,* a donné dans ſon Dictionnaire le nom de
François à *Sixte de Sienne* ; faute que
Baillet a fidellement copiée dans ſes
Jugemens des Sçavans.

2. *Sophias Monoteſſaron ,ſeu ex quatuor libris ſapientialibus Proverbiorum ,
Eccleſiaſtis , Sapientiæ , & Eccleſiaſtici*

S. DE *liber unus fapientiæ. Lugduni* 1575. *in-*
SIENNE. *fol.* It. *Coloniæ* 1626. *in-fol.* Cet Ouvrage eft rapporté par *Lipenius* aufli
bien que le fuivant.

3. *Compendium fcholafticum in Epifto-*
lam ad Romanos. Parif. 1610. *&* 1615.
in-4°.

4. *Predica del modo per confervar la*
Republica. Cet Ouvrage eft ainfi rapporté dans le catalogue de la Bibliotheque Barberine.

V. *Ambrofii de Altamura Bibliotheca*
Dominicana. On y reléve plufieurs
chofes, qu'on y trouve dignes de cen-
fure dans fa *Bibliotheque facrée. An-*
tonii Poffevini Apparatus facer tom. 3.
p. 225. Ce n'eft prefque qu'une critique. *Sixti Senenfis Bibliotheca facra.*
Lib. 4e. *Jac. Quetif & Echard fcrip-*
tores Ordinis Prædicatorum. C'eft ce
que nous avons de plus circonftan-
cié & de plus exact fur lui.

GEORGE CASSANDER.

G. CAS- **G**Eorges *Caffander* naquit le 24.
SANDER. Août 1513. dans l'Ifle de *Caf-*
fandt, près de *Bruges ,* d'où il a pris
son

fon nom, ou felon quelques-uns à G. Cas-
Bruges même, de *Jean Caſſander*, sander.
homme d'une fortune médiocre qu'il
fut obligé d'affifter fur la fin de fes
jours.

S'étant rendu habile dans les Belles Lettres, & dans les Langues Grecque & Latine, il les enfeigna pendant quelque temps à *Bruges*, à *Gand*,
& en d'autres endroits, avec beaucoup
de reputation.

Il s'appliqua enfuite à l'étude de la
Theologie & fe retira après quelques
voyages, à *Cologne* avec fon ami *Cor-*
neille Gualter de *Gand*. Il employa là
tout le temps, que fes infirmités, qui
étoient fréquentes, lui permettoient
de donner à l'étude, à examiner les matieres de religion, qui étoient alors
controverfées, & à chercher les
moyens de procurer la réunion & la
paix.

Il fit fur ce fujet un petit livre,
qu'il intitula : *Du devoir de l'homme*
pieux, & qui aime véritablement la
paix, dans les differends de Religion. Ce
traité ne déplut pas feulement aux
Proteftans, il y eut auffi des Catholiques qui en furent choqués.

Tome XL.   G

& l'attaquerent par leurs écrits.

Son deffein fut cependant approuvé par les perfonnes moderées ; & les Princes d'Allemagne jugerent qu'il n'y avoit perfonne plus propre que lui pour pacifier les differends deReligion.

Guillaume, Duc de *Cleves*, l'appella à *Duisbourg* en 1564. pour examiner les erreurs des Anabaptiftes, & pour tâcher de les faire revenir. Il y travailloit, lorfque l'Empereur *Ferdinand I.* perfuadé qu'il lui feroit d'un grand fecours pour réuffir dans le deffein qu'il avoit de réunir les Proteftans, lui manda de le venir trouver.

La Lettre de l'Empereur lui ayant été rendue le 21. Juin 1564. il pria l'Empereur de le difpenfer de faire ce voyage à caufe des douleurs de la goute, dont il étoit continuellement tourmenté, & lui offrit d'écrire fur cette matiere, ou d'en conferer avec quelqu'un.

L'Empereur reçut fon excufe, & accepta fes offres. Il lui manda de faire un fommaire de la doctrine catholique, dans lequel il expliquât les articles controverfés de la Confeffion d'*Augsbourg*, & marquât ceux fur lefquels on pouvoit s'accorder, & les raiſons pour leſquelles on ne pouvoit paſſer les autres.

Caſſander travailla conformément au deſſein de l'Empereur , & fit ſa celebre *Conſultation* , qu'il adreſſa à l'Empereur *Maximilien II.* ſucceſſeur de *Ferdinand* : ce Prince en fut ſi content , qu'il écrivit aux Electeurs de *Cologne* , de *Mayence* & au Duc de *Cleves* de lui envoyer *Caſſander.*

Mais ce grand homme n'étoit pas en état d'entreprendre ce voyage , & la goute , qui le retenoit preſque toûjours au lit , l'emporta quelque temps après.

Il mourut le 3. Fevrier 1566. âgé de 52 ans 5. mois & dix jours , & fut enterré à *Cologne* dans l'Egliſe des Franciſcains , toù *Gualter*, ſon ami , lui fit dreſſer cette Epitaphe.

Quando tandem ?

Deo Opt. Max. ſacrum.

Georgio Caſſandro Belgæ Theologo , in perſcrutandis ſacris Bibliis & expendendis SS. Patrum monumentis atque ſententiis diligentiſſimo, qui hoc nomine, tum pietate , animique moderatione cla-

G. CAS-
SANDER.
*rus, ab Invictissimis Imperatoribus Fer-
dinando I. & Maximiliano II. de con-
ciliandis articulis in Religione controver-
sis consultus, & in Aulam adscitus fuit.
Iter autem eo propter podagram, cujus
post doloribus occubuit, suscipere prohi-
bitus, librum de ea conciliatione peruti-
lem pacis amantibus Ecclesiis, ex eorumdem Cæsarum auctoritate, jussu man-
datoque confecit. Viro itaque vario doctrinæ genere præstanti Cornelius Gual-
terus, Gandavensis, studiorum ejus,
atque peregrinationum socius indivi-
duusque Comes populari suo posuit.*

*Vixit annis 62. M. 5. D. 10. H. 5.
Obiit 3. Nonas Februarii 1566.
Te vivente mihi gratissima, docte
Georgi,
Vita fuit, liceat te moriente mori.
Mors meta Laborum.*

Et tout au bas. *Absit gloriari nisi
in cruce Domini.*

Une Lettre de *Gualter*, inserée à la
p. 293. du 2e. tome du Recueil de
Lettres donné par *Burman*, nous apprend, que l'Empereur *Maximilien*,
pour recompenser *Cassander* de ses
écrits de conciliation, avoit donné
ordre à son Agent à *Spire*, de lui faire

payer deux cens ducats ; mais que Caffander étant mort avant ce paye- ment , il faifoit des diligences pour retirer cette fomme en qualité de fon legataire univerfel, d'autant plus qu'il l'avoit obligé par fon teftament de nourrir fon pere *Jean Caffander* le refte de fes jours , & de lui fournir tout ce qui feroit neceffaire pour fon entretien.

» *Caffander* fçavoit bien le Grec, & » parloit Latin purement & noble- » ment. Il étoit folidement fçavant, » & avoit étudié à fond l'Antiquité » Ecciefiaftique & les controverfes de » fon temps. Le zele ardent, qu'il » avoit pour la réunion & pour la paix » de l'Eglife lui a fait trop accorder » aux Proteftans , & l'a porté à avan- » cer quelques propofitions trop har- » dies. Mais il eft toujours demeuré » uni à l'Eglife Catholique;il a décla- » ré hautement, qu'il fe foumettoit » à fon jugement, & condamné hau- » tement les Auteurs du fchifme , & » leurs principales erreurs. Il étoit » doux , humble, & moderé , pa- » tient dans les maux, & d'un défin- » tereffement achevé dans toutes les

G iij

G. CAS-
SANDER.

„ disputes, qu'il a eues, il n'a point
„ témoigné d'aigreur ni d'animosité,
„ il n'a jamais rendu injure pour inju-
„ re, & l'on n'a jamais remarqué dans
„ ses mœurs, ni dans ses écrits, au-
„ cun vestige de présomption ni d'ar-
„ rogance. Il a fui la gloire, les hon-
„ neurs & les biens, & a vecu caché
„ & retiré, n'ayant d'autre pensée ni
„ d'autre souhait que de procurer la
„ paix de l'Eglise, d'autre occupation
„ que l'étude, d'autre emploi que de
„ composer des ouvrages qui puissent
„ être utiles au Public, ni d'autre pas-
„ sion que celle de connoître & d'en-
„ seigner la verité. C'est le jugement
que M. *Du Pin* porte de cet Auteur.

Catalogue de ses Ouvrages.

*Georgii Cassandri, Belgæ Theologi,
Imperatoribus Ferdinando I. & Maximiliano II. à Consiliis, Opera quæ reperiri potuerunt omnia, Epistola* 117.
*& colloquia duo cum Anabaptistis nunc
primum edita. Paris.* 1616. *in-fol.* Les
ouvrages contenus dans ce Recueil
sont les suivans.

1. *Liturgica, de ritu & ordine Do-
minicæ Cænæ celebranda, quam celebra-*

tionem Græci Liturgiam , Latini Miſ- G. Cas-
ſam appellant , ex variis monumentis SANDER.
& probatis ſcriptoribus collecta. Coloniæ
1558. in-8o.

2. *Ordo Romanus de Officio Miſſæ.*
Libelli aliquot pervetuſti & authentici ,
continentes ordinem quem Pontifex præ-
ſertim Romanus , jam olim in celebran-
do Officio Miſſa obſervare conſuevit , di-
verſorum & antiquiſſimorum exempla-
rium manuſcriptorum diligenti inſpec-
tione & collatione , ſumma fide recogniti,
& jam primum typis expreſſi. Coloniæ
1561. in-8o. C'eſt un Recueil de differentes pieces anciennes, qui ont rapport aux cerémonies de la Meſſe.

3. *Hymni Eccleſiaſtici , præſertim ,*
qui Ambroſiani dicuntur , multis in lo-
cis recogniti , & multorum Hymnorum
acceſſione locupletati , cum ſcholiis opor-
tunis in locis adjectis & Hymnorum
indice. Coloniæ 1556. in-4o. L'Auteur
a mis à la tête *Bedæ Presbyteri de Me-*
trorum generil us ex libro primo de re me-
trica.

4. *Preces Eccleſiaſticæ, quæ collectæ*
vulgò dicuntur , ex variis libris Eccle-
ſiaſticorum Officiorum diligenter conqui-
ſitæ & in ordinem digeſtæ , cum aliis non

G. CAS- *nullis precationibus, Collectarum speciem*
SANDER. *referentibus.* Coloniæ 1560. *in-*16. L'Auteur avoit deſſein d'y joindre des notes,
comme il a fait aux hymnes ; mais il
n'eut ni le loiſir ni la ſanté neceſſaires
pour cela.

   5. B. *Vigilii Martyris & Epiſcopi*
Tridentini, diſputatio inter Sabellium,
Photinum, Arrium & Athanaſium,
nunquam antehac integre edita & nunc
demum ſuo autori vindicata. Ejuſdem
adverſus Eutychen & alios Hæreticos
de Chriſto male ſentientes libri V. G. Caſ-
ſandro editore, & ejuſdem Caſſandri Com-
mentarius de duabus in Chriſto naturis &
una hypoſtaſi adverſus hæreſes hujus æta-
tis. Coloniæ 1555. *in-*80.

   6. *Honorii, Auguſtodunenſis Eccleſiæ*
Presbyteri, de Prædeſtinatione & libero
Arbitrio Dialogus, numquam antehac
typis expreſſus. Epiſtolæ duæ ad B. Au-
guſtinum, altera Proſperi, altera Hila-
rii, Arelatenſis Epiſcopi, de reliquiis Pe-
lagianæ hæreſeos ad fidem vetuſti exem-
plaris reſtitutæ. Sententiæ ex libris B.
Auguſtini de Prædeſtinatione Sanctorum
& bono perſeverantiæ, quibus ad ſupe-
riores Epiſtolas reſpondetur, & tota hæc
controverſia explicatur. Coloniæ 1552.
*in-*89.

7. *De Baptismo infantium testimoni a* G. CAS-
veterum, qui intra trecentos circiter an- ANDER.
nos à temporibus Apostolorum floruerunt.
De Origine Anabaptistica sectæ, & de
auctoritate consensus Ecclesiæ & Catho-
licæ traditionis præfationes duæ ; altera
ad Ill. Principem Juliæ, Cliviæ &c. Du-
cem; altera adversus Anabaptistas, in qua
ostenditur hic baptismus divinis quoque
litteris esse consentaneus. Adjecta est bre-
vis expositio de auctoritate consuetudinis
universalis baptisandorum Infantium, &
variis ritibus baptismi celebrandi. Coloniæ 1563. in-8°.

8. *De Baptismo Infantium Doctrina*
catholicæ Ecclesiæ, divinarum litterarum
testimoniis explicata. Pars altera. De
Exorcismo, interrogatione fidei & reliquis
in baptismo Infantium usitatis ceremoniis.
De statu infantium, qui in Ecclesia nati,
citra baptismi sacramentum moriuntur.
Coloniæ 1565. in-8°.

9. *De Officio pii ac publicæ tranquilli-*
tatis vere amantis viri in hoc Religionis
dissidio. 1561. in-8°. It. *cum Præfationi-*
bus & Responsionibus Francisci Baldui-
ni ad Calvinum & Bezam. Paris. 1564.
in-8°. It. *Lugduni* 1608. in-8°. It. *Lugd.*
1612. in-8°. It. Dans les *Politica Im-*

G. CAS-   *perialia Melchioris Goldasti. Francof.*
SANDER.   1614. *in-fol.* p. 1291. It. Dans le 3e.
tome de l'Ouvrage de *Marc Antoine de
Dominis, de Republica Ecclesiastica. Heidelb.* 1618. *in-fol.* p. 323. It. *Cum Præfatione Joannis Latermanni, ejusque ad
tractatum notis. Regiomonti* 1650. *in* 4°.
Cassander, prévoyant que cet ouvrage
déplairoit à bien du monde, ne voulut pas d'abord s'en faire connoître
pour l'Auteur, & n'y mit point
son nom. *Calvin*, qui l'attaqua le premier, prit sur cela le change, & l'at-
tribuant à *François Baudoin*, qui le ré-
pandit en France, le maltraita dans un
écrit, qu'il publia peu de temps après
qu'il eut paru, sous ce titre : *Responsio
ad versipellem quemdam mediatorem,
qui pacificandi specie rectum Evangelii
cursum in Gallia abrumpere molitus est.*
Je ne dirai rien de la suite de cette dispute, qu'on peut voir dans l'article
de *François Baudoin*, tome 28e. de ces
Mémoires p. 273. Si l'ouvrage de *Cassander* déplut aux Protestans, parce qu'il
leur reprochoit leur nouveauté, il ne déplut pas moins à quelque Catholiques,
par ce qu'il les exhortoit à retrancher
tout ce qui n'étoit pas de l'essence de

la Religion. *Jean Heſſels* , Profeſſeur G. CAS-
de *Louvain* , l'attaqua dans un Livre SANDER.
qu'il intitula. *De Officio pii viri & ve-*
re pacis amanti , exurgente aut vigente
bareſi ; cum refutatione ſententiæ cujuſ-
dam falſo boc ipſum docere promittentis.
Coloniæ 1566 *in*-80. Avant que celui-
ci parût , *Caſſander* jugea à propos de
répondre à *Calvin* , par l'Ouvrage ſuivant, ſous le nom de *Veranius Modeſ-*
tus Pacimontanus.

10. *Traditionum veteris Eccleſiæ &*
Sanctorum Patrum defenſio adverſus
Joannis Calvini importunas crimina-
tiones ; ſive defenſio inſontis libelli , de
pii viri officio in boc Religionis diſſidio.
Auctore Veranio Modeſto, Pacimontano.
1562. *in*-40.

11. *Reſponſio ad calumnias quibus*
Georgius Caſſander in Germanico quo-
dam libello , via commonſtrator inſcrip-
to, petulanter impetitur ; in qua & de
Euchariſtia , quæ veterum ſit ſententia ,
breviter exponitur à Bartholomeo Ner-
vio excerpta. Coloniæ 1564. *in*-4°. pp.
22. non chiff.

12. *De articulis Religionis inter Ca-*
tholicos & Proteſtantes controverſis con-
ſultatio ad Ferdinandum I. & Maxi-

G. Cas- miliarum II. Imperatores. Coloniæ
sander.} 1577. in-8°. It. Avec l'ouvrage *de Of-*
ficio pii viri. Lugduni 1612. *in-8°.* &
Argentorati 1612. *in-8°.* It. *Cum ad-*
notatis Hugonis Grotii. Lugd. Bat.
1642. *in-8°.* Cet ouvrage dont j'ai
parlé plus haut, déplut encore beaucoup à ceux des deux partis, qui ne
vouloient point de conciliation ; &
quoi que l'Auteur y eût apporté bien
des ménagemens, il ne produisit
aucun effet. L'Epître dédicatoire aux
Empereurs *Ferdinand I.* & *Maximi-*
lien II. a été imprimée pour la premiere fois dans le Recueil de ses œuvres en 1616.

13. *De sacra communione christiani*
populi in utraque panis & *vini specie ;*
sitne ejus restitutio catholicis hominibus
optanda, etiamsi jure divino non sim pli-
citer necessaria habeatur. Consultatio cu-
jusdam paci Ecclesiæ optime consultum
cupientis. 1564. *in-8°. Cassander* vou-
droit qu'on rétablît la communion
sous les deux especes.

14. *De viris illustribus liber primus,*
continens vitas eorum qui commemoran-
tur in sacris Bibliis usque ad Regum
Historiam. Colonia 1550. *in-8°.* Il n'en
a pas fait davantage.

15. *Epiftolæ* 117. Elles paroiffent G. Cas-
pour la premiere fois dans ce Re- SANDER:
cueil.

16. *Acta colloqui habiti à G. Caffan-
dro cum Joanne Kremer à Caflorp in
Præfecturâ Bokumenfi in Comitatu Mar-
chiæ Anabaptifmi caufa captivo in ar-
ce Dinflachon anno 1558. 4. die Julii.*
Cet ouvrage n'avoit pas été encore
imprimé , non plus que le fuivant.

17. *Acta colloquii in ædibus Vice-
comitis Coloniæ 12. Julii anno 1565.
inter G. Caffandrum & Matthiam Ana-
baptiftam.*

18. *Viri aliquot illuftres qui ante Pre-
cam in Latio fuerunt. Item ad C. Pli-
nii fecundi de viris illuftribus librum
Appendix illorum virorum , qui cum
Pompeio fuere.* Dans l'édition de cet
Auteur faite *à* Cologne en 1549. *in-8°.*

19. *Oratio Panegyrica in laudem
Urbis Brugarum & ftudiorum Huma-
nitatis atque Lectionis publicæ nunc primum ea in urbe inftitutæ , habita Bru-
gis 4. Non. Maii 1541. Gandavi.*
1541.

20. *Tabulæ breves & expedita in præceptiones Rhetoricæ. Antuerpiæ 1542.
in-8°.* It. *Parif.* 1548. *in-8°.* It. *Colo-*

G. CAS- *niæ* 1550. *in-8o*. It. *Parif* 1578. *in-4o.*
SANDER.　　21. *Tabula præceptiorum Dialectica-*
rum, quà quam breviffimè & planiffimè
artis methodum complectuntur. Colonia.
1545. *in-8o*. Il commença cet ouvrage à *Rome*, où il étoit avec son ami
Corneille Gualter, & il le perfection-
na depuis à *Cologne*.

　　22. *Tabula locorum Dialecticorum.*
Colonia 1550. *in-8o*.

　　Ce font là tous les ouvrages de
Caffander qui se trouvent dans le Recueil, donné au Public par les soins
de *Jean de Cordes*, comme *Colomiés*
nous l'apprend dans sa *Bibliotheque*
choifie. Il faut y ajoûter les suivans qui
n'y sont pas.

　　23. *Supputatio rei Nummariæ Roma-*
norum & Græcorum, ad Monetam Flan-
dricam. Gandavi. *in-8o*. *Valere André*,
qui rapporte cet ouvrage, n'en marque point la date.

　　24. *Sententiæ felectiores ex Plautinis*
comœdiis cum fcholiis in loca obfcuriora.
Dans une édition de cet Auteur donnée à *Gand.* 1536. *in-8o.*

　　25. Dans la 1e. partie des *Deliciæ*
Poëtarum Belgicorum p. 970. on trouve une piece de vers de G. *Caffander*

Memoriæ Marci Laurini, Decani ad G. Caſ-
S. *Donatianum,* & une autre *in An-* SANDER.
tiquitates Laurinorum & Goltzii.

26. G. *Caſſandri de communione ſub
utraque ſpecie Dialogus. Cum* G. Calixti
*de hac ipſa controverſia diſputatione.
Helmſtadii* 1642. *in-*4°.

V. *Les éloges de* M. de Thou *& les
additions de* Teiſſier. Franc. Sweertii
Athena Belgica. Valerii Andreæ Bibliotheca Belgica.

LOUIS JACOB.

Louis *Jacob* naquit à *Chalons ſur* L. JACOB.
Saone le 20. Aout 1608. & fut
baptiſé le 24. du même mois dans la
Chapelle Epiſcopale. On lui donna
alors le nom de *Charles*, qui fut changé en celui de *Louis de S. Charles*,
lorſqu'il entra dans l'Ordre des Carmes. Son pere *Jean Jacob* étoit originaire de *Sienne* en Toſcane, où ſa
famille comptoit parmi ſes ançêtres
Guy Jacob, qui vivoit en 1222. ſa
mere, nommée *Claudine Mareſchal*,
étoit native d'*Auſſone* ville de Bourgogne ſur la Saone.

L. JACOB. Il entra à *Chalons* même dans l'Ordre des Carmes, où il prit l'habit le 8. Juin 1625. & fit profession le 11, Juin de l'année suivante 1626.

Les progrès qu'il fit dans l'étude de la Theologie & des Belles-Lettres lui procurerent une entrée favorable dans les Bibliotheques publiques & dans les cabinets des sçavans, dont il se fit des amis, qui seconderent de tout leur pouvoir l'inclination qu'il avoit pour les sciences, & le goût particulier qu'il témoignoit pour la Bibliographie, & l'Histoire Litteraire.

Il fit un voyage en Italie en 1639, & demeura quelque temps à *Rome*, où il eut le chagrin de perdre dans les Catacombes un Recueil d'Epitaphes qu'il avoit fait dans ses voyages tant en France qu'en Italie. Il eut soin de visiter par-tout les Bibliotheques, ramassant dès-lors des materiaux pour les Ouvrages qu'il projettoit, & dont il publia depuis quelques-uns.

Il demeuroit à *Lyon* en 1642. & ce fut là qu'il publia la *Bibliotheca Pontificia*, qu'il avoit entreprise à *Rome* à la sollicitation de *Gabriel Naudé*.

Etant ensuite venu à *Paris*, il fut
Bibliothécaire

Bibliothécaire de *Jean-Paul-François* L. JACOB
de Gondi, Coadjuteur de *Paris*, depuis appellé le Cardinal *de Retz*, & il
eut le titre de Conſeiller & d'Aumoſnier du Roy.

Il fut depuis Bibliothecaire d'*Achille de Harlay*, Premier-Preſident du
Parlement, qui lui donna un loge-
ment chez lui ; mais il ne s'y plaiſoit
pas, dit-on dans le *Menagiana* tom.
2. p. 407. & il ſe plaignoit de ce qu'on
le mépriſoit, quoi qu'il mangeât à la
table de M. *de Harlay*.

Il mourut chez ce Magiſtrat le 10.
May 1670. dans ſa 62. année, & ſon
corps fut auſſi-tôt transporté chez les
Carmes des Billetes, où il fut enterré.

C'étoit un homme fort laborieux,
& qu'une étude continuelle avoit
mis aſſez au fait des Livres & des Auteurs. Il avoit formé en ce genre de
grands deſſeins, dont on auroit pû
voir l'exécution, ſi ſa vie avoit été
plus longue, mais il n'en a paru qu'u-
ne petite partie. Il lui manquoit cependant pluſieurs choſes qui lui
étoient neceſſaires pour réuſſir dans
ce travail : il n'avoit point cette juſteſſe
de diſcernement, & ce gout critique,

Tome LX. H

L. Jacob, fans lefquels on ne peut gueres éviter les fautes, & la connoiffance qu'il
avoit des livres étoit fuperficielle, &
fe terminoit à ce qu'ils ont d'exté-
rieur.

Catalogue de fes Ouvrages.

1. *Relation de ce qui s'eft paffé dans la
folemnité faite à Rome l'an* 1639. *le dix-
feptiéme jour & troifiéme Dimanche de
Juillet dans le Couvent des Peres Carmes de l'ancienne obfervance reguliere
des Saints Sylveftre & Martin des
Montz, au fujet & à l'occafion de la
Proceffion folemnelle des Religieux &
des Confreres du S. Scapulaire de la B.
Vierge du Mont-Carmel. Paris* 1639.
Le P. *Jacob*, qui rapporte cet ouvrage parmi les fiens, n'en marque pas
la forme. Il fut imprimé en fon ab-
fence par les foins du P. *François Ber-
thet*, Carme de *Bourges*. On l'a inferé, fans y faire mention de l'Auteur,
à la p. 695. & fuiv. d'un Livre, qui
a pour titre: *L'Adoption des Enfans de
la Vierge dans l'Ordre & la Confrai-
rie de Nôtre-Dame du Mont-Carmel
&c. Par le P. Gregoire Nazianze de
S. Bafile, Religieux Carme Déchauffé.
Paris* 1641. *in-8°*. C'eft fort peu de

L. JACOB

chofe , aulfi-bien que l'ouvrage dans lequel il a été inferé.

2. *Catalogus Autorum, qui probant Nobiliffimum D. Renatum Gros à St Joyrio , è familia Ill. Comitis Fulcodii Gros parentis Clementis IV. Papæ procreatum. Lugduni* 1642. *in-*4°. En une feuille. It. p. 50. de la *Bibliotheca Pontificia.*

3. *Bibliotheca Pontificia , duobus libris diftincta. In primo agitur ex profeffo de omnibus Romanis Pontificibus a S. Petro ufque ad Urbanum VIII. ac de Pfeudo Pontificibus , qui fcriptis claruerunt. In fecunda verò de omnibus Auctoribus , qui cum in generali , tum in particulari eorum vitas & laudes nec non præcellentiam auctoritatemve pofteritati confecrarunt. Cui adjungitur catalogus Hæreticorum , qui adverfus Romanos Pontifices aliquid ediderunt. Accedit fragmentum libelli S. Marcelli Romani Martyris , B. Petri Apoftoli difcipuli , hactenus ineditum , de difputatione B. Petri & Simonis Magi. Lugduni* 1643. *in-*40.

Le P. *Jacob* a fait bien des fautes dans cet ouvrage, tant à l'égard des livres, qu'à l'égard des Auteurs ; mais

H ij

L. Jacob. on ne peut gueres l'excuser d'avoir fait passer plusieurs Catholiques pour héretiques, & d'avoir donné à des héretiques quelques livres anonymes, qui appartiennent à des Catholiques. On a bien relevé une faute des plus ridicules, qu'il a faite p. 455. lorsqu'il a mis parmi ceux qui ont écrit contre le Pape *Articulus Alsmacaldus, Germanus, Lutheranus, edidit de primatu & potestate Papæ librum*; faisant ainsi d'un écrit un Homme. Ses fautes n'ont pas été moins grossieres, lorsqu'il s'est avisé de citer des Auteurs qui ont écrit en des langues étrangeres. Ainsi dans la même page, on lit ces mots. *Benjaminus Stares, Spiegel, Germanus, Lutheranus edidit Germanicè de Antichristo. Wittembergæ* 1605. *in-8°. Spiegel* dont il fait le surnom de cet Auteur, qui s'appelloit *Strack*, & non pas *Stares*, est le premier mot du titre de son livre, qui signifie *le Miroir*. La principale cause de ces fautes, est que le P. *Jacob* a copié sans discernement les catalogues qu'il a trouvé sous sa main, & ne s'est pas embarrassé de connoître les livres mêmes.

4. *Traité des plus belles Bibliotheques* L. JACOB. *du monde, divisé en deux parties. Paris* 1644. *in*-8o. Ce gros ouvrage est rempli de choses inutiles & fausses. Comme l'Auteur étoit naturellement bon & crédule, il croyoit aisément tout ce qu'on lui disoit & ce qu'on lui écrivoit, & se reposoit avec trop d'assurance sur la bonne foi d'autrui. C'est ce qui lui a fait multiplier si fort le nombre des belles Bibliotheques, parmi lesquelles il a souvent donné place à des cabinets très-médiocres.

5. *Elogium Venerabilis Sororis* Joanna *de Cambri, Tornacensis, Monialis S. Augustini.* Cet éloge latin a été imprimé au commencement d'un *Traité* françois de cette Religieuse *sur la destruction de l'amour propre & bâtiment de l'Amour divin. Paris* 1644. *in*-8o.

6. *Bibliographia Parisina, hoc est, Catalogus omnium librorum, Parisiis annis* 1643. *&* 1644. *inclusivè excusorum. Ad Gabrielem Naudæum. Parisf.* 1645. *in*-4o. C'est le premier Recueil semblable qu'il ait donné. Les livres imprimés à *Paris* pendant ces deux années y sont rangés suivant l'ordre

L. JACOB. des Facultez. Comme le P. *Jacob* n'a
rien ajoûté aux titres, qu'il s'est con-
tenté d'y copier, il n'y a rien de lui,
non plus que dans les Recueils suivans, qui peuvent cependant avoir
leur utilité.

7. *Bibliographia Parisina, hoc est,*
Catalogus librorum Parisiis anno 1645.
inclusivè excussorum. Ad. Guidonem
Patinum, Doct. Medicum. Paris.
1646. *in*-4º. pp. 52. Il y a à la fin un
Appendix de trois pages à la Bibliographie des années 1643. & 1644. &
même à celle de cette année 1645.

8. *Bibliographia Gallica universalis,*
hoc est, Catalogus librorum per univer-
sum Regnum Galliæ annis 1643. 1644.
& 1645. *excusorum. Ad Jacobum*
Mantellum, Doctorem medicum. Pa-
ris. 1646. *in*-40. pp. 26. C'est un supplément à la Bibliotheque Parisienne,
où l'on trouve les livres imprimés
dans les autres villes du Royaume
pendant les années marquées.

9. *Elogium Mariæ Schurmanæ, Vir-*
ginis Batavæ eruditissimæ. Paris. sump-
tibus Roleti le Duc. 1646. *in*-8º. It.
Lugduni. Bat. 1646. *in*-8º. It. *Tra-*
jecti ad Rhenum. 1652. *in*-8º. Avec

les ouvrages de *Schurman*. Le même L. JACOB, éloge à été imprimé en François chez *Rolet le Duc* 1646. *in-8°*. suivant la traduction de *Paul Jacob*, natif de *Lyon*, Avocat au Parlement de *Paris*

10. *Bibliographia Gallica universalis*, *hoc est*, *Catalogus omnium librorum per universum Galliæ Regnum anno* 1646. *excusorum*. *Paris*. 1647. *in-40*. pp. 46. Cette année est dédiée à *Guillaume Colletet*.

11. *Bibliographia Parisina*, *hoc est*, *Catalogus omnium librorum Parisiis annis* 1647. *&* 1648. *inclusivè Parisiis excusorum*. *Paris*. 1649. *in-4°*. pp. 52. dédiée à *Pierre & Jacques Du Puy*.

12. *Bibliographia Parisina*, *hoc est*, *Catalogus omnium librorum Parisiis anno* 1649. *inclusivè excusorum*. *Paris*. *ex Officina Cramosiana* 1650. *in-4°*. pp. 29. dédiée à *Achille de Harlay*.

13. *Bibliographia Parisina*, *hoc est*, *Catalogus omnium Librorum Parisiis anno* 1650. *inclusivè excusorum*. *Paris*. 1651. *in-40*. pp. 32.

14. *De claris scriptoribus Cabilonensibus libri tres*. In 1. *agitur de iis*, *qui vel ortu vel aliqua dignitate floruerunt In* 2ᵃ *qui in Diœcesi & Præfectura Ca*

L. Jacob. *bilonenfi nati funt. In 3ᵃ. qui in eadem*
Diæcefi mortui funt. Parif. Cramoify.
1652. in-4⁰. Il y a beaucoup de recherches dans cet ouvrage, mais il y
en auroit bien davantage, si l'Auteur
avoit eu foin de confulter les livres
de ceux dont il parle. Avec cette pré-
caution il auroit été fouvent plus
exact qu'il n'eft. D'ailleurs il s'y rend
ridicule par la fureur qu'il a de citer.
A la fuite de l'article de *Claude Ro-*
bert, qui fe trouve à la p. 86. il ren-
voye à une centaine d'Auteurs, dont
l'énumération tient quatre pages entieres; & cependant ce qu'il dit de
cet Ecclefiaftique fe réduit à peu de
chofes. Mais il lui fuffifoit, fuivant le
mauvais goût de fon temps, de trouver le nom d'un fçavant dans un livre,
pour en prendre la note, & la placer
auffi-tôt où il pouvoit, pour faire
parade d'érudition.

15. *Elegium Illuftriffimæ ac eruditif-*
fimæ Annæ Comnenæ Imperiali fangui-
ne ortæ. Parif. è Typographia Regia
1651. in-fol. Cet éloge fe trouve à la
tête de l'*Alexiade* de cette Princeffe,
imprimé au même endroit, & devoit faire partie de la *Bibliotheca Il-*
luftrium

luſtrium fœminarum, *quæ libris editis* L. Jacob *claruerunt*, qu'il a long-temps annoncé, comme bien d'autres ouvrages, mais qui n'a point été achevé.

16. *Bibliographia Gallica univerſalis*, *hoc eſt*, *Catalogus omnium Librorum per univerſum Galliæ Regnum anno* 1651. *excuſorum. Pariſ.* 1652. *in*-4°. pp. 47.

17. *Elogium Joannis Baptiſtæ Agni Begati*, *Senatus Burgundiæ Principis. Lugduni* 1652. *in* 4°. It. A la tête du commentaire de *Jacques Auguſte de Chevanes ſur la Coutume de Bourgogne. Chalons* 1665. *in*-4°.

18. *Elogium eruditiſſimi viri Joannis de Pringles*, *Advocati Senatus Divionenſis.* Avec l'éloge précedent.

19. *Bibliographia Gallica univerſalis*, *hoc eſt*, *Catalogus omnium Librorum per univerſum Galliæ Regnum annis* 1652. & 1653. *incluſivè excuſorum. Pariſ.* 1654. *in*-4°. pp. 92.

20. *Elogium Roberti Pulleini S. R. E. Cardinalis. Pariſ. Simon Piget.* 1655. *in fol.* Cet éloge ſe trouve à la tête des trois livres des Sentences du Cardinal *Robert Pullus*, donnés cette année au Public par *Dom Claude Hu-*

L. Jacob. *gues Mathoud*, Benedictin de la Congregation de S. Maur.

21. *Elogium Bartholomæi Raccoli, Ex-Priore Generali Carmelitarum, Episcopi Massiliensis. Lugduni* 1656. *in-fol.* Ce General des Carmes fut fait Evêque en 1433. & mourut en 1445.

22. *Elogium Agnetis de Harcourt, Monialis Longi-Campi prope Parisios, Ordinis S. Claræ. Parif.* 1663. *in-fol.* Cet éloge se trouve dans le second tome des preuves de l'Histoire généalogique de la famille d'*Harcourt* par *Gilles-André de la Roque.*

23. *Gabrielis Naudæi, Parisini, Bibliothecæ Mazarineæ Præfecti, Tumulus Parif. Typis Cramosianis* 1659. *in-4o.* C'est un Recueil des éloges qui furent donnés à Naudé après sa mort, & que le P. *Jacob* a pris soin de rassembler.

24. *Elogia Petri Naturelli Præcentoris, Petri San-Juliani Baleurrei, Decani, Claudii Roberti Majoris Archidiaconi, & Guillelmi Bernardoni, Decani Ecclesiæ Cabilonensis.* Ces éloges se trouvent dans le second tome de l'Histoire de *Chalons*, imprimée à *Lyon* en 1662. *in-4o.* parmi les preuves.

25. *Provincia Narbonæ Carmelitarum* L. JACOB. *compendiosa descriptio. Lugduni, Anisson 1664. in-8o.*

26. *Epitaphium Gabrielis Naudæi.* Cette Epitaphe est à la tête des Lettres Latines de *Naudé* imprimées à *Geneve* en 1667. *in-8o.*

27. *Relatio de Virgine Aurelianensi supposita.* Cette relation que le P. *Jacob* avoit transcrite d'un manuscrit de la Bibliotheque du Roy, intitulé: *Hardiesses de plusieurs Rois & Empereurs*, fut envoyée par *Colletet* à *Symphorien Guyon*, qui la fit imprimer dans la seconde partie de son Histoire d'Orleans, sous le nom de *Colletet*, sans faire aucune mention du P. *Jacob*, qui s'en est plaint dans le catalogue qu'il a donné de ses Ouvrages.

28. *Illustr. D. Pomponium Bellevræum, bonorum omnium voto Principem Senatus Parisiensis inauguratum alloquuntur Avi duo, Pomponius Bellevræus & Nicolaus Brulartius, insignes quondam Franciæ Cancellarii (Paris. Typis Cramoisianis, 1653.) in-4o. pp. 4.* Cet Ouvrage, qui est daté de *Sainte Genevieve* le 20. Avril 1653. n'est point de *Louis Jacob*, quoique son nom se

I ij

L. JACOB. trouve à la fin. Il déclare lui-même formellement dans sa Bibliotheque Carmelitaine, que le veritable Auteur de cette petite piece, qui est en vers, est *Charles Ogier.*

29. *Vita S. Pipionis, Belnensis Levitæ & Confessoris, Diœcesis Senonensis.* Le P. *Jacob* n'est point l'Auteur de cette vie, il n'a eu que le soin de la transcrire d'un ancien manuscrit & de la communiquer au P. *Labbe,* qui l'a publiée dans le 1. tome de sa *Nova Bibliotheca Manuscriptorum* p. 779. Il n'est non plus que l'Editeur des ouvrages suivans.

30. *Lettre du P. Seraphin de Jesus, Religieux Carme de l'Observance de Rennes à M. le Marquis de Fontenay-Mareuil, Ambassadeur du Roy très-Chretien auprès du Pape Urbain VIII. sur la mort du Cardinal Duc de Richelieu. Lyon, Jean Aimé Candy* 1642. *in-40.* le P. *Leon de S. Jean,* Provincial des Carmes de la Province de *Tours,* mort l'an 1671. est le veritable Auteur de cette Lettre, aussi-bien que de l'ouvrage suivant.

31. *Avis salutaires & charitables de François Irenée, sur les questions de la*

Predestination & de la fréquente Com- L. JACOB.
munion. Paris, Rolet le Duc 1643.
in-8°.

32. *Catalogus Abbatum & Abbatis-*
sarum Benedictionis Dei ; Ordinis Cis-
terciensis, Diœcesis Lugdunensis. Ce catalogue est imprimé dans le 4e. tome
de la *Gallia Christiana,* de l'ancienne
édition.

33. *Catalogus Abbatum Caroli-Loci,*
Ordinis Cisterciensis in Diœcesi Silva-
nectensi ; le P. *Jacob* a eu communica-
tion de ce catalogue, qu'il a fait inserer dans le même volume de la
Gallia Christiana, par le moyen de
Cesar Auguste Margotin, Predicateur
du Roy.

34. *Catalogus Codicum manuscrip-*
torum Bibliothecæ Caroli de Montchal,
Archiepiscopi Tolosani. Imprimé dans
le *Specimen Novæ Bibliothecæ Mss.* p.
191.

35. *Catalogus codicum manuscrip-*
torum Bibliothecæ PP. Carmelitarum
Escalceatorum Claromontensium in Ar-
vernia. Dans le meme ouvrage p. 206.

36. *Le Testament de Jean de Châ-*
lons, Prince d'Orange. Dans le 2e.
tome de l'*Histoire de Chàlons,* Lyon.

L. JACOB. 1662. *in-*4°. parmi les preuves p. 104.

37. *Sept Lettres ou Epitres de Jean de Châlons, Prince d'Orange.* Dans le même Livre p. 100.

Le P. *Jacob* promettoit encore un si grand nombre d'ouvrages, que la vie la plus longue n'auroit pas suffi à exécuter une partie de ses projets. Ainsi je n'en dirai rien ici. Le seul qu'il paroît avoir fini est sa *Bibliotheca Carmelitarum*, qui se conserve manuscrite dans le Couvent des Carmes des Billettes, & où l'on trouve un détail exact de ses ouvrages, tant de ceux qu'il avoit publiés, que de ceux dont il avoit seulement formé le dessein.

Cet article a été tiré de sa Bibliotheca Carmelitana, par le R. P. Cosme de S. Etienne, Carme d'Orleans, au mémoire duquel j'ai ajoûté quelque chose.

EMANUEL FREMELLIUS.

E Manuel *Fremellius*, naquit à *Ferrare* l'an 1510. de parens Juifs. Il s'adonna avec beaucoup de soin à la langue Hebraïque, & s'y rendit fort habile.

Ayant renoncé au Judaïfme, pour E. FRE-
embraffer la Religion chrétienne, il MELLIUS.
vécut quelque temps dans le fein de
l'Eglife Catholique, mais il fe laiffa
bientôt entraîner aux nouvelles opinions, & fe retira à *Luques* avec *Pierre
Martyr Vermilio*, & quelques autres,
qui étoient attachez fecretement à la
doctrine des Proteftans.

Il demeura quelque temps tranquil-
le dans cette Ville, où il enfeigna la
Langue Hebraïque, mais voyant depuis qu'il n'y avoit point de fûreté
pour eux, il fortit de l'Italie avec
tous ceux de fa croyance, & fe retira en Allemagne.

Il s'arrêta à *Strasbourg*, où il fut
chargé d'enfeigner la Langue Hebraïque, & il s'aquita de cet emploi,
jufqu'à ce que la P. Reformation
ayant été introduite en Angleterre
fous le Regne d'*Edouard VI.* il fe rendit dans ce Royaume, pour travailler
à fa propagation.

Ce Prince étant mort en 1553. &
la Reine *Marie*, qui lui fucceda,
ayant rétabli la Religion Catholique,
il fe retira auffi-tôt de l'Angleterre,
& retourna en Allemagne.

I iiij

E. FRE-
MELLIUS. Il y enseigna d'abord la Langue Sainte dans l'école d'*Hornbach* sous la protection de *Wolfgang*, Duc des *Deux-Ponts*.

Il fut depuis appellé à *Heidelberg* par *Frederic III.* Electeur Palatin, pour un emploi semblable. Ce fut apparemment alors qu'il se fit recevoir Docteur en Theologie.

Ayant quitté cette Ville, il passa à *Metz*, où il s'étoit marié à sa sortie de l'Italie, & de là à *Sedan*, où il avoit été appellé pour enseigner l'Hebreu dans la nouvelle Academie qu'on y avoit établie.

Il mourut dans cette ville le 9. Octobre 1580. ayant presque atteint l'âge de 70 ans. Il avoit fait le dernier Juillet précedent son testament, dans lequel il remercioit Dieu de l'avoir tiré du Judaïsme pour lui faire connoître *Jesus-Christ*; ainsi c'est à tort que quelques Catholiques ont assuré qu'il étoit retourné au Judaïsme & qu'il y étoit mort.

Catalogue de ses Ouvrages.

I. *Catechismus Hebraïcus.* 1554. *in-8o.* It. *Hebraïcus & Græcus.* Paris. 1551. *in-8o.* C'est le Catechisme de

Calvin, qu'il a traduit en Hebreu. E. FRE-
   2. *In Hoseam Prophetam interpreta-*MELLIUS.
tio & enarratio. Heidelb. 1563. *in-*8o.

   3. *Jonathanis filii Uzziel Chaldaïca
Paraphrasis in-*12. *Prophetas Minores,
Latinè per Fremellium. Heidelberga.*
1567. *in-*8o.

   4. *Grammatica Chaldæa & Syra.* H.
Steph. 1569. *in-*4o. It. Avec l'Ouvrage suivant.

   5. *Novum Testamentum Græcè &
Latinè, ex versionis Theodori Bezæ secunda editione cum interpretatione Sy-
riaca, Hebræis typis descripta, pleris-
que etiam locis emendata ; eadem Latino sermone reddita, Autore Emma-
nuele Fremellio.* It. *Stephanus* 1569. *in-
fol.* It. *Lugduni* 1571. *in-fol.* Cette
édition n'est point differente de la précedente. *Genebrard* a prétendu que
Fremellius avoit donné sous son nom
la version latine du Nouveau-Testa-
ment Syriaque que *Gui le Fevre de la
Boderie* avoit fait imprimer auparavant à *Anvers*, mais dont la publi-
cation avoit été retardée par divers
incidens jusqu'à l'an 1572. c'est une
pure imagination de cet Auteur, qui
ne peut subsister, puisqu'on sçait, que

E. Fre-　*Fremellius* avoit composé sa traduc-
Mellius.　tion dès l'an 1565. & que *la Bode-*
rie n'a fait la sienne qu'en 1567. La
version de *Fremellius* a été réimprimée
plusieurs fois avec les corrections de
ceux qui l'ont publiée de nouveau.

6. *Bibliorum Pars I. id est , quinque*
libri Mosis , Latini recens ex Hebræo
facti, brevibusque scoliis illustrati ab Em-
manuele Fremellio , & Francisco Junio.
Francof. ad Mœnum 1675. *in-fol. Pars*
II. id est , libri Historici. Ibid. 1576. *in-*
fol. Pars III. id est, libri Poëtici. Ibid.
1579. *in-fol. Pars IV. id est, libri*
Prophetici. Ibid. 1579. *in - fol. Libri*
Apocryphi, sive Appendix Testamenti
veteris ad Canonem priscæ Ecclesiæ ad-
jecta, latinaque recens è Græco sermone
facta, & notis brevibus illustrata per
Franciscum Junium. Ibid. 1579. *in-fol,*
Cette édition de la Bible fut faite par
les ordres de l'Electeur Palatin ; le
Nouveau - Testament ne s'y trouve
point, mais on l'a joint aux suivantes.

On peut voir ce que j'ai dit de cet
Ouvrage dans l'article de *François Ju-*
nius, tome 16 de ces Memoires p. 189.

V. *Les éloges de M. de Thou & les*
additions de Teissier. C'est dans M. de

Thou, que tous les Auteurs, qui on E. FRE-
parlé de lui ont puiſé ; ils n'ont fait MELLIUS.
qu'y ajoûter quelques petites particularités. *Melchioris Adami Vita Theologorum exterorum. Pauli Freſheri Theatrum Virorum Doctorum tom.* 1. p. 248.
Colomeſii Italia Orientalis. p. 110.
*Melchioris Sebizii Appendix chrono-
logica ad Jubilæum Gymnaſii Argen-
toratenſis.* p. 290.

JEAN ALBERT FABRICIUS. J. A. FA-

J Ean *Albert Fabricius* naquit à *Leip-* BRICIUS.
ſic le 11. Novembte 1668. *de Wer-
ner Fabricius*, Directeur de la Mu-
ſique de *S. Paul*, & Organiſte de *S.
Nicolas*, qui étoit originaire du Holftein, & de *Marthe Corthum*.

Il les perdit l'un & l'autre de bonne heure, & demeura ophelin à l'âge
de dix ans, ſa mere étant morte le
20 Novembre 1674, & ſon pere le 9.
Janvier 1679. *Valentin Alberti* à qui
ſon pere l'avoit recommandé en mourant, ſe chargea de ſa tutelle, & prit
un ſoin particulier de ſon éducation.

Son pere avoit été ſon premier
maître dans la Langue Latine ; le ſe-

J. A. FA-
BRICIUS.

cond fut *Wenceslas Buhlius*, sous lequel il étudia pendant cinq ans. Il
ne le quitta que pour se mettre sous
la discipline de *Jean Godefroy Herrichen*, Recteur de l'Ecole de *S. Nicolas* à *Leipsic*, dont il prit soin dans
la suite de faire imprimer les Poësies,
par reconnoissance pour les soins qu'il
s'étoit donné de l'instruire.

En 1684. il passa à *Quedlinbourg*,
& y continua ses études sous *Samuel
Schmid*, Recteur du College de
cette ville. Après deux années de
séjour dans ce lieu, il retourna à *Leipsic*, au mois de Septembre 1686. &
y fut reçu dans l'Academie.

Valentin Alberti, son tuteur, le prit
chez lui, & le conduisit dans ses études pendant sept années qu'il employa à prendre non-seulement ses
leçons, mais encore celles de *Jean
Benoist Garpzovius*, *Jean Olearius*,
Joachim Feller, *Adam Rechenberg*,
Thomas Ittigius, *Othon Mencken*, *Jean
Cyprianus*, & *Jean Schmid*, & il se
rendit par leur moyen habile dans
differens genres de Litterature & de
sciences. Celui de tous ces Professeurs,
à qui il prétendoit avoir le plus d'o-

bligation , étoit *Thomas Ittigius* , par J. A. FA-
ce que c'étoit lui qui lui avoit donné BRICIUS.
du goût pour la lecture des Peres &
pour l'étude de l'Hiftoire Ecclefiaftique.

Pendant fon féjour à *Quedlimbourg,*
les *Adverfaria* de *Barthius* , qu'il lut
avec avidité , lui infpirerent une paf-
fion violente d'acquerir l'érudition
qu'il y voyoit répandue. La lecture
du *Polyhiftor* de *Morhof* , qu'il fit à
Leipfic , l'augmenta encore , & il fe
mit alors à lire les meilleurs livres
en toutes fortes de genres qu'il put
trouver, & principalement les anciens
Auteurs.

Il fut reçu Bachelier en Philofophie le 27. Novembre 1686. & prit
le degré de Maître ès Arts le 26.
Janvier 1688. On vit auffi tôt après
paroître quelques ouvrages de fa façon , qui firent juger fans peine , qu'il
iroit loin dans la fuite.

En 1693. il alla faire un voyage à
Hambourg dans le deffein de voir plufieurs de fes parens qui demeuroient
dans cette ville , & de vifiter enfuite
les pays étrangers. Mais il fut obligé
de demeurer plus longtemps qu'il n'a-

J. A. FA-
BRICIUS.

voit projetté chez *Gerard Corthum*,
Miniſtre de *Bergedorff* dans le voiſina-
ge de *Hambourg*, ſon oncle maternel.
Valentin Alberti, ſon tuteur, lui fit
alors ſçavoir, que ſon patrimoine, qui
étoit peu conſiderable, avoit été ab-
ſorbé par les frais de ſon éducation,
& qu'il lui étoit même redevable de
quelque choſe.

Cette triſte nouvelle ne l'émût
point ; il ſongea à chercher à *Hambourg* quelque reſſource qui le mît
en état de ſubſiſter & d'avancer dans
ſes études. Il la trouva chez *Jean
Frederic Mayer*, qui inſtruit de ſa capacité, le prit chez lui, & lui donna
le ſoin de ſa riche Bibliothéque.

Il entra le 13. Juin 1694. chez ce
Sçavant, où il trouva de grands ſecours pour ſe perfectionner dans ſes
connoiſſances, tant dans ſa conver-
ſation & celle des gens de Lettres,
qui demeuroient avec lui, que dans
ſa Bibliothéque; & il y demeura plus
de cinq ans.

Il continua alors à s'exercer à la
Predication, comme il avoit fait de
puis quelque temps, & pendant plus
quatre ans il prêcha tous les mer-

credis matin dans l'Eglife de S. *Jac-*
ques.

Il fit en 1696. un voyage en Suede
avec *Mayer*, & y contracta amitié
avec plufieurs Sçavans de ce Royaume.

Gerard Meier, Profeffeur en
Logique & en Metaphyfique dans le
College d'*Hambourg*, ayant quitté
ce pofte en 1699. pour paffer à *Qued-*
limbourg, *Fabricius* fe mit avec quelques autres fur les rangs pour l'obtenir par la difpute. Il foutint pour
cela le 24. Janvier une thefe, qu'il
intitula : *fpecimen Elenchicum Hiftoriæ*
Logica, cum Quinquagena Thefium Lo-
gicarum & Metaphyficarum. Il parta-
gea avec *Sebaftien Edzard* les fuffrages
des Juges ; & on fut obligé de déci-
der entr'eux, par le fort, qui adju-
gea la place vacante à *Edzard.*

Fabricius n'attendit pas long-temps
un nouveau pofte. *Vincent Paccius*
Profeffeur en Eloquence & en Phi-
lofophie-pratique à *Hambourg*, mourut le 6. Avril de la même année,
& *Mayer* procura fa place à *Fabricius*,
qui fut élu le 13. Juin d'une commune voix pour la remplir, & en
prit poffeffion le 29. du même mois

J. A. FA-
BRICIUS.

par un discours *de Eloqnentiæ Epicteti ratione & præstantia.*

Le 30. Septembre suivant, il alla prendre le dégré de Docteur en Theologie à *Kiel*, après avoir soutenu sous la Présidence de *Mayer* une these *de recordatione animæ humanæ post fata superstitis.*

Dès qu'il se vit Professeur, il se donna avec tant d'ardeur à l'instruction de la jeunesse, que pendant 37. ans qu'il professa, il ne retrancha jamais rien de ses leçons, si ce n'est dans ses maladies. Son gendre qui a écrit sa vie, dit avoir appris de lui, que pendant les dix premieres années, il enseignoit près de dix heures tous les jours, que dans les dix suivantes il le faisoit pendant huit ou neuf heures, que pendant les dix d'après, il s'étoit borné à sept ou huit, & que sur la fin sentant ses forces diminuer, il se contentoit de quatre ou cinq heures.

Il est difficile de concevoir comment donnant tant de temps à ses leçons publiques & particulieres, étant distrait par les visites des Etrangers, & par les lettres qu'il étoit obligé d'écrire, & ayant eu outre cela en differens

ferens temps plusieurs fonctions Aca- J. A. FA-
demiques à remplir, il ait pû com- BRICIUS.
poser tant d'ouvrages d'une érudition si variée. Il falloit qu'il eût une
mémoire prodigieuse pour retenir
tout ce qu'il lisoit, une facilité extraordinaire à composer, & une attention singuliere à profiter des moin-
dres momens que ses occupations lui
laissoient libres. Ce sont aussi des
qualités que lui attribue l'Auteur de
sa vie.

D'ailleurs comme il avoit eu en
vûë dès sa premiere jeunesse les principaux ouvrages qu'il a composés,
comme ses Bibliotheques Grecque &
Latine, il avoit fait de bonne heure
des recueils sur ces matieres, dans lesquels il avoit tout marqué avec la
derniere exactitude, & il n'avoit plus
qu'à les mettre en ordre; ce qu'il
faisoit en peu de temps, la vivacité
de son esprit ne lui permettant pas
de languir long-temps sur un même
ouvrage. Ajoûtons encore qu'il trouvoit des secours dans ses disciples,
qui l'aidoient souvent, sur-tout pour
les tables de ses Livres, & celles des

J. A. FA-
BRICIUS.
Auteurs Grecs & Latins , qu'il y a inferées.

Au reste , s'il recevoit du secours des autres , il en donnoit aussi volontiers à ceux qui lui en demandoient , & les aidoit de ses conseils & de ses soins. On voit dans sa vie une grande liste d'ouvrages pour lesquels il a fourni à divers Sçavans des manuscrits , & diverses leçons tirées des Mss. Il se faisoit ainsi un plaisir de contribüer en toutes manieres au bien des Lettres , & de faire pour les autres ce qu'il souhaitoit qu'on fît pour lui.

Jean Frederic Mayer voulut en 1701. l'engager à accepter une Chaire de Professeur en Théologie à *Gripwalde* avec cinq cens écus d'appointemens ; mais une maladie dont il sortoit , & dont il étoit encore fort foible , ne lui permit pas de le faire.

Le 9. Janvier 1708. il fut appellé à *Kiel* pour y être Professeur ordinaire en Theologie , en Logique , & en Metaphysique , & il accepta ce poste ; mais lorsqu'il se préparoit à en aller prendre possession , le Senat de *Hambourg* , ne voulant point

perdre un homme de ce merite , le
retint , en ajoûtant à sa Charge de
Professeur celle de Recteur de l'E-
cole de *S. Jean. Fabricius* fut déter-
miné d'autant plus à accepter cette
nouvelle place, que l'ancien Recteur ,
Jean Schultz , étoit son beau-pere ,
& qu'il étoit bien aise de lui rendre
service, en l'aidant dans les fonctions
de cet emploi. Il en prit possession le
3. May 1708. par un discours *de cau-*
sis contemptus scholarum publicarum ,
dans le dessein cependant de s'en dé-
faire , s'il en étoit trop chargé. En
effet son beau pere étant mort le
26 Janvier 1709. il demanda qu'on
lui donnât un successeur , mais il n'en
put obtenir qu'en 1711. que *Jean*
Hubner entra dans ce poste le 18.
Juin.

En 1719. le Landgrave de Hesse
lui fit proposer la premiere Chaire de
Theologie à *Giessen* avec une place
de Ministre. Il panchoit assez à accepter cette vocation ; mais les pro-
tecteurs de l'Académie voulant absolument le retenir , augmenterent ses
appointemens de deux cens écus.
Cette marque extraordinaire d'esti-

J. A. FA-
BRICIUS.

K ij

J.A. FA-
BRICIUS.

me toucha tellement *Fabricius* , qu'il
refolut alors de fe fixer à *Hambourg*
pour le refte de fes jours. Ainfi *Valentin Erneft Loefcher* ayant fait tout
l'imaginable en 1726. pour lui faire
accepter une Chaire de Theologie
à *Wittemberg* , *Fabricius* demeura
ferme dans fa refolution , & re-
jetta toutes fes inftances & fes
offres.

Après avoir langui quelque temps
il mourut le 30. Avril 1736. âgé de
67. ans.

Il avoit époufé le 22. Avril 1700.
Marguerite Schultz , fille de *Jean
Schultz* , Recteur de l'Ecole de *S.
Jean* , qui mourut le 16. Janvier
1736. deux mois & demi avant lui ,
& dont il eut un fils , qui mourut
dans le berceau , & deux filles , *Ca-
therine Dorothée* , qui époufa *Jean
Dieteric Evers* , Docteur en Droit ,
& *Jeanne Frederic* , qui fut mariée à
Herman Samuel Reimarus , qui a écrit
la vie de *Fabricius*.

Malgré l'étendue & la variété de
fa fcience & de fon érudition , il fe
faifoit aimer de tout le monde par
fa modeftie. Ce fut cette modeftie

qui lui fit refufer une place dans l'Academie des fciences de *Berlin*, & une autre dans la Societé Royale de *Londres*, qu'on lui offrit avec empreffement. Perfuadé que plus on fcait de chofes, plus on connoît que l'on en ignore, il ne fe choquoit point, lorfqu'on lui montroit quelques fautes dans fes ouvrages, fe contentant de dire, que s'il étoit befoin, il en feroit voir lui-même bien d'autres.

Il n'eft gueres d'Auteur qui ait tant compofé d'ouvrages que lui, ni qui en ait fait de fi utiles ; c'étoit auffi à l'utilité du Public, qu'il rapportoit tout fon travail & toutes fes productions. *

Catalogue de fes Ouvrages.

1. *De numero feptuagenario Differtatio. Lipfiæ* 1688. *in-4*°.

2. *Scriptorum recentiorum Decas. Hamburgi* 1688. *in-4*° *Fabricius* n'à pas mis fon nom à ce petit ouvrage, qui ne tient qu'une feuille, & dans lequel il porte avec beaucoup de liberté fon jugement fur dix Auteurs de fon temps, *Daniel George Mörhof, Chriftophe Cellarius, Henning Witten, Chretien Thomafius, Guil-*

J. A. FABRICIUS.

* On trouvera la plûpart des Ouvrages de M. Fabricius chez Briaffon.

J. A. FA-
BRICIUS.

laume Saldenus , *Abraham Berkelius ,*
Servat Gallæus , Jacques Tollius , George
Mathias Konig & *Chretien Guillau-*
me Eybenius. Il fut attaqué l'année
suivante par un écrit intitulé : *Episto-*
la sinceri Veridici ad Candidum Phi-
laletham super Decade recentiorum Au-
torum scripta. Lubecæ 1689. En une
feuille. On vit aussi paroître à son
sujet sans date *Epistola Amici ad Ami-*
cum , qua de scriptorum recentiorum De-
cade judicium fertur. En une feuille.
Cela produisit une réponse de *Fa-*
bricius , qui l'intitula.

3. *Defensio Decadis adversus homi-*
nis malevoli maledicum judicium , jus-
tis de causis ab autore suscepta. in-
4o. Petite brochure sans date , ni
lieu.

4. *Decas Decadum , sive Plagiario-*
rum & *Pseudonymorum centuria. Ac-*
cessit exercitatio de Lexicis Græcis. Lip-
sia. 1689. *in*-4o. Cet ouvrage est plein
d'érudition , mais il y manque des
Tables , qui y seroient fort necessaires. C'est le seul , où l'Auteur ait pris
le nom de *Faber ,* il s'est toujours
appellé depuis *Fabricius.*

5. *Grammatica Græca Jacobi Welleri ,*

emendata & aucta variis locis. Lipsiæ J. A. FA-
1689. *in*-80. & plusieurs fois depuis. BRICIUS.
Fabricius n'a point mis son nom à cet
ouvrage.

6- Il a fait réimprimer, sans y ajoûter rien du sien, *Ludovici Cappelli
Historia Apostolica illustrata. Lipsiæ*
1691. *in*-80.

7. *Liber Tobiæ, Judith, Oratio Ma-
nassæ, Sapientia & Ecclesiasticus, Græcè & Latinè, cum Prolegomenis J.
Alb. Fabricii. Francofurti, & Lipsiæ.*
1691. *in*-80. La version latine du
Livre de *Tobie* est de *Fabricius*, celle
de *Judith* de *Claude Baduel*, celle de
l'Oraison de *Manasses* est la vulgate,
celle de la Sagesse est de *Victorin Strige-
lius,* & celle de l'Ecclesiastique de *Jean
Drusius.* l'Oraison de *Manasses* est
accompagnée de deux paraphrases
en vers, l'une Greque de *Jean Go-
defroi Herrichen,* & l'autre Latine
de *Baudoin Barlicomius.*

8. *Notæ ad Josephi L. XII. c. 2.
quo cempendium libri Aristeæ de 70.
Interpretibus continetur.* Dans l'*Appen-
dix,* qu'il a ajoûté à l'édition de
Joseph faite à *Leipsic,* sous le titre de
Cologne, en 1691. *in-fol.* & qui a

J. A. FA-été réimprimé dans celle qu'*Haver-*
BRICIUS. *camp* a donnée à *Amsterdam* en 1726,
in-fol.

9. *De Antiquorum Philosophorum,*
Stoicorum maxime, cavillationibus,
exercitatio. Lipsiæ. 1692. in-4o.

10. *Exercitatio de Platonismo Phi-*
lonis Judæi, Johanni Jonsio opposita.
Lipsiæ 1693. in-4o.

11. *Dissertatio de Alogo, seu irratio-*
nali Logica Pontificiorum ; Præside
Joanne Friderico Mayero. Kilonii 1695.
in-4o. Quelques Auteurs donnent
cette Dissertation à *Fabricius,* qui cependant ne l'a point mis dans la liste
de ses Ouvrages, insérée dans la *Bi-*
bliotheque Germanique. tom. 6. p. 64.
Cela peut faire croire qu'il n'y a eu
que peu de part, & qu'elle est de la
façon de *Mayer,* suivant l'usage ordinaire.

12. *Mericus Casaubonus de En-*
thusiasmo precatorio, ex Anglico La-
tine versus. A la suite de l'ouvrage de
Jean Frederic Mayer, de Pietistis Ec-
clesia veteris. Hamburgi 1696. in-4.

13. *Bibliotheca Latina, sive notitia*
Auctorum veterum Latinorum, quo-
rumcumque scripta ad me pervenerunt.
Accessit

Acceſſit duplex Appendix , quâ de J. A. FA-
fragmentis & collectionibus veterum BRICIUS.
*Scriptorum Latinorum , monumentis
antiquis, Poëtis Chriſtianis, Juriſcon-
ſultis , Mediciſque & ſcriptis quibuſdam
Hypobolimæis diſſeritur. Obiter ſuppleta
ingens lacuna aliquot paginarum in ſcholiis Euſtathii ad Dionyſium Perie-
getem. Hamburgi* 1697. *in*-8°. pp. 216.
pour la Bibliotheque & 206. pour
les Appendices & les Tables. It.
Londini 1703. *in*-8°. On a ajoûté à
cette édition quelques éditions d'Auteurs Latins , qui manquoient dans
la précedente , mais elles ſont en
petit nombre & quelquefois fauſſes.
On y a joint de plus la vie de *Pro-
clus* le Philoſophe par *Marin ,*
que *Fabricius* avoit publiée à part.
Cette ſeconde édition a été faite
à la ſollicitation de *Jean Moorre ,*
Evêque de *Norwich*; mais on ignore
qui eſt celui qui s'en eſt mêlé. It.
*Nova hac editione ſic recognita , ut no-
vum opus videri poſſit. Hamburgi.* 1708.
in-80. L'ouvrage eſt diviſé ici en livres & en chapitres , ce qui n'avoit
point été obſervé dans les deux éditions précedentes. It. *Hamburgi* 1722.
Tome XL. **L**

J. A. FA-
BRICIUS.

*in-*8o. Avec un supplément imprimé
à part. It. *Quintæ huic Editioni ab
Autore emendatæ, accedit volumen alterum, supplementi loco separatim ex-
cusum. Hamburgi. 1721. in 8o.* Le supplément est divisé ici en deux parties ; la 1e. de 864. pages, à laquelle
sont jointes *Epistolæ Q. Curtii nomine,
anno 1500, Regii Lepidi vulgata* ; la
2e. de 1012. pages, dans laquelle
Fabricius a fait entrer *Aur. Cornelii
Celsi Rhetorica, ex unica Sixti Popmæ
editione.* Ainsi le tout ensemble fait
trois volumes. It. *supplementis, quæ
antea sejunctim excusa maximo Lecto-
rum incommodo legebantur, suis quibus-
que locis nunc primum insertis. Venetiis
1728. in-*40. Deux vol. Cet Ouvrage a merité l'estime des Sçavans, quoiqu'il ne soit pas aussi parfait que la
Bibliotheque Greque. Il est vrai qu'il
y a des fautes ; mais elles étoient iné-
vitables dans un ouvrage de cette
nature, où l'on ne peut tout voir par
soi-même, & où l'on est obligé de se
fier à des Catalogues souvent fautifs.
Il a été attaqué par un écrit intitulé :
*Constantis à Ferris Monita quædam ad
Cl. Viri Jo. Alb. Fabricii supplementa*

Bibliotheca Latinæ. Ultrajecti. 1722. J. A. FA-
in-40. Mais cet écrit ne roule que ſur BRICIUS.
les Juriſconſultes, qui n'y ſont pas
aſſez loués au gré de l'Auteur.

14. *Caſparis Scioppii Epiſtola ad
Fulgentium Theologum Venetum , ex
Italico Latinè verſa ,* A la p. 148. d'un
Livre de *Jean Frederic Mayer ,* qui a
pour titre : *Eclogæ de fide Baroni: apud
ipſos Pontificios ambigua. Amſtelod.*
1697. *in*-80.

15. *Præfatio ad Joannis Schefferi Miſ-
cellanea , ſeu Prælectiones Academicas.
Upſaliæ* 1697. *in*-80. Cette édition a
été faite à *Hambourg. Fabricius* n'a pas
mis ſon nom à la Preface , dans laquelle il traite de ſa vie & des écrits
de *Scheffer.*

16. *Specimen Elencticum Logicæ ,
quòd una cum quinquagena Theſium
Logicarum ac Metaphyſicarum publice
defendendum propouit die* 24. *Januarii.
Hamburgi* 1699. *in* 40.

17. *Exercitatio Theologica inauguralis de recordatione Animæ humanæ poſt
fata ſuperſtitis. Kiliæ* 1699. *in* 4°. C'eſt
la Theſe qu'il ſoutint pour obtenir le
dégré de Docteur en Theologie.

18. *Oratio inauguralis de Eloquen-*

J. A. FA-
BRICIUS.

tia Epicteti , dicta publice Hamburgi in Gymnasio 3. Cal. Julii Anni 1699. Dans le 7e. volume des *Memoriæ Hamburgenses.* p. 175.

19. *Dissertatio Moralis de laudibus malignis.* Hamburgi 1700. *in-*4°.

20. *Vita Procli , Philosophi Platonici , scriptore Marino Neapolitano, quam altera parte , de virtutibus Procli, Theoreticis ac Theurgicis auctiorem , & nunc demum integram primus edidit , versionem breves notas , atque Elenchum scriptorum Procli adjecit Joh. Alb. Fabricius Præmissa sunt Prolegomena de Marino , de ætate , gente , Magistris & successoribus Procli , tum de septem generibus , sive gradibus virtutum , quas in Præceptore suo celebrat Marinus.* Hamburgi. 1700. *in-*4°. It. A la fin de la *Bibliotheca Latina* de l'Edition de *Londres.* 1703. *in-*8°.

21. *Exercitatio moralis de observantia sacra , sive de genuino studio opera divina contemplandi celebrandique.* Hamburgi 1700. *in-*40.

22. *Notæ ad loca quædam S. Hieronymi de Scriptoribus Ecclesiasticis.* Dans une édition de cet Ouvrage de S. *Jérôme* , donnée par *Salomon Erneft*

Cyprianus. Francofurti & Lipfiæ 1700. J. A. FA-
in 4°. Ces notes de *Fabricius* ont paru BRICIUS.
à fon infçu.

23. *Programma ad Orationem fæcu-*
larem Francifci Wolfii , de quibufdam
ad fæculi Numerationem & celebratio-
nem fpectantibus. Hamburgi. 1701.
*in-*40. It. Dans le 4e. volume des
Memoriæ Hamburgenfes. p. 161.

24. *Differtatio de Hærefi & mori-*
bus Bogomilorum. Hamburgi 1702.
*in-*40.

25. *Jufta Memoriæ Hieronymi*
Hartwigi Molleri J. U. L. die exe-
quiarum, Idibus Decembris anni 1702.
perfoluta à J. Alb. Fabricio. Hambur-
gi. 1702. *in-fol.* It. dans le premier
volume des *Memoriæ Hamburgenfes* p.
360.

26. *Codex Apocryphus Novi Tefta-*
menti, collectus, caftigatus , teftimoniif-
que , cenfuris , & animadverfionibus il-
luftratus. Hamburgi. 1703. *in-*80. PP.
986. en deux parties, dont la premiere
contient les pieces qui concernent
Jefus-Chrift , & la feconde celles qui
regardent les Apôtres. It. Augmenté
d'un troifiéme volume , intitulé : *Co-*
dicis Apocryphi Novi Teftamenti pars

L iiij

T. A. FA-*tertia, nunc primum edita.* Hamburgi
BRICIUS. 1719. *in-8o.*

27. *Dicæarchi, Meſſenii Siculi, Deſcriptio montis Pelii ex cod. Ms. Marquardi Gudii, Gracè, cum interpretatione Latina & notis J. Alb. Fabricii.* Dans le 2e. tome d'un Recueil de *Jean Hudſon,* intitulé : *Geographiæ veteris Scriptores Græci minores.* Oxoniæ 1703. *in-8o.*

28. *Iſidori Characeni Manſiones Parthicæ, ad Cod. Mſ. Bibliothecæ Regiæ Pariſienſis caſtigata, additis brevibus notis.* Dans le même volume.

29. *Interpretatio Locorum quorumdam Juſtini Martyris, in Apologia prima, à Jo. Erneſto Grabio recenſita.* Dans les *Nova Litteraria Germaniæ. anni* 1703. P. 79.

30. *De verſionibus libri Thoma à Kempis de Imitatione Jeſu Chriſti.* Dans le même volume. p. 202.

31. *Programma, vetereſne recentibus, an priſcis noſtra ætas palmam ingenii concedere debeat ?* Hamburgi 1703. *in-fol.* L'Auteur donne l'avantage aux Anciens.

32. *In funus Eberhardi Anckelmanni Scazon J. Alb. Fabricii.* Hamburgi 1703. *in-fol.*

33. *Vita Antonii Reiſeri, Augusta-* J. A. Fa-
ni, Amici litteris. A la p. 141. d'un Bricius,
Recueil d'*Henry Sipping*, intitulé :
*Sacer Decadum ſeptenarius, Memoriam
Theologorum noſtra ætate clariſſimorum
renovatam exibens Lipſiæ* 1705. *in-*8°.

34. *Memoria Abraham Hinckel-
manni.* A la p. 597. du même Recueil.

35. *Regrets ſur la mort de Jean
Winckler* (en Allemand) *Hambourg*
1705. *in fol.* It dans le 3e. tome des
Memoriæ Hamburgenſes. p. 366. Cette
piece eſt en vers.

36. *In funus Chriſtiani Henrici Poſ-
telli Scazon. Hmaburgi* 1705. *in-fol.* La
Poëſie n'étoit pas le talent de *Fabricius.*

37. *Bibliotheca Græca, ſive Notitia
Scriptorum veterum Græcorum, quorum-
cumque monumenta integra, aut fragmenta edita extant, tum plerorumque è Mſſ.
ac deperditis. Acceſſit Empedoclis ſphæ-
ra, & Marcelli Sidetæ carmen de medi-
camentis è Piſcibus, Græcè & Latinè,
cum brevibus notis. Hamburgi* 1705.
*in-*40. It. *Editio ſecunda ab Autore recognita & plurimis locis aucta. Hamburgi* 1708. *in-*40. It. *Tertia edittio.
Ibid.* 1718. *in-*40. Ce Tome contient

J. A. FA- les deux premiers livres de l'Ouvrage,
BRICIUS. dont le premier renferme, par ordre
alphabetique, les Auteurs Grecs qui
ont été avant *Homere*, & qu'on croit
avoir composé quelque chose ; & le
second traite des Ecrivains, qui ont
vécu depuis *Homere* jusqu'à *Platon.*

*Liber III. de Scriptoribus, qui cla-
ruerunt à Platone, usque ad tempora
nati Christi, sospitatoris nostri. Accedunt Albini introductio in Platonem,
& Anatolii quædam nunc primum edita, tum Poëta vetus de viribus Herba-
rum diis sacrarum, cum Latina versione
ac notis. Hamburgi* 1707. *in*-4º. It.
Ibid. 1716. *in*-4º. Il n'y a rien de
nouveau dans cette seconde édition,
non plus que dans celles des volumes suivans. C'est ici le 2ᵉ. volume.

*Liber IV. De libris sacris novi fœ-
deris. Philone item atque Josepho, &
aliis Scriptoribus claris à tempore nati
Christi, salvatoris nostri, ad Constan-
tinum M. usque. Accedunt Cl. Ptolemæi liber de apparentiis fixarum, nunc
primum Græcè editus, & Philippi Lab-
bei, Soc. J. Elogium Galeni Chronolo-
gicum. Hamburgi* 1708. *in*-4º. It. *Ibid.*
1717. *in*-4º. C'est le 3ᵉ. volume.

Libri IV. Pars altera, quæ præter J. A. FA-
Scriptores de numerorum doctrina & alios BRICIUS.
nonnullos Philosophos, recensentur Rhe-
tores ac Sophistæ, Lexicorumque vete-
rum Græcorum notitia traditur. Acce-
dunt præter nonnulla hactenus inedita,
Democriti & Anatolii de Sympathiis &
Antipathiis, interpretatione & Commen-
tario illustrata, & Ptolemæi Ascaloni-
tæ de differentia vocum Græcarum, spe-
cimenque Glossarii Mss. νομικὸν ; Porphy-
rius de vita scriptisque Plotini, cum bre-
vibus notis ; Longini de metris fragmen-
tum ; & Lucæ Holstenii Dissertatio de
vita & scriptis Porphyrii Hamburgi
1711. in-4º. It. Ib. 1722. in-4º. C'est
le 4º. volume.

Liber V. De Scriptoribus Græcis Chris-
tianis, aliisque qui vixere à Constanti-
ni M. ætate ad captam A. C. 1453. à
Turcis Constantinopolin. Accedunt Leonis
Allatii Diatribæ de Nilis & Psellis eo-
rumque scriptis, & de Libris Ecclesias-
ticis Græcorum, notis ac supplementis
aucta, atque Michaëlis Pselli de omni-
varia doctrina Quæstiones 193. ad Mi-
chaëlem Ducam Imperatorem nunc
primum edita ex Apographio Linden-
brogiano, quod extat Hamburgi in Bi-
bliotheca Johannea. Hamburgi. 1712.

J. A. FA-*in-4o.* It. *Ibid.* 1722. *in-4o.* C'est le
BRICIUS. 5e. volume de l'Ouvrage.

*Libri V. Pars altera, sive volumen
VI. quo Graci Autores Annalium &
Historiæ Ecclesiastica ac Byfantinæ, nec
non Erotici Scriptores recensentur. Ac-
ceffit præter Leonis Imp. Naumachica,
& carmen Heliodori de Chyfopœia ad
Theodosium Imperatorem, aliaque aliorum inedita hactenus monumenta, Auctoris Differtatio, qua probatur crucem,
qua in cælo visa Deus usus est ad Conf-
tantini M. animum permovendum,
fuisse phænomenon, perinde ut Iridem
naturale, in halone folari. Hamburgi
1714. in 4o. It. Ibid. 1725. in-4o.*

*Volumen VII. in quo præter alios in-
signes quarti maxime ac quinti sæculi
Scriptores, recensentur Grammatici Græci ac Christiani Poëtæ & Hæresiologi,
Catenæque Patrum Græcorum in scrip-
turam facram. Accedunt nunc primùm
edita Grammatica Dionysii Thracis,
Libanii sophista Orationes quatuor, cum
versione, una etiam C. V. Godfridi Olea-
rii; ejusdem Libanii Epistolæ quædam,
& Emanuelis Phile Poëma de Elephan-
te, aliaque Poëmatia. Insertus præterea
Catalogus quingentorum circiter Scrip-*

torum qui veritatem Religionis Chriſtia- J. A FA=
næ adverſus Atheos Deiſtas, Ethnicos , BRICIVS.
Judæos & Muhamedanos aſſeruerunt
Hamburgi 1715. *in-*40. C'eſt la 3e.
partie du 5e. Livre.

Volumen VIII. ſive libri V. Pars
quarta ac penultima ; in qua de Philo-
ſophis , Themiſtio , Theone , Pappo ,
Syriano , Proclo , Simplicio & aliis ,
necnon de Eccleſiæ Doctoribus celebra-
tiſſimis , Hæreticiſque , & de Joanne
Stobæo atque aliis Locorum communium
ſcriptoribus Græcis diſſeritur. Accedunt
nunc primum edita , maximi Philoſophi,
quem Julianus Imperator audivit ,
Poëma περὶ καταρχῶν ; *Eunomii He-*
retici Apologeticus ; Syneſii de arte
magna ; Procli Philoſophi de providen-
tia & fato ad Theodorum Mechanicum
& alia quædam ; Choricii ſophiſtæ Ora-
tiones duæ , una in funere Procopæi Ga-
zæi & altera in Sommium Ducem ; Ba-
ſilii Cubicularii Maumachica , &c.
Hamburgi 1717. *in-*40. It. *Ibid.* 1729.
*in-*40.

Volumen IX. ſive Libri quinti Pars
V. & ultima, in quo præter multos alios ,
traduntur Scriptores , qui vitas ſancto-
rum , Monachorumque compoſuere ; &

J. A. FA-
BRICIUS.
*de Theodoris , Anastasiis, Joanne Phi-
lopono, Photio, scriptisque censura ejus
subjectis , ac de Suida plenius differitur. Accedunt nonnulla hactenus inedita , ut Xenocratis de alimento ex Aqua-
tilibus , longe quam Gesnerus eum olim
vulgaverat plenior , Himerii oratio quâ
Athenis Julianum Imperatorem exce-
pit ; specimen Lexici Photii , nec non
Maximi Sophistæ de objectionibus in-
solubilibus eludendis , & Troili Prolegomena Rhetorica. Hamburgi 1719. in-4o,*

*Volumen X. sive reliqua partis ulti-
mæ libri V, Ubi de Ethymologico magno,
& cæteris Lexicis Græcis , maxime vero de Scriptoribus mediæ & infimæ Græ-
ciæ differitur. Accedit præter Lexicon
in Octateuchum, Homiliam Andreæ Cre-
tensis de Pharisæo & Publicano , aliaque aliorum inedita Apospasmatia , Leonis Allatii Diatriba de Georgiis , notulis , supplemento & indice illustrata.
Præmittuntur Indices Homonymorum
Scriptorum & Indicum in Scriptores Græ-
cos per decem volumina hujus Bibliothecæ sparsorum, Hamburgi 1721. in-4o.*

*Volumen XI. sive Libri VI. capita
quatuor priora ; quibus enarrantur col-
lectiones canonum veteris Ecclesiæ , &*

Conciliorum tam univerfalium, quàm J. A. FA-
particularium, nec non de Epiftolis ac BRICIUS.
Decretis Pontificum Romanorum notitia
traditur. Accedit præter Synodicon ve-
tus, pridem in lucem datum à Joanne
Pappo, Demetrii Procopii Macedonis
Moschopolitæ fuccincta eruditorum Græ-
corum fuperioris ac præfentis fæculi re-
cenfio, nunc primum edita Grecè & La-
tinè. Hamburgi 1722. *in-*4o.

Volumen XII. in quo poft Elenchum
fitus Epifcopatuum Orbis Chriftiani ultra
quatuor mille, & fcriptorum Hiftoriæ
Ecclefiafticæ notitiam, de Jurifconfultis
& Medicis Græcis differitur. Accedunt
præter inedita varia Plutarchi, Theodori
Studitæ, & aliorum, felectaque veie-
rum rariùs obvia Apofpafmatia, Theo-
phili Protospatharii libri V. de Homi-
nis fabrica; Grecè & Latinè. Hambur-
gi 1724. *in-*4o. Ce volume contient
les chapitres 5. 6. 7. & 8. du 6e. livre.

Volumen XIII. quo continetur Elen-
chus Medicorum veterum, & notitia
collectionum ac fcriptorum Græcorum
junctim editorum, Liturgicorumque.
Accedunt Anonymi Hoefcheliani Defi-
nitiones Latina verfione donatæ; Senten-

J. A. FA-
BRICIUS.

*tiæ variorum & Secundi Philosophi emen-
date ex Mss. Nuncupationes Ecclesiasti-
cæ quibus utuntur in suo litterarum com-
mercio Græci recentiores; Theophili Cory-
dalei expositio Rhetorices , &c. Hamburgi 1726. in-40.* On voit ici les 9.
& 10. chapitres du 6e. livre.

*Volumen XIV. ultimumque ; quo con-
tinentur Paralipomena quædam , & de
scriptis Pseudonymis atque supposititiis
Diatriba , postremo ad universa qua-
tuordecim volumina Index generalis,
Accedunt præter alia , Gemisti Pletho-
nis compendium Zoroastreorum & Pla-
tonicorum Dogmatum , Grecè ac Latinè , & genuini Berosi Chaldæi Fragmenta , nec non Epistolæ , quæ ferun-
tur sub falso Diodori Siculi nomine.
Hamburgi 1728. in-40.* La table ge-
nerale tient la plus grande partie de
ce volume ; l'ouvrage en avoit extrêmement besoin ; car outre que l'ordre
n'y est pas trop observé , il y est parlé
d'un si grand nombre d'Auteurs,
qu'il seroit impossible sans ce secours
de trouver les endroits où il en est
fait mention. Au reste c'est un des
meilleurs ouvrages , & peut-être le

plus generalement utile en matiere
de Litterature, que notre siecle ait
produit. C'est le chef-d'œuvre de son
Auteur, & l'on ne peut trop admi-
rer la vaste & profonde érudition qui
y regne. *Fabricius* y a fait entrer plusieurs choses qui paroissent étrangeres
à son dessein, mais si c'est un défaut,
l'utilité qu'on en peut retirer, le lui
fait pardonner sans peine.

38. *Exercitatio critica, quâ disputa-
tur, crucem quam in cælis vidisse se ju-
ravit Constantinus M. Imperator, fuisse
naturalem in Halone solari. Hamburgi* 1706. *in-*4°. It. Dans le 5e. volume de la *Bibliotheca Græca.*

39. *Programma de Chimæris scientiarum. Hamburgi* 1706. *in-fol.*

40. *Jacobi Gaffarelli curiositates inau-
ditæ, sive selecta observationes de variis
superstitionibus veterum, Orientalium
maxime, Judæorum, Persarum &c.
de figuris Talismanicis, Horoscopo Patriarcharum, characteribusque cælestibus.
E Gallico Latina versione donatæ il-
lustratæque à M. Gregorio Michaëlis,
Præposito Regio Flensburgensi. Præfixa
est huic Editioni nova Præfatio Jo. Alb.
Fabricii, qua de Autore & scriptis*

J. A. FA-
BRICIUS.

ejus succinctè agitur. Hamburgi 1706. in 80.

41. *Erpoldi Lindenbrogii Scriptores septentrionales Petri Lambecii originum rerumque Hamburgensium Libri II. Theodori Anckelmanni Inscriptiones Hamburgenses una cum Auctario. Hamburgi 1706. in-fol.* Fabricius, qui a publié de nouveau ces Ouvrages, a mis à la tête de chacune des Prefaces, dans lesquelles il parle des Auteurs, & du merite de leurs Ouvrages.

42. *Joannis Georgii Gravii Præfationes & Epistolæ, editæ à Joh. Alberto Fabricio. Hamburgi 1707. in-80.*

43. *In funus Esdræ Edzardi Scazon. Hamburgi 1708. in-fol.*

44. *Exercitatio de Brachmanibus Philosophis Indorum. Ibid 1708. in-40.*

45. *Isagoga in notitiam Scriptorum Historiæ Gallicæ; quâ continentur 1°. Andreæ Du Chesne Bibliotheca Chronologica scriptorum ab Originibus regni Francici ad sua usque tempora. 20. Christiani Gryphii Diatribe Scriptorum sæculi 17. de rebus Gallicis & Lotharingiæ. 3°. Hermanni Dieterici Meibomii de Gallica Historiæ periodis & scriptoribus Dissertatio. Hamburgi. 1708. in-80.* Fabricius

cius est l'Editeur de ces Ouvrages. J. A. FA-

46. *Vincentii Placcii Theatrum Ano-* BRICIUS,
nymorum & Pseudonymorum ex simbolis
& collatione virorum per Europam doc-
tissimorum, post syntagma dudum editum,
summa Autoris cura reclusum, & aus-
piciis D. Matthiæ Dreyeri, cujus &
commentatio de summa & scopo hujus
operis accedit, luci publicæ redditum.
Præmissa est Præfatio & vita Auctoris,
scriptore Joanne Alberto Fabricio. Ham-
burgi 1708. *in-fol.*

47. *Ægidii Gutbirii, Professoris in*
Gymnasio Hamburgensi, vita. Dans un
Recueil publié par *George Henri Goët-*
ze sous le titre d'*Elogia Philologorum.*
quorumdam Hebræorum Lubecæ 1708.
in-8o.

48. *Programma ad orationem inaugu-*
ralem Joh. Alb. Fabricii, de causis con-
temptus scholarum. Hamburgi 1708. *in-*
fol.

49. *Programma de exercitiis Orato-*
riis. Ibid. 1708. *in-fol.*

50. *Centuria Fabriciorum scriptis cla-*
rorum, qui jam diem suum obierunt.
Hamburgi 1709. *in-8.*

Fabriciorum centuria secunda, cum

Tome XL. M

J. A. FA-
PRICIUS.
priore supplemento. Hamburgi. 1727.
in 8°. Fabricius devoit en donner deux autres centuries, mais il n'en a laissé qu'un projet fort imparfait.

51. *Gothofredi Voigtii Thysiasteriologia, sive de Altaribus veterum Christianorum liber posthumus, nunc primum in lucem editus à Joh. Alb. Fabricio, qui delineationem Thesauri Antiquitatum Hebraicarum & Ecclesiasticarum atque Autoris vitam præmisit. Hamburgi* 1709. *in-8°. It. Ibid.* 1714. *in 80.*

52. *Programma de votis mortalium. Ibid.* 1709. *in-fol.*

53. *Elogium Funebre Joannis Schultze, scriptum à Genero Joh. Alb. Fabricio. Hamburgi* 1709. *in-fol.* It. dans le 3e. volume des *Memoriæ Hamburgenses.* p. 578.

54. *Supplementa & Observationes ad Vossium de Historicis Græcis & Latinis, sive volumen quadripartitum, quo continentur. I. Bernardi à Mallinerot Paralipomenon de Historicis Græcis centuria circiter quinque. II. Ludovici Nogarola, de viris illustribus gente Italis qui Græcè scripserunt. III. Christophori Sandii Notæ & Animadversiones in G. Jo. Vossii libros tres de Historicis La-*

tinis. IV. Joan. Hallervordi de Hiſtori- BRICIUS.
cis Latinis ſpicilegium. Cum. Præfatione
Joh. Alb. Fabricii. Hamburgi 1709.
in-8°.

55. *Ad Faſtos Proconſulares & Con-*
ſulares Hamburgenſes Gerardi Schra-
deri Præfatio. Hamburgi 1709. *in-fol.*
It. *Ibid.* 1710. *in fol.*

56. *Pauli Coloméſii Opera Theologi-*
ci ,Critici, & Hiſtorici argumenti , junc-
tim edita ; curante J. Alb. Frabricio.
Hamburgi 1709, *in-4°.*

57. *Memoriæ Hamburgenſes , ſive*
Hamburgi & Virorum de Ecclesia , Re-
quepublica , & Scholaſtica Hamburgen-
ſi bene meritorum elogia & vitæ , collec-
tore Joh. Alb. Fabricio. Hamburgi
1710. *in-8o.*

Volumen ſecundum ; cui accedit Index
Proſophographicus locupletiſſimus. Ham-
burgi 1710.

Volumen tertium , cui premittuntur
Petri Lambecii Orationes & Program-
mata. Ibid. 1711. *in-8°.*

Jubilæum primum Gymnaſii Hambur-
genſis ; cui accedit Mantiſſa Memoria-
rum Hamburgenſium. Ibid. 1715. *in-*
8°. C'eſt le 4e. volume de cet Ouvrage.

Mij

J. A. FA-
BRICIUS.

*Volumen quintum : cui præmittuntur
Acta Jubilæi Reformationis Ecclesiæ
an. 1617. & 1717. celebrati. Ibid.
1723. in-8°.*

*Volumen sextum ; cui præmittitur Me-
moria sæcularis instauratorum ante ducentos annos in hac Urbe Sacrorum E-
vangelicorum ; nec non spectatissimi Tri-
bunorum Collegii ante duorum sæculo-
rum spatium constituti. Ibid. 1730. in-
8°.*

*Volumen septimum, seu Pietas Ham-
burgensis in celebratione solemni Jubilæi
bissecularis Augustanæ Confessionis publice testata. Accedit Mantissa nova Me-
moriarum Hamburgensium. Ibid. 1730.
in-8o.* Ces sept volumes ne sont qu'un
composé de piéces composées par differens Auteurs, rangées sans ordre, &
sans choix, & où le mauvais l'emporte
de beaucoup sur le bon. Il est à pré-
sumer que les circonstances ont obligé *Fabricius* à y faire entrer les baga-
telles, qu'il y a inserées, & à donner
plus d'ordre à son Ouvrage.

58. *Programma de Deo ex oculi con-
templatione demonstrando. Hamburgi
1710. in-fol.*

59. *Stephani Clotzii de Sudore Jeſu* J. A. FA-
Chriſti Sanguineo , *& Animæ ejus dolo-* BRICIUS.
ribus ; cum Præfatione Joh. Alb. Fabri-
cii. Ibid. 1710. *in-4o.*

60. *Petri Lambecii, Hamburgenſis ,*
Prodromus Hiſtoriæ Litterariæ , *& Ta-*
bula Duplex Chronographica univerſa-
lis. Accedunt in hac editione præter Au-
ctoris iter Cellenſe , *Alexandri Ficheti*
S. J. arcanam ſtudiorum methodum , *at-*
que ideam locorum communium , *nunc*
primum in lucem editus;Wilhelmi Lan-
gii Catalogus Librorum Manuſcripto-
rum Bibliothecæ Mediceæ ; curante Joh.
Alb. Fabricio Lipſiæ & Francofurii
1710. *in-fol.*

61 *Leonis Allatii Apes Urbanæ ,ſi-*
ve de Viris illuſtribus, qui ab anno 1630.
per totum 1632. *Romæ ad fuerunt* , *ac*
typis aliquid evulgarunt. Et Joannis
Imperialis Muſeum Hiſtoricum , Viro-
rum litteris illuſtrium Elogia , *vitas*
eorumdem & mores notantia complexum;
præmiſſa Præfatione Joan. Alb. Fa-
bricii. Hamburgi. 1711. *in-8o.*

62. *Menologium* , *ſive libellus de*
menſibus , *centum circiter populorum*
Menſes recenſens,atque inter ſe conferens;

J. A. FA-*cum triplici Indice , Gentium , Men-*
BRICIUS. *sium , & Scriptorum. Hamburgi* 1712.
in-8°.

63. *Panegyricus Carolo VI. Hispa-*
niarum Regi , recens electo atque Coro-
nato Romano Germanico Imperatori die
28. *Januarii* 1712. *in Templo S. Johan-*
nis dictus à Joh. Alb. Fabricio. Ham-
burgi 1712. *in fol.* It. dans le 4e. vol.
des *Memoriæ Hamburgenses.* p. 265.

64. *Joannis Henrici Bœcleri Opera,*
in quatuor tomos distributa, Historici, Po-
litici, Moralis, Litterarii, & Critici ar-
gumenti. Cum Præfatione Joh. Alb. Fa-
bricii. Argentorati 1712. *in-4°.*

65. *Observationes selectæ in varia lo-*
ca Novi Testamenti ; sive Laurentii Ra-
miresii de Prado Pentecontarchus ; Ale-
xandri Mori in novum fœdus nota ; &
Petri Possini S. J. Spicilegium Evan-
gelicum. Cum tabulis æneis , & præmis-
sa Præfatione Joan. Alb. Fabricii. Ham-
burgi 1713. *in-8°.*

65. *Codex Pseudepigraphus veteris*
Testamenti , Collectus , Castigatus , Tes-
timoniisque , Censuris & animadversio-
nibus illustratus. Hamburgi 1713. *in-*
8°. It. *Ibid.* 1722. *in-8°. Fabricius* a

joint à cette nouvelle édition un second volume, imprimé à part. *Co-*
dicis Pseudepigraphi Veteris Testamenti
volumen alterum. Accedit Josephi Vete-
ris Christiani Hypomnesticon nunc pri-
mum in lucem editum cum versione ac
notis. Hamburgi 1723. *in-*80. C'est par
erreur qu'on a mis dans le titre particulier de l'*Hypomnesticon* l'année
1733. au lieu de 1723.

66. *Bibliotheca Antiquaria, sive in-*
troductio in notitiam Scriptorum, qui
Antiquitates Ebraïcas, Græcas, Ro-
manas & Christianas scriptis illustra-
runt. Accedit Mauricii Senonensis de
S. Missæ ritibus carmen, nunc primum
editum. Hamburgi 1713. *in-*40. *It.*
editio secunda auctior & Indice duplici
rerum scriptorumque locupletata. Ibidem.
1726. *in-*40. Fabricius a omis dans
cette seconde edition, le Poëme de
Maurice de *Sens*, qu'il a sçu depuis
la premiere, avoir été imprimé plusieurs fois sous le nom d'un Auteur
incertain, ou sous celui d'*Hildebert.* Il
a depuis augmenté son Ouvrage au
double, pour en faire une nouvelle
edition, qui n'a pas paru. *Pierre Zorn*

J. A. FA dans la Preface de sa *Bibliotheca Anti-*
BRICIVS. *quaria* parle fort desavantageusement
de cet Ouvrage, où il prétend qu'on
a omis les meilleurs Auteurs, & qu'il
y en a plusieurs qu'on cite à faux, &
le traite de livre imparfait, qui n'est
bon que pour ceux qui veulent avoir
tout en chaque genre.

67. *Oratio in Jubilæo Gymnasii Ham-*
burgensis recitata die 24. Augusti, an.
1713. Dans le 4e. volume des *Me-*
moriæ Hamburgenses. p. 1.

68. *Demonstration opposée à la dé-*
monstration Mathematique de M. Leo-
nard Christophe Sturm touchant la sain-
te Cene. (en Allemand) *Hambourg.*
1714. *in-8°.* *Sturm* avoit prétendu
que le mot Grec des paroles de la
consecration, que l'on a rendu par
celui de *Hoc*, doit être rendu par celui de *Tale* ; & que ces paroles signi-
fient que le corps de *Jesus-Christ* est
une bonne nourriture pour l'Ame,
comme le pain en est une bonne pour
le corps. *Fabricius* combat cette explication fortement, & *Sturm* étant
revenu à la charge, il lui repliqua par
l'Ouvrage suivant.

69.

69. *Réponfe à la nouvelle explication* J. A. FA-
de M. Leonard Chriftophe Sturm. (en BRICIUS.
Allemand) *Hambourg.* 1714. *in-8o.*

70. *De vita & morte Mofis libri tres,
cum obfervationibus Gilberti Gaulmini,
Molinenfis. Accedunt* 1. *Pfeudo-Doro-
thei Tyrii & aliorum Veterum Apofpafmatia de vita Prophetarum, Apoftolo-
rum, & 70. Difcipulorum Chrifti, Græcè & Latinè.* 11. *Ben fira & aliorum
Orientalium Sententiæ à Paulo Fagio &
Joanne Drufio pridem editæ.* 111. *Ni-
cephori Callifti Menologium breve Ec-
clefiafticum. Cum Præfatione Joh. Alb.
Fabricii. Hamburgi.* 1714. *in-8o.*

71. *Démonftration de l'éxiftance de
Dieu par M. de Fenelon, traduite de
François en Allemand. Hambourg.* 1714.
in-8º.

72. S. *Hippolyti, Epifcopi & Martyris, Opera non ante collecta, & partim nunc primum e Mff. in lucem edita;
Græcè & Latinè. Accedunt virorum Doctorum notæ & animadverfiones, ac præter aliorum Commentarios in Monumen-
tum Pafchale S. Martyris, tabula triplici ænea expreffum, Differtationes integræ virorum clariffimorum, Francifci
Bianchini, & Joan. Vignolii, atque ex*

Tome XL. N

J. A. FA-*Virginii Valsechii & Philippi à Turre*
BRICIUS. *scriptis excerpta S. Hippolytum spectan-*
tia ; subjuncta Appendix scriptorum du-
biorum, supposititiorumque, necnon qua-
cumque reperiri potuere ex lucubrationi-
bus Hippolyti Junioris Thebanii curan-
te Joh. Alberto Fabricio. Hamburgi,
1716. in-fol.

Volumen I I. inedita hactenus non-
nulla illius complexum ; Græcè alia cum
latina interpretatione ; alia Arabicè lit-
teris descripta Syriacis ex Catena in Pen-
tateuchum Ms. Bibl. Bodleianæ cum
Versione V. C. Joannis Gagnierii. Acce-
dit spicilegium Patrum quorumdam a-
liorum tertii à Christo nato sæculi, at-
que in hoc Leonis Allatii Diatriba de
Methodiis ac Methodiorum scriptis, &
Claudii Salmasii commentarius inchoa-
tus in Arnobium nunc primum editus ;
denique Appendicis loco Chalcidius in
Timæum Platonis Philosophi emendatus
& notis illustratus. Hamburgi. 1718,
in-fol. Fabricius ayant scu pendant
qu'il travailloit à cette édition, que
Jean Guillaume Janus avoit un semblable dessein, lui écrivit pour l'engager à lui communiquer ce qu'il a-
voit de particulier sur ce sujet, pour

ne point multiplier les éditions ; J. A. Fa-
mais *Janus* ayant refuſé de le faire, BRICIUS.
Fabricius fut obligé de ſe paſſer de ce
ſecours. On trouve une de ſes lettres
à *Janus* ſur ce ſujet à la p. 151. de ſa
vie.

73. Il a mis une Préface aux *conſi-
derations de Matthieu Hale ſur l'Oraiſon Dominicale, traduites d'Anglois en
Allemand par Jean Werkenthinus. Hambourg.* 1716. *in-8°.*

74. *Threnus in funere Lucæ à Boſtel
à J. Alb. Fabricio effuſus anno.* 1716.
die 23. *Julii.* Dans le 5e. volume des
Memoriæ Hamburgenſes. p. 318.

75. *Exercitatio critica de Religione
Eraſmi. Ibid.* 1717. *in-4°.*

76. *Oratio in Jubilæo Reformationis
habita in Gymnaſio Hamburgenſi Calen-
dis Novembris. an.* 1717. Dans le 5e.
tome des *Memoriæ Hamburgenſes.* p.
121.

77. *Joannis Mabillonii iter Germa-
nicum & Joannis Launoii de ſcholis ce-
lebribus à Carolo M. & poſt Carolum
M. in Occidente inſtauratis, liber. Accedunt Facultas Pariſienſis de Doctrina
pronuncians & veteres formulæ proteſta-
tionum, Romæ à Pontificibus, in Paris*

J. A. FA-*siensi & quibusdam aliis Academiis à*
BRICIUS. *Doctoribus fieri solitarum Præmissa est*
Præfatio Joh. Alb. Fabricii. Hamburgi,
1717. *in-8o.*

78. Il a ajouté une Préface à l'Explication des Epitres de S. Jean par
Michel Chrétien Rusmeyer. (en Allemand) Hambourg 1717. *in-4o.*

79. *Joannis Gothofredi Cyrilli, sive*
Herrichen Poëmata Græca & Latina,
in quibus sacra disticha, Sappho, Te-
trasticha, Hexasticha, Idyllia, Ado-
nis aliaque varii argumenti Patronis,
Fautoribus, & Amicis ex officio scripta,
& à B. Autoris Patrueli Augusto Her-
richen, Franco, collecta. Præfationem
præmisit Joh. Alb. Fabricius. Hambur-
gi 1717. *in-8o.*

80. *Bibliotheca Ecclesiastica, in*
qua continentur de scriptoribus Ecclesia-
sticis S. Hieronymus ; cum veteri ver-
sione Græca, quam vocant Sophronii, &
nunc primum vulgatis Editoris notis,
Hieronymum cum Eusebio accurate con-
ferentibus ; adjunctis præterea castigatio-
nibus Suffridi Petri & Joanis Maria-
næi, necnon integris Erasmi, Mariani
Victorii, Henrici Gravii, Auberti Mi-
ræi, Wilhelmi Ernesti Tentzelii, & Er-

neſti Salomonis Cypriani annotationibus:
Appendix de vitis Evangeliſtarum &
Apoſtolorum , Græcè & Latinè : Ap-
pendix altera , quæ fertur jam ſub titulo
Hieronymi de duodecim Doctoribus, jam
ſub nomine Bedæ de luminaribus Eccle-
ſiæ: Gennadius Maſſilienſis , annotatis lec-
tionibus codicis antiquiſſimi Corbejenſis ,
& ſubjunctis variorum notis , Suffridi
Petri , Auberti Miræi , Erneſti Salo-
monis Cypriani ; S. Iſidorus Hiſpalenſis;
Ildefonſus Toletanus ; Honorius Auguſ-
todunenſis ; Sigebertus Gemblacenſis ;
Appendices Juliani ac Felicis Toletani,
& tertia Anonymi ad Iſidorum & Ilde-
fonſum ; Henricus Gandavenſis , Ano-
nymus Mellicenſis à R. P. Bern. Pez
nuper vulgatus ; Petrus Caſinenſis de vi-
ris illuſtribus Monaſterii Caſinenſis ,
cum ſupplemento Placidi Romani , &
Joannis Baptiſtæ Mari annotationibus ;
Joannis Trithemii, Abbatis Spanhemen-
ſis , liber de ſcriptoribus Eccleſiaſticis
cum notis Editoris ; Auberti Miræi auc-
tarium de ſcriptoribus Eccleſiaſticis , &
à tempore quo deſinit Trithemius de ſcrip-
toribus ſæculi. 16. & 17. libri duo. Ham-
burgi. 1718. in-fol.

   81. *Sexti Empirici Opera , Græcè &*

J. A. FA-
BRICIUS.

N iij

J. A. FA- *Latinè Pyrrhoniarum institutionum libri*
BRICIUS. *tres, cum Henrici Stephani versione &*
notis contra Mathematicos, sive Disci-
plinarum Professores libri sex. Contra
Philosophos libri quinque, cum versione
Gentiani Herveti Græca ex Mss. codici-
bus castigavit, versiones emendavit sup-
plevitque, & toti operi notas addidit Jo.
Alb. Fabricius. Lipsiæ 1718. *in-fol.*

82. *Vita M. Constantini Ambrosii*
Lehmanni per 58. *annos Ecclesiastæ &*
Archidiaconi Doblinensis, & Diœce-
seos Oschazianæ Senioris, in Epistola ad
filium Petrum Ambrosium Lehmannum.
Hamburgi. 1718. *in-4°.*

83. *D. Anselmi Bandurii, Mona-*
chi Benedictini, Bibliotheca Numma-
ria, sive Autorum qui de re Numma-
ria scripserunt, cum notulis & indicibus
recusa. Hamburgi 1719. *in-4°.* Les
notes de *Fabricius* donnent un nouveau mérite à l'Ouvrage.

84. Il a mis une Préface au *Diction-*
naire des Antiquitez Judaïques, Gre-
ques, Romaines, & Chrétiennes de Chré-
tien Schoetgen (en Allemand) *Leipsic.*
1719. *in-8°.* Il y traite de l'Usage des
Antiquitez, de la maniere de les apprendre, & des Dictionnaires qui ont
paru sur leur sujet.

§5. Il eſt l'Auteur de la Préface, qui eſt à la tête des *Diſſertationes A-cademicæ Hectoris Gothofredi Maſii à Severino Lintrupio collectæ.* *Hamburgi* 1719. *in*-40. Mais il n'y a pas mis ſon nom. **J. A. FA-BRICIUS.**

86. On trouve encore une Préface de ſa façon à la tête d'un livre Allemand, intitulé : *Remarques d'André Albert Rhodens ſur les Antiquitez du Holſtein. Hambourg.* 1720. *in*-40.

87. *Joannis Frontonis, Academiæ Pariſienſis Cancellarii, & Canonici Regularis S. Genovefæ Epiſtolæ & Diſſertationes Eccleſiaſticæ, Calendarium Romanum nongentis annis antiquius, notis & indicibus illuſtratum, & S. Ivonis, Epiſcopi Carnotenſis, vita ; cum Præfatione Joh. Alb. Fabricii. Hamburgi* 1720. *in*-80.

88. *Pragramma in funere D. Bernardi Matifeld Conſulis Reip. Hamburgenſis. Hamburgi* 1720. *in-fol.* It. Dans le 5e. volume des *Memoriæ Hamburgenſes* p. 337.

89. *Programma in funere D. Johannis Langhans Senatoris Hamburgenſis & Protoſcholarchæ. Hamburgi* 1721. *in-fol.* It. Dans le 5e. tome des *Me-*

N iiij

J. A. FA- *moriæ Hamburgenses* p. 413.
BRICIUS.

90. *Differtatio critica de hominibus Orbis noftri incolis, fpecie & ortu avito inter fe non differentibus. Hamburgi* 1721. *in* 4°.

91. *S. Philaftrii, Epifcopi Brixienfis, de Hærefibus liber, eum emmendationibus & notis Joh. Alberti Fabricii. Hamburgi.* 1721. *in-80.*

92. *Matthæi Camariotæ Orationes duæ in Plethonem de Fato. Ex Bibliotheca publica Lugduno-Batava nunc primum edidit & latine reddidit Hermannus Samuel Reimarus, Hamburgenfis. Præfationem in qua de Camarieta, traditur notitia, præmifit Joh. Alb. Fabricius. Lugd. Bat.* 1721. *in-80.*

93. Il a mis une Préface à la vie d'*Albert Krantz*, écrite en Allemand par *Nicolas Wilkens* & imprimée à *Hambourg* en 1722. & 1729. *in-80.* Mais fans y ajouter fon nom.

94. Il a compofé quelques écrits en Allemand dans une difpute qu'il eut avec M. *Richey* fur cette langue, on les trouve dans le 2e. tome des Poëfies Allemandes de *C. F. Weichman* imprimées à *Hambourg* en 1723. *in-8°.*

95. *Leonardi Bruni Aretini Episto-* J. A. FA-
larum libri VIII. Præmissa Poggii Flo- BRICIUS.
rentini oratione recusi , curante Joh.
Alb. Fabricio. Hamburgi. 1724. in-
8°.

96. *Delectus Argumentorum & syl-*
labus scriptorum , qui veritatem Reli-
gionis Christianæ adversus Atheos , E-
picureos , Deistas seu Naturalistas, Ido-
lolatras , Judæos , & Muhammedanos
lucubrationibus suis asseruerunt. Præmis-
sa sunt Eusebii Cæsariensis Proœmium ,
& capita priora demonstrationis Evan-
gelicæ , quæ in Editionibus hactenus de-
siderantur , deprompta ex Bibliotheca
Cels. Walachiæ Principis Joannis Ni-
colai Alexàndri F. Maurocordati , &
latinè reddita. Hamburgi 1725. in-4o.
Fabricius avoit déja donné un Essai de
cet Ouvrage dans le 7e. volume de
sa Bibliotheque Greque , où il avoit
rapporté environ 500. Auteurs qui
avoient écrit en faveur de la Religion Chrétienne.

97. *Horæ Talmudicæ in Epistolas II.*
ad Corinthios , Galatas , Ephesios &
Philippenses ; sive specimen ex præte-
ritis præteritorum Balthasaris Scheidii ,
Professoris Argentoratensis. Fabricius ,

J. A. FA- qui a fait ces Extraits, les a publiés
BRICIUS. dans le 2e. volume de la *Bibliotheca*
Lubecensis. Lubeca 1725. *in-*8o. p.
181.

98. *Notitia vitæ & Operum Fl. Jo-*
sephi. Cette notice tirée de la *p.* 228.
& suiv. du 3e. volume de la Bibliotheque de *Fabricius,* a été inserée a-
vec des additions de sa façon dans le
2e. volume de l'Edition de *Joseph,*
donnée par *Sigebert Havercamp* à
Amsterdam 1726. *in-fol.* p. 57.

99. *Imp. Cæsaris Augusti temporum*
notatio, genus & scriptorum fragmenta.
Præmittitur Nicolai Damasceni liber de
institutione Augusti, cum Versione Hu-
gonis Grotii, & Henrici Valesii notis.
Hamburgi. 1727. *in-*4o.

100. *Programma funebre Balthasaris*
Mentzeri Mathematum in Gymnasio
Hamburgensi per annos 31. *Professoris.*
Hamburgi 1727. *in-fol.* It. Dans le
6e. tome des *Memoriæ Hamburgenses.*
P. 494.

101. Il a mis une Préface au livre
Allemand d'*Henri Ludolf Benthem,* intitulé : *Examen des Ecrits des anciens*
Docteurs de l'Eglise sur la verité & la
dignité de la Religion Chrétienne. Ham-
bourg 1727. *in-*8o.

102. *Eliæ Schedii de Diis Germanis , J. A. FA-
ſive vetèri Germanorum , Gallorum , BRICIUS.
Britannorum , Vandalorum Religione ,
ſyngrammata quatuor cum figuris æneis.
Notis & obſervationibus illuſtravit M.
Joannes Jarkius. Accedit Præfatio
Joan. Alb. Fabricii & Appendicis loco Joan. Georgii Keyſleri Diſſertatio de
cultu Solis , Freii & Othini. Halæ
1728. in-8.*

103. *Centifolium Lutheranum , ſive notitia litteraria ſcriptorum omnis
generis de B. D. Luthero , ejuſque vita , ſcriptis & reformatione Eccleſiæ
in lucem ab Amicis & inimicis editorum , digeſta ſub titulis 200. atque in
memoriam ſæcularem divini beneficii
ante hos ducentos annos repurgatis ſacris Hamburgo præſtiti , grato & me-
mori animo conſignata. Hamburgi 1728.
in-8°. Pars altera , cum indice in u-
tramque partem Ibid 1730. in-8°.*

104. *Programma ad Orationem ſæcularem Johannis Richey , de pulchro
& guſtatu bono. Hamburgi 1728. in-
4°. It.* Dans le 6e. volume des *Memoriæ Hamburgenſes* p. 2.

105. *L'Aſtro-Theologie de Guillaume Derham , traduite d'Anglois en Al-*

J. A. FA- *lemand par* J. A. Fabricius. Ham-
BRICIUS. *bourg* 1728. *in-*8°. It. *Ibid.* 1732. *in-*
8°.

106. *Votum Davidicum*, Cor mun-
dum crea in me Deus, *à centum quin-
quaginta amplius Metaphrastis expres-
sum Carmine Hebraïco, Græco, Latino, Germanico, &c. Præmissus est E-
lenchus, subjunctaque brevis Notitia Al-
phabetica Metaphrastarum, qui Psalmos, vel universos, vel nonnullos,
per linguas sive Idiomata amplius vi-
ginti reddiderunt. Edidit Joan. Alb.
Fabricius. Hamburgi* 1729. *in-*40.

107. *Programma in funere Jo. Jacobi Fabri, Consulis Reip. Hamburgensis. Hamburgi* 1729. *in-fol.* It. Dans le
7e. volume de *Memoria Hamburgenses* p. 134. *Fabricius* a composé ce
Programme au nom de *C. H. Dor-
nemann*, Recteur, qui étoit alors
malade.

108. *Simonis Vallamberti, Hedui,
Avalonensis, vita M. Tullii Ciceronis filii. Accessit Andreæ Schotti, Soc.
J. Cicero pater à calomniis vindicatus
cum Præfatione Jo. Alb. Fabricii. Hamburgi* 1729. *in-*8°.

109. *Conspectus Thesauri literarii*

Italiæ, præmissam habens, præter alia,
Notitiam Diariorum Italiæ litterario-
rum, Thesaurorumque ac Corporum
Historicorum, & Academiarum, sub-
juncto Peplo Italiæ Joannis Matthæi
Toscani. Hamburgi 1730. *in-*8°.

110. *Hydro-Theologiæ Sciagraphia,*
(en Allemand) *Hambourg* 1730. *in-*
4°. C'est le projet d'un Ouvrage,
qu'il donna quatre ans après

111. *Oratio in Jubilæo Augustanæ*
Confessionis, dicta in Gymnasio Ham-
burgensi XI. Cal. Julii anno 1730. Elle se trouve dans le 7e. volume des
Memoriæ Hamburgenses p. 97.

112. *Salutaris Lux Evangelii toti*
orbi per divinam gratiam exoriens, si-
ve notitia Historico-Chronologica lite-
raria & Geographica propagatorum per
Orbem totum Christianorum sacrorum.
Accedunt Epistolæ quædam ineditæ Ju-
liani Imperatoris, & Gregorii Habessi-
ni Theologia Æthiopica, necnon Ju-
dex Geographicus Episcopatuum Orbis
Christiani, addita notitia scriptorum,
è quibus plerorumque historia & succes-
sio Episcoporum peti potest. Hamburgi
1731. *in-*4°.

113. *Programma ad Orationem va-*

J. A. FA-ledictoriam *Petri Stuven*, *de amore Pa-*
BRICIUS. *tria. Hamburgi* 1731. *in-4°.*

114. *Vita Joannis Hubneri, Recto-*
ris schola Hamburgensis. Hamburgi
1731. *in-fol.*

115. *Programma ad Orationem Va-*
ledictoriam Joan. Dicterici Winckleri,
de grato erga Deum animo. Hamburgi
1732. *in-4°.*

116. *Danielis Georgii Morthofii Po-*
lyhistor litterarius, Philosophicus &
Practicus, cum Accessionibus Joannis
Frickii & Joannis Molleri. Editio III.
cui Præfationem, notitiamque Dia-
riorum litterariorum Europæ præmisit
J. *Alb. Fabricius. Lubecæ* 1732. *in-*
4°.

117. *Pyro - Theologiæ Sciagraphia.*
(en Allemand) *Hambourg* 1732. *in-*
8°.

118. *Programma in funere Garlieb*
Sillem, Consulis Reip. Hamburgensis.
Hamburgi 1733. *in-fol.*

119. *Description Geographique, Po-*
litique & Historique de la Province de
Dithmarse dans le Duché de Holstein,
par Antoine Viethen; avec une Prefa-
ce de J. *Alb. Fabricius.* (en Allemand)
Hambourg 1733. *in-4°.*

120. *Hydro-Theologie ; ou Essai pour* J. A. FA-
exciter les Hommes à l'amour & à l'ad- BRICIUS,
miration de leur Créateur par un exa-
men attentif des proprietés, des usages
& des effets de l'eau. (en Allemand)
Hambourg 1734 *in* 4°. l'Auteur avoit
dessein de publier un semblable Ouvrage sur le feu, & on en a vû ci-devant le projet, qui n'a point eu d'é-
xecution, non plus que celui sur l'air,
dont il a donné le plan dans la Préface d'un Ouvrage de *Lesser*, dont je
parlerai plus bas.

121. *Programma ad Orationes vale-*
dictorias Hieronymi Hartvvig Molleri,
& Leopoldi Gottlieb Seitz, de Thea-
tro, an sit Schola idonea morum. Ham-
burgi 1734. *in*-4°. Le discours du P.
Porrée, Jesuite, sur cette matiere a
donné occasion à ce Programme.

122. *Histoire de la Reformation de*
l'Eglise en Angleterre, par Antoine
Guillaume Boëhmen, avec une Preface
de J. Albert Fabricius. (en Allemand.)
Altona 1734. *in*-8o.

123. *Bibliotheca Latina mediæ &*
infimæ latinitatis. Accedunt Wipponis
Preslyteri Proverbia. Hamburgi 1734.
in-8o. p. 1272. le premier volume

J. A. FA- renferme les trois premieres lettres de
BRICIUS. l'Alphabet, ou les trois premiers Livres, comme les nomme l'Auteur.

Liber IV. V. & VI. Accedit do-
Etrina D. Severi Episcopi. Hamburgi
1734. *in-8°.* pp. 690. On voit ici les
lettres D. E. F.

Liber VII. & VIII. Accedunt ve-
teres Rhythmi de vita Monastica. Ibid.
1735. *in-8°.* pp. 920. le 3e. tome contient les lettres G. H.

Volumen quartum liber IX. X. &
XI. Accedunt supplementum Somnij
Moralis Pharaonis, & Joannis Sa-
risberiensis Carmen de Membris cons-
pirantibus. Hamburgi 1735. *in-8°.*
pp. 888. On trouve dans ce volume les lettres J. K. L.

Volumen quintum M. N. O. P. liber
XII. XIII. XIV. & XV. Accedit Not-
geri Balbuli libellus de illustribus sacra-
rum Scripturarum expositoribus. Hamburgi 1736. *in-8°.* pp. 936. l'Auteur a
fini son Ouvrage au *Pogge,* la mort
ne lui ayant pas permis d'aller plus
loin ; il n'a même laissé aucuns Mémoires pour la suite.

123. Il a mis une Préface à une traduction Allemande de l'Oeconomi-
que

que de *Xenophon* , par un étudiant
d'*Hambourg* , nommé *B. H. Brokes* ,
laquelle a été imprimée dans cette
Ville en 1734. *in*-4o.

124. Il en a mis une autre à l'Ouvrage Allemand d'*A. J. Zellius* fur les
plaifirs pris en Dieu. *Hambourg* 1735.
in-8o.

125. On en voit encore une à la
tête de la *Litho-Theologia Frederici
Chriſtiani Leſſeri* imprimée en Allemand à *Hambourg* 1735. *in*-8o. *Fabricius* y donne leprojet d'une *Acro-
Theologie* , qui n'a point eu d'exécution.

126. Il a eu part aux *Aĉta Eruditorum* de *Leipſic* , pendant la vie d'*O-
thon Meneken* , mort en 1707.

127. Il a auſſi travaillé avec quelques autres à un Ouvrage périodique
publié en Allemand par feuilles fepa-
rées fous le titre de *Patriote in*-4o. &
imprimé enfuite en trois volumes *in*-
8o. à *Hambourg* en 1728. & 1729.
lequel a été traduit en Flamand par
M. de *Reuſſcher* , & imprimé en cette
langue à *Leyde* en 1732. *in*-8o. trois
vol. Cet Ouvrage a paru regulicre-
ment toutes les femaines pendant les

Tome XL. O

J. A. FA-années 1724. 1725. 1726. il est pleins
BRICIUS. de reflexions sensées, curieuses &
singulieres.

128. Il est encore un des Auteurs
qui ont travaillé à la *Bibliotheque historique de Hambourg*, imprimée dans
cette Ville depuis l'an 1715. jusqu'en
1729. en 10. vol. *in*-12. contenant
chacun une Centurie d'Historiens,
auxquels on a ajouté un volume de
tables. Cet Ouvrage, qui est en Allemand, renferme bien des particularités singulieres sur les Livres & sur
les Auteurs.

*V. Herm. Samuelis Reimari de vita
& scriptis Joh. Al. Fabricii Commentarius. Hamburgi 1737. in-8o.*

JEAN CHENU.

JEAN
CHENU.

JEAN CHENU naquit à *Bourges*
le 29. Decembre 1559. de *Claude
Chenu*, Marchand de cette Ville, &
de *Christine Guymard*.

Après le cours de ses études, il se
tourna du côté de la Jurisprudence,
à laquelle il s'appliqua dans sa ville
natale.

S'étant fait enfuite recevoir Avo- J E A N
cat, au Parlement de Paris, il en CHENU.
exerça la profeſſion à *Bourges* pendant
toute ſa vie ſe partageant entre le travail du Barreau, & la compoſition de
differens ouvrages.

Il épouſa le 5. Fevrier 1594. *Clau-*
dine Hemetout, fille d'un Avocat de
Bourges, dont il eut ſeulement quatre
filles, & qui mourut en 1614. On
voit par ſon teſtament qu'il ſe remaria, mais on ignore le nom de ſa ſeconde femme.

Il mourut le 16. Decembre 1627.
âgé de 68. ans.

Catalogue de ſes Ouvrages.

1. *Reglemens notables, tant géné-*
raux que particuliers entre toutes ſortes
de Magiſtrats : & cent notables queſ-
tions de Droit décidées auſſi par Ar-
rêts. Paris 1603. *in-*4°.

2. *Stylus Ecclefiaſticæ Juriſdic-*
tionis Archiepiſcopi Bituricenſis re-
formatus in Concilio anni 1584. *cum*
notis J. Chenu. Paris 1603. *in-*
8°.

3. *Privilèges octroyez à la Ville de*
Bourges avec les annotations de Jean

O ij

JEAN Chenu. Paris 1603. in-8°.

CHENU. 4. *Recueil d'Arrests notables des Cours Souveraines de France*, ordonnez par titres par Jean Papon, augmenté par Jean Chenu. Paris 1610. in-4o. It. avec des nouvelles augmentations de *la Faye*. Paris 1621. in 4°.

5. *Archipiscoporum & Episcoporum Galliæ Chronologica historia. Quâ ordo eorumdem à temporibus Apostolorum incœptus ad nostra usque, per traducem succedentium servatus, ostenditur.* Paris 1621. in 4°. pp. 556. Cet Ouvrage, qui est dans le goût de la *Gallia Christiana*, lui est fort inferieur. Le P. *le Long* dit dans sa *Bibliotheque Historique de la France* que cette Histoire est imprimée à la fin de sa Notice des Bénéfices du Diocése de *Bourges*, & qu'elle ne contient que les noms des Prélats de France. Ces deux choses sont également fausses. Elle fait un ouvrage à part, dont les approbations sont differentes ; & l'Auteur y rapporte quelques particularités sur chaque Prélat, & assez souvent leurs Epitaphes.

6. *Chronologia Historica Patriarcharum, Archiepiscoporum Bituricen-*

ſium & Aquitaniarum Primatum , anno 1603. primo edita : nunc vero editioni ſecundæ acceſſit Catalogus Decanorum Eccleſiæ Bituricenſis. Cùm notitia Archiepiſcopatuum , Epiſcopatuum Provinciæ Bituricenſis , ſimul & Abbatiarum aliorumque beneficiorum Diœceſis Bituricenſis. Pariſ. 1621. in-4o. pp. 191. la premiere édition de la Chronologie Hiſtorique des Archevêques de *Bourges* ſe trouve avec le *Stilus Eccleſiaſticæ Juriſdictionis Bituricenſis ,* &c. marqué ci-deſſus au no. 2.

7. *Recueil des Antiquitez & Priviléges de la Ville de Bourges & pluſieurs autres Villes Capitales du Royaume. Paris* 1621. *in*-4o

8. *Praxis Civilis univerſa Canonita fori Eccleſiaſtici Gallici , actionum & Judiciorum Eccleſiaſticorum formas continens. Pariſ.* 1621. *in*-8o.

9. Son Teſtament , qui eſt du 15. Septembre 1627. ſe trouve dans l'*Hiſtoire de Berry de Thomas de la Thaumaſſiere* p. 75.

10. *Traité de l'aliénation des biens d'Egliſe & Baux Emphyteotiques* Nouvelle édition. *Paris* 1644. *in*-8o

JEAN
CHENU.
Il avoit fait la conference de la Coutume de Berry avec celle de *Lorris* & les quatre autres voiſines, dont il avoit ordonné par ſon Teſtament l'impreſſion ; mais elle a diſparu après ſa mort.

V. ſon Eloge à la p. 75. de l'Hiſtoire de Berry de Thomas de la Thaumaſſiere.

JEAN GARNIER.

JEAN
GARNIER.
JEAN GARNIER naquit à *Paris* l'an 1612. Après avoir fait ſes études d'Humanitez avec beaucoup de rapidité, il entra en 1628. dans la Compagnie des Jeſuites.

Son tems d'épreuve fini, il enſeigna pendant cinq ans les Humanitez & la Rhetorique ; étant depuis paſſé à la Philôſophie, il la profeſſa pendant dix ans tant à *Paris*, qu'ailleurs. Enfin s'étant donné tout entier à la Theologie, il l'enſeigna pendant 26. années, & ne quitta ce travail qu'environ deux ans avant ſa mort.

Il mourut à *Boulogne* en allant à *Rome* pour aſſiſter à une Congrega

tion Générale de fa Compagnie, le **JEAN GARNIER.**
16. Octobre 1681. âgé de 69.
ans.

Il poffedoit également les Belles Lettres, la Philofophie & la Theologie. La netteté & la juftefle de fon efprit fe font fentir dans fes Ouvrages, & on y admire l'ordre & l'érudition qui y regnent.

» Sa capacité & fon expérience dans » les cas de confcience le faifoient » regarder comme un Oracle, que » tout le monde venoit confulter a- » vec la derniere confiance, & l'efti- » me univerfelle, que l'on avoit con- » çuë de fa probité, & que la foli- » dité même de fes réponfes infpiroit » affez à ceux qui prenoient fon avis, » faifoit refpecter toutes fes déci- » fions.,, C'eft ainfi qu'en parle le *Journal des Sçavans.*

Catalogue de fes Ouvrages.

1. *Thefes Peripatetica de Logica Philofophiæ Organo, propugnata à nobilibus Adolefcentibus in Collegio Claromontano S. J. à Kal. Decembris anni 1649. ad Kal. Martias anni 1650. Parif. Edm. Martin 1650. in 8°.*

JEAN GARNIER.

2. *Theses de Philosophia Morali Morum Magistra, propugnatæ.... à Kal. Mart. anni 1650. ad Kal. Jul. ejusdem anni. Paris. Edm. Martin 1651. in-8o.*

3. *Organi Philosophiæ rudimenta; seu Compendium Logicæ Aristotelicæ traditum à Joanne Garnerio, Presbytero S. J. Nobilibus Adolescentibus, qui Philosophiæ cursum auspicati sunt in Collegio Claromontano S. J. anno 1651. Paris. Edm. Martin 1651. in-8o.* It. *Altera editio Organum & Theses de Logica. Paris. Gabr. Martin 1677. in 12.*

4. *Regulæ fidei Catholicæ de Gratia Dei per Jesum Christum. Biturigibus, Joan. Cristo. 1655. in 4o.* Ce n'est qu'une collection, qui contient la condamnation des differentes erreurs qui se sont élevées sur la Grace.

5. *Juliani, Eclanensis Episcopi, Libellus, missus ad sedem Apostolicam, notis illustratus. Paris. Cramoisy 1668. in-8o.* It. Dans l'Edition des Oeuvres *de Marius Mercator*, dont je parlerai plus bas, part. 1. p. 320. It. Dans l'*Appendix Augustiniana. Antuerpiæ, Mortier 1703. in-fol.* p. 220.

6.

6. *Marii Mercatoris Opera cum no-* JEAN
tis & Differtationibus. Parif. Cramoify GARNIER.
1673. *in-fol.* Le P. *Garnier* a divisé en
deux parties ce qui nous refte des
Ouvrages de *Mercator* ; la premiere
contient ce qui regarde l'Herefie de
Pelage , & la feconde tout ce qui ap-
partient à celle de *Neftorius.* Il a accompagné l'une & l'autre de fçavantes
differtations , qui font connoître combien il étoit verfé dans l'Hiftoire Ecclefiaftique.

La premiere en contient fept , ren-
fermées dans un *Appendix.* I. *De pri-*
mis autoribus , & præcipuis defenfori-
bus hærefis , quæ à Pelagio nomen acce-
pit. II. De Synodis habitis in caufa Pela-
gianorum , vivente S. Augufti o , aut
ftatim vita funclo. III. De conftitutioni-
bus Imperatorum in eadem caufa ab an-
no 418. ad annum 430 IV. De fubfcrip-
tionibus in caufa Pelagianorum V. De
libellis fidei fcriptis ab autoribus & præ-
cipuis defenforibus hærefis Pelagianæ.
VI. De iis quæ fcripta funt à defenfo-
ribus fidei Catholicæ adverfus hærefim
Pelagianam ante obitum S. Augustini.
VII De ortu & incrementis hærefis Pe-
lagianæ , feu potius Cælestianæ.

Tome XL.

La seconde partie est précedée d'une longue & sçavante Préface, où l'on voit l'Histoire du Nestorianisme depuis l'an 428. jusqu'en 433. & l'Ordre qu'il faut mettre dans les pieces qui regardent le Concile d'*Ephese.* l'Editeur a mis à la fin deux Dissertations. I. *De Haresi & libris Nestorii.* II. *De Synodis in causa Nestoriana habitis à tempore motarum turbarum & anno 429. ad pacem Ecclesiis redditam anno 433.* Il vouloit en ajouter une troisiéme *de libris à defensoribus fidei eodem tempore conscriptis;* mais il a été obligé de l'omettre, pour ne point grossir excessivement le livre.

Il l'étoit déja assez, au jugement de *Baillet,* qui dans ses *Critiques Grammairiens.* n°. 558. dit que» le P. *Garnier*
» pour avoir voulu nous faire un trop
» grand present, a mis son *Mercator*
» presque hors d'état d'être lû, l'ayant
» enfoncé dans ses vastes Commen-
» taires qui ont rebuté le Public, &
» l'ont fait courir après le *Mercator*
» de *Rigberius,* lequel quoique moins
» achevé, n'étant qu'un petit *in-16.*
» semble avoir supplanté l'autre,
» qui est en deux volumes *in-fol.* » Il

y a un peu de prévention dans ce jugement. La petite édition de *Rigberius*, ou plutôt du P. *Gabriel Gerberon*, qui s'eft caché fous ce nom, eft recherchée par quelques-uns, parce qu'elle eft commode à porter & qu'elle coûte peu ; mais elle n'ôte rien au merite de celle du P. *Garnier*, qui fera toujours plus eftimée en toutes manieres.

Henri Noris a repris quelques conjectures & quelques points de Geographie, qui fe trouvent dans la feconde Differtation de la premiere partie, & il l'a même fait avec beaucoup de vivacité & d'aigreur ; ce que quelques-uns ont attribué à un dépit fecret d'avoir été prévenu par ce Jefuite en plufieurs chofes, qu'il s'attendoit à publier le premier. Quoiqu'il en foit, il n'en a pas jugé moins favorablement de l'Ouvrage du P. *Garnier*, comme on le voit par ce paffage de fa vie compofée par les Freres *Pierre & Jerome Ballerini. Anno* 1674. *Norifio traditus fuit à Magliabecchio P. Garnerii Marius Mercator, in quem vir eruditus animadverterat praeclare, & luculenter differuerat. Eum librum cum*

P ij

*legiffet , dignum habuit Garnerium ,
quem poft Petavium atque Sirmondum,
Principem inter eruditos Patres Soc. J.
facile poneret , & quæ præfertim ab
eo circa Pelagianos difputata fuerant ,
adeo Norifio placuere , ut de illo in-
genue fcripferit , numquam fe editurum
fuiffe Pelagianam Hiftoriam , fi illius
Differtationes eodem anno editas præ-
vidiffet.*

Le P. *Gerberon* avoit tiré de la Bibliotheque du Vatican par le moyen
de *Noris* , ce qu'il a donné des Oeuvres de *Marius Mercator* , & il fe hâta de le publier , non point à *Bruxel-
les* , comme porte le titre , mais à *Paris* , pour prévenir le P. *Garnier*. Son
édition parut la même année 1673.
in-12.

Cafimir Oudin a blamé le P. *Garnier*
d'avoir fait entrer trop de grec dans
fes Differtations ; mais outre que c'é-
toit le goût & l'ufage de fon temps ,
on étoit alors plus accoutumé à confulter les Originaux, en quelques langues qu'ils fuffent , qu'à s'arrêter ,
comme on fait maintenant , à des
traductions , fouvent fautives.

Guillaume Cave affure qu'il n'a pû

trouver dans l'édition du P. *Garnier* JEAN
le Traité d'un certain Neſtorien , GARNIER.
qui commence par ces mots : *Contu-*
melias quidem in me hæreticorum , &c.
Que *Mercator* avoit traduit en Latin ,
& que le P *Gerberon* avoit mis à la fin
de la ſienne. Cependant elle eſt à la
p. 34 .de la 2e. partie.

L'Editeur de l'*Appendix Auguſti-*
niana a trouvé les Diſſertations du P.
Garnier ſi importantes & ſi utiles pour
l'Hiſtoire du Pelagianiſme , qu'il les
y a fait entrer à la p. 40. & ſuiv. ſous
ce titre : *Joannis Garnerii Diſſertatio-*
num ad Hiſtoriam Pelagianam perti-
nentium ſylloge , complectens Epiſtolam
Anaſtaſii Papæ ad Joannem Hieroſoly-
mitanum de Rufino Aquilegienſi , &
fidei profeſſionem duodecim Anathema-
tiſmis conſtantem , quam Rufinus qui-
dam edidit : Diſſertationes ſeptem qui-
bus integra continetur hiſtoria Pelagia-
na , multæque populares opiniones refel-
luntur.

7. *Liberati , Archidiaconi Eccleſiæ*
Carthaginenſis , Breviarium cauſæ Ne-
ſtorianorum & Eutychianorum , à plu-
rimis , quibus ante ſcatebat , mendis re-
purgatum , & notis ac Diſſertatione il-

JEAN
GARNIER.

luſtratum. Pariſ. Cramoiſy 1675. *in* 8°. Le P. *Garnier* a corrigé cet Ouvrage ſur trois bons Manuſcrits , comme il avoit fait dans l'édition de *Mercator*; Liberté que *Jean-Baptiſte Cotelier* a repriſe dans le 3ᵉ. tome des ſes *Monumentà Eccleſiæ Græcæ* p. 602. Mais le P. *Garnier* ne s'arrêtoit point , comme ce Sçavant , aux minuties des differentes leçons des Manuſcrits , & alloit au fond des choſes. Les Scholies qu'il a ajoutées au texte de ſon Auteur , ſont deſtinées à expliquer les endroits obſcurs , ou à corriger les fautes qu'il a commiſes. On trouve à la fin une ſçavante Diſſertation ſur le cinquième Concile général , dont les Auteurs de la vie du Cardinal *Noris* parlent fort avantageuſement en ces termes. *Garnerius nuperi Diſſertatoris* (ils veulent dire *Noris*) *hiſtoricam eodem de argumento diſputationem, novâ inductâ opinione , in præcipuis ejus capitibus , adeo pereruditè atque diſerte aggreſſus eſt , ut eruditi fere omnes , Noriſio relicto , in illius Sententiam migraverint.* Au reſte le travail du P. *Garnier* ſur *Liberat* , eſt comme une continuation de l'Hiſtoire d~

Nestorianisme, qu'il avoit mise à la   JEAN
tête de la 2e. partie de son édition   GARNIER.
de *Mercator*, & un *Appendix* de
la vie de *Theodoret*, qu'il avoit dessein de donner au Public.

8. *Systema Bibliothecæ Collegii Pa-*
risiensis S. J. Paris. Cramoisy 1678.
in-4°. It. Dans *Joannis Davidis Koe-*
leri Sylloge aliquot Scriptorum de be-
ne ordinata & ordinanda Bibliotheca.
Francofurti 1728. *in-4°.* On voit ici
l'Histoire, & l'arrangement de la
Bibliotheque du College des Jesuites, du soin de laquelle le P. *Garnier*
avoit été chargé en 1674. *Baillet* dit
dans ses *Critiques Historiques* n°. 229.
que » comme la Méthode de l'Auteur est très-belle, son Système peut «
servir de plan à tout le monde, «
pour donner une bonne situation «
aux livres d'une Bibliotheque, telle «
quelle puisse être. » Il ajoute cependant après que « quelques - uns
prétendent qu'il n'a fait que prêter «
son nom à l'Auteur véritable de ce «
Système. » Mais il n'y a aucune pro-
babilité dans cette prétention. On reconnoît sans peine dans tout l'Ouvrage le style, le génie, & l'ordre mé-

JEAN GARNIER. thodique du P. *Garnier*, qui avoit pris dans la lecture assiduë de la Somme de S. *Thomas*, l'usage des fréquentes divisions.

9. *Liber diurnus Romanorum Pontificum*, *cum notis & Dissertationibus*. *Paris. Edm. Martin* 1680. *in-4°.* Cet Ouvrage contient les anciennes formules, dont les Papes se servoient dans le 6e. Siécle & dans les trois suivans, en écrivant leurs lettres, & souscrivant à differens actes ; les formalitez qui étoient alors en usage à leur ordination ; des Professions de Foi, des Privileges, des Donations, &c. Les notes de l'Editeur sont Historiques, Dogmatiques, & Critiques. l'*Appendix* contient trois Dissertations. *I. de Indiculo scribenda Epistola.* Sur l'usage que les Papes ont eu de mettre leur nom devant ou après celui de ceux à qui ils écrivent. *II. De ordinatione summi Pontificis.* Le Paragraphe 6e. de celle-ci est intitulé : *de causa Honorii summi Pontificis & VI. Synodi Generalis.* Son sentiment sur cet article est que le Pape *Honorius* a été véritablement condamné dans le sixiéme Concile, comme fauteur de

l'Herefie des Monothelites , quoi- JEAN
qu'il n'ait point été lui-même dans GARNIER.
leur erreur. *III. De ufu Pallii.*

Le P. *Mabillon* a inféré dans le
1. volume de fon *Mufæum Italicum,*
p. 32. plufieurs chofes propres à en-
richir une nouvelle édition de cet Ouvrage. *Chrétien Godéfroy Hoffmann*
les y a jointes pour cette raifon dans
celle qu'il a donnée à *Leipfic* l'an
1733. *in-4°.* dans un Recueil intitulé *Nova Scriptorum ac Monumento-*
rum Collectio.

10. B. *Theodoreti , Epifcopi Cyri ,*
Operum tomus quintus. Parif. Edm.
Martin 1684. *in-fol.* C'eft un Supplément à l'édition de *Theodoret ,* que
le P. *Sirmond* avoit donnée en 1642.
en quatre volumes *in-fol.* Le P. *Gar-*
nier mourut avant qu'il fût imprimé , & le P. *Hardouin ,* qui prit foin
de l'édition , a mis à la tête fon éloge.
On y trouve cinq fçavantes Differtations ; la 1e. contient la vie de *Theo-*
doret , tirée de fes Ouvrages même ;
la 2e. traite de fes écrits ; il s'agit dans
la 3e. de la doctrine : la 4e. roule fur
le cinquiéme Concile général. Elle
avoit déja paru à la fuite de *Liberati*

JEAN
GARNIER.

Briviarium ; mais elle est ici augmentée considerablement. La 5e. n'est qu'un Recueil de plusieurs lettres de *Theodoret* des Evêques Orientaux qui étoient comme lui intriqués dans le Nestorianisme, accompagnées de quelques notes fort courtes, dans lesquelles les observations du P. *Lupus*, qui avoit donné le premier ces lettres en 1682. sont souvent corrigées.

La derniere partie de ce volume contient dix-huit Sermons, ordinairement attribués à *Theodoret*, mais que le P. *Garnier* a découvert le premier être d'*Eutherius*, Evêque de *Tyane* en Cappadoce, l'un des plus entêtés Nestoriens, & des plus intimes amis de *Theodoret*. Ce Pere avoit dessein de faire des notes fort amples sur ces Sermons & sur les Lettres précedentes, mais la mort l'en a empêché.

11. *Tractatus de Officiis Confessoris erga singula pœnitentium genera. Paris.* Du Bois 1689. *in*-12. It. *Argentorati* 1718. *in*-12. It. *Ibid.* 1726. *in*-12. Cette derniere édition n'est pas differente de celle de 1718. dont on a seulement changé la date. Il avoit

dicté ce Traité à ses Ecoliers, lors
qu'après avoir fait trois cours de
Théologie Scholastique, il enseignoit
la Théologie Morale ; ce qu'il fit
pendant deux ans.

12. *Theses Theologicæ.* Données en
differens temps en feuilles volantes.

Les Journalistes de *Leipsic* nous
apprennent (Suppl. 2. p. 422.) qu'en
partant pour Rome il avoit laissé au
P. *Hardouin* un Manuscrit intitulé :
Procopii Gazæi Commentarii in XII.
Prophetas Minores Latinè redditi.
Mais il n'a pas été imprimé.

Dans le Chapitre 2. de sa 6e. Dissertation sur *Marius Mercator,* il marque
qu'il avoit fait une Analyse de tous les
Ouvrages de *S. Augustin* contre les Pé-
lagiens, accompagnée de diverses remarques. Cela n'a point paru non
plus.

V son Eloge par le P. *Hardouin* à
la tête du 5e. volume de *Theodoret. Ses*
Ouvrages. Le Poëme de l'Amitié de
l'Abbé de Villiers, où il est parlé de
lui.

Cet article est tiré d'un Mémoire
qui m'a été communiqué.

JEAN GARNIER.

FRANÇOIS-MARIE NIGRISOLI.

FRANÇOIS MARIE NIGRISOLI. *François-Marie Nigrisoli* naquit à *Ferrare* l'an 1648. de *Jerome Nigrisoli*, Philosophe, & Médecin habile, qui mourut en 1689. dans sa 69. année, & dont on a un Ouvrage intitulé : *Hieronymi Nigrisoli, Ferrariensis, in Patria Universitate Medicinæ lectoris Ordinarii, & Ser. Ferdinandi Gonzagæ, Guastallæ, Luzzariæ, Reggioli Ducis, Melfictæ Principis, Medici, Progymnasmata. In quibus novum præsidium Medicum, appositio videlicet. Hirudinum interna parti uteri, in puerperis ac Mensium suppressione exponitur, rationibus, autoritatibus & exprimentis confirmatur ; de vena in febribus malignis secanda disseritur ; & alia Medicis non solùm, sed omnibus bonarum Artium cultoribus utilia simul atque jucunda expenduntur. Guastallæ* 1665.

Il se tourna à l'exemple de son pere du côté de la Médecine, en laquelle il se fit recevoir Docteur dans l'Université de sa patrie.

S'étant ensuite donné entierement FRANÇOIS
à la pratique, il fut appellé à *Com-* M A R I E
macchio & fut pendant trois ans pre- N I G R I-
mier Médecin de cette Ville. S O L I.

De retour en sa patrie, il fut chargé de faire les Dissections Anatomi-
ques, remplit successivement les Chaires de Professeur en Médecine Theo-
rique, & en Médecine pratique; eut
ensuite celle de premier Professeur en
Philosophie.

Les occupations de ces emplois &
de la pratique de la Médecine, ne
l'empêcherent point de composer
plusieurs ouvrages, dont quelques-
uns ont été imprimés.

Il mourut à *Ferrare* le 10. Decembre 1727. âgé de 79. ans.

Catalogue de ses Ouvrages.

1. *Dell' Anatomia Chirurgica delle*
Glandole di Francesco Maria Gilio, da
Pasaro, Chirurgo primario di Com-
maccho. Parte 1. in Ferrara 1681. Par-
te 2. Ibid. 1682 Quoique cet Ouvrage porte le nom d'un autre, il est
cependant de *Nigrioli*.

2. *Ad Anchoram sauciatorum Joan.*
Cornelii Weeber observationes à Médi-
co Ferrariensi habita. Ferrariæ 1687. Il

FRANÇOIS n'a point mis son nom à cet Ouvrage.

MARI E

NIGRI-
SOLI.

3. *Febris China China expugnata ; seu illustrium aliquot Virorum Opuscula quæ veram tradunt Methodum febres China Chinæ curandi : Collegit Medicus Ferrariensis. Ferrariæ* 1687. *in-*40. *Nigrisoli* a supprimé son nom dans cette édition ; mais il l'a mis dans la suivante. It. *Ferrariæ* 1700. *in-*4°. L'Auteur rapporte ici des Extraits de quatre Ouvrages François, tirez du *Zodiacus Medico-Gallicus de Blegny*, qu'il accompagne de ses notes. Ces Ouvrages sont : *Le Remede Anglois pour la guérison des fiévres par Nicolas de Blegny. Paris* 1680. *in-*12. *De la guérison des fiévres par le Quinquina. Par M. Monginot. Paris* 1680. *in-*12. *Hippocrate de l'usage du China-China pour la guérison des fiévres ; par M. Restaurant. Lyon* 1681. *in-*12. *Observation sur les fiévres & les Febrifuges. Par M. Spon. Lyon* 1681. *in-*12.

4. *Anonymi Tractatus varii de Morbis ad recentiorem mentem concinnati, nunc-primum in unum collecti, notulis aucti, & publici juris facti. Ferrariæ* 1690. *in-*80. *Nigrisoli* n'a fait ici que

tirer du *Zodiacus Medico-Gallicus* de François *Nicolas de Blegny* plusieurs morceaux, qu'il a accompagnés de ses notes; comme il en avoit usé dans l'Ouvrage précedent.

5. *Observatio de tribus Monstris.* Inserée dans le Journal de *Parme* de l'an 1690. p. 218.

6. *Lettera di Fr. Maria Nigrisoli, nella quale si considera l'invasione fatta da Topi nelle campagne di Roma l'anno 1690. e particolarmente quella strana loro fecondità, per cui si viddero i Topi, ancor non nati, pregnanti nel ventre delle loro madri. In Ferrara* 1693.

7. *De Charta ejusque usu apud Antiquos.* Inserée dans le 3e. volume de la *Galleria di Minerva* p. 246. 260.

8. *Lettera del Dottor Franc. Maria Nigrisoli, cui si contiene l'Argomento, l'idea, è disposizione d'un Opera, il di cui titolo è : Considerazioni intorno alla generazione de' Viventi : &c. In Ferrara* 1710. in-4°. pp. 53.

9. *Considerazioni intorno alla generazione de' Viventi, e particolarmente de' Mostri. In Ferrara* 1712. in 4°. pp. 382. L'Auteur devoit donner une seconde partie; mais elle n'a point paru.

FRANÇOIS
MARIE
NIGRI-
SOLI

10. *Parere del Dottor Franc. Maria Nigrisoli intorno alla corrente Epidemia degli animali Bovini. In Ferrara 1713. in-8o.*

11. *De Onocrotalo Exercitatio subcessiva. Ferrariæ. 1720.*

12. *Pharmacopea Ferrariensis Prodromus, seu determinationes & animadversiones circa plurium Medicamentorum compositionem, habitæ à Franc. Maria Nigrisolo, & ab eodem traditæ Pharmacopæis Ferrariensibus, ea occasione, qua in primo quadrimestri anni 1723. uti Prior almi Medicorum Ferrariensium Collegii, Pharmacopolia intra civitatem posita visitavit. Ferrariæ 1723.*

13. *Consigli Medici molti nella volgar lingua Italiana, altri nell' idioma Latino. In Ferrara 1726.*

V. Manget, Bibliotheca Medica tom. 3. p. 411.

JEAN CLOPPENBURG.

JEAN
CLOPPEN-
BURG.

JEan Cloppenburg, naquit à Amsterdam le 13. May 1592. de *Theodore Cloppenburg*, & de *Jeanne Janson*, tous

tous deux de bonnes familles.

Il commença ses études dans sa patrie, & alla les continuer dans l'Académie de *Leyde*, où il s'appliqua principalement à la Théologie.

Il sortit de cette Ville en 1612. & après avoir vû en passant l'Académie de *Franeker*, il alla au commencement de l'année suivante 1613. à *Sedan*, où il fit quelque séjour. Il passa de-là à *Herbon*, à *Marpourg* & à *Heidelberg*.

L'année suivante 1614. il visita en Suisse les Académies de *Berne*, de *Zurich*, & de *Basle*. Il demeura même une année entiere dans cette derniere Ville.

En 1615. il se rendit à *Geneve*, où il séjourna cinq mois, après lesquels il vint en France & y visita les Académies de *Montauban*, de *Nismes*, & de *Saumur*.

De retour à Amsterdam, il fut fait en 1616. Ministre de l'Eglise d'*Aelburg*, qu'il quitta en 1618. pour passer à celle d'*Heusden*.

En 1621. il fut rappellé à *Amsterdam* pour être Ministre de cette Ville, & il conserva ce nouveau poste pen-

JEAN CLOPPENBURG.

JEAN CLOPPEN-BURG.

dant huit ans. Il l'auroit même conservé jusqu'à la fin de sa vie, si un événement particulier ne l'avoit obligé de l'abandonner lui-même.

Quelques personnes d'*Amsterdam* avoient proposé des cas de conscience à la Faculté Théologique de *Leyde*, & avoient engagé les Députés des deux Synodes de Hollande à signer sa décision. *Cloppenburg*, qui étoit un de ces Députés, encourut par-là l'indignation du Magistrat d'*Amsterdam*. Il étoit alors au Synode; & averti par ses amis qu'il ne faisoit pas bon pour lui dans cette Ville, il n'osa pas y retourner, mais demeura quelque temps à *Leyde*.

Pendant le séjour qu'il y fit, on lui offrit le poste de Ministre à *la Brille*, & il l'accepta. Il le garda pendant dix ans, c'est-à-dire jusqu'en 1640. qu'il fut appellé à *Harderwic* pour y être Professeur en Théologie & Ministre.

En 1644. il passa à *Franeker* pour y être Professeur en Théologie, & Prédicateur de l'Académie, & prit possession de sa Chaire le 12. Ma de cette année.

Il mourut dans cette Ville le 30. Jean
Août 1652. âgé de 60. ans. Cloppen-

Il avoit été marié deux fois, ayant burg.
épousé en premieres noces *Lia Cas-*
teleyn, & en secondes *Elizabeth Bessels;*
& a laissé plusieurs enfans.

Catalogue de ses Ouvrages.

Joannis Cloppenburgii Theologica
Opera omnia, nunc demum conjunctim
edita. Amstelodami 1684. *in*-4o. deux
tomes.

Tomus 1. *continens Exegetica & di-*
dactica. Voici les Pieces qu'on y trouve.

1. *Sacrificiorum Patriarchalium scho-*
la sacra, in qua examinatur Sacrificiorum
antiquitas, usus, & antiquatio; cum
spicilegio. Imprimé separément, comme tous les Ouvrages suivans. *Lugd.*
Bat. 1637. *in*-8o.

2. *Epistola ad Ludovicum de Dieu de*
die quo D.N.J.C.& quo Judæi comederint
Agnum Paschalem & Tractatio de Sab-
bato deuteroproto: ac super utraque ami-
ca collatio Epistolica cum Ludovico Cap-
pello. Item Ludovici Cappelli Epicrisis.
Amstelodami 1634. *in*-8o. It. *Ibid.*
1643. *in*-8o.

3. *Exercitationes Juveniles; nempe*

JEAN CLOPPEN-BURG.

enarratio 53. Cap. Isaiæ, atque disputationes duæ de Deitate filii Dei, & de Christo Servatore. Accedunt Deliciæ Biblicæ Brielenses, sive collationes criticæ cum Ludovico de Dieu. Franekeræ 1652. *in-*12 Les *Deliciæ Biblicæ* ont été inserées dans les *Critici Sacri.*

4. *De fœnore & usuris brevis institutio ; cum Epistola ad Cl. Salmasium. Lugd. Bat. Elzevir* 1640. *in-*80.

5. *Syntagma Exercitationum Selectarum ; quo continentur Protheoria Theologiæ Christianæ, cum inaugurali oratione habita Franekeræ* 12. *Maii* 1644. *Disputationes XI. de fœdere Dei, & Testamento Vetere & Novo. Faciculus Disputationum Selectarum octodecim. Franekeræ* 1655. *in-*40. Les dix-huit Disputes qui sont à la fin avoient déja paru toutes seules. *Harderwici* 1642. *in-*40.

6. *Exercitationes super locos communes Theologicos, quibus præcipui Religionis Christianæ articuli lucide explicantur, ac ab adversariorum corruptelis nervose vindicantur. Accedunt Aphorismi Theologiæ Christianæ, ex Scriptura Prophetica & Apostolica demonstrati.* Je ne sçai quand cet Ouvrage a

paru pour la premiere fois.   J E A N

Tomus alter, continens Elenchtica, CLOPPEN-
cum Tractatu novo de Sabbatho Chris- BURG.
tiano. Les Pieces contenuës dans ce
second volume sont les suivantes.

7. *Disputationes XV. de Canone Theo-*
logiæ & Judicio Controversiarum secun-
dùm Canonem. Imprimées dans le *Syn-*
tagma Exercitationum Selectarum. Fra-
nekeræ 1655. *in-40.*

8. *Gangræna Theologiæ Anabaptisti-*
cæ disputationibus 48. *olim publice ven-*
tilata in Ill. Gymnasio Gelro-Velarieo.
Accedit Frederici Spanhemii Diatriba
Historica de origine, progressu, & se-
ctis Anabaptistarum. Franekeræ 1645.
in 24. It. *Ibid.* 1656. *in-40.*

9. *Disputationes septem ad V. Arti-*
culos Remonstrantium. Franekeræ 1656.
in-40.

10. *Compendiolum Socinianismi con-*
futatum. Præmissa est Præfatio Historica
de origine & progressu Socinianismi.
Franekeræ 1651. *in-40.* C'est un avant-
coureur & comme un abregé de l'*An-*
ti-Smalcius.

11. *Vindiciæ pro Deitate Spiritu san-*
cti adversus Pneumatomachum Joannem
Bidellum, Anglum. Franekeræ 1652.
in-12.

12. *Anti-Smalcius de divinitate Christi. Franekeræ* 1652. *in* 4°. C'eſt la Reſutation d'un Ouvrage de *Smalcius*, Anti-Trinitaire, contre la Divinité de *J. C.* qui eſt inſeré ici par parties.

13. *Res judicata de falce miſſa in Meſſem Théologicam ab Antonio Deuſingio, Phyſices & Matheſeos Profeſſore in Gymnaſio Harderwiceno.* C'eſt un Recueil de Pieces qui ont rapport au differend que *Cloppenburg* eut en 1643. avec *Deuſingius* ſur quelques queſtions un peu métaphyſiques.

14. *Tractatus brevis de Sabbatho Chriſtiano ex Belgico tranſlatus. Jean de Marek*, Profeſſeur en Théologie à *Groningue*, petit-fils de *Cloppenburg*, qui a pris ſoin de donner au Public un Recueil de toutes ſes Oeuvres imprimées, ayant trouvé dans ſes papiers ce petit Traité, que *Cloppenburg* avoit compoſé en Flamand, l'a traduit en Latin, l'a ajouté à ſes autres productions.

V. ſa vie par *Jean de Marek* dans la Préface du Recueil de ſes Oeuvres.

PAUL PHILIPPE DE CHAUMONT.

Aul Philippe de Chaumont, de l'ancienne Maison de *Chaumont,* qui a tiré son nom d'une petite Ville de ce nom dans le Vèxin François, naquit de *Jean de Chaumont,* Seigneur de *Bois-Garnier,* Garde des Livres du Cabinet du Roi, & Conseiller d'Etat ordinaire.

Ayant embrassé l'Etat Ecclesiastique, il s'adonna de bonne heure à la prédication, qu'il cultiva pendant plusieurs années.

Il succeda à son pere dans la charge de Garde des Livres du Cabinet, à laquelle il joignit celle de Lecteur du Roi ; & il fut reçu dans l'Académie Françoise en 1654. à la place de *Laugier de Porcheres.*

Le Roi *Louis XIV.* le nomma en 1671. à l'Evêché d'*Acqs* ; & il eut outre cela l'Abbaye de *S. Vincent du Bourg,* Ordre de *S. Augustin* au Diocèse de *Bourdeaux.*

Il se démit de son Evêché en 1684. & revint demeurer à *Paris,* où il se

PAUL PHILIPPE DE CHAUMONT. livra plus que jamais à l'étude, qu'il avoit toujours aimée.

Il fut la même année nommé par l'Académie Françoise Commissaire dans l'Affaire de *Furetiere.*

Il mourut à *Paris* le 24. Mars 1697. & eut pour successeur dans l'Académie le Président *Cousin.*

Chapelain a parlé fort mal de lui dans sa *Liste de quelques gens de Lettres François vivans en 1662.* » *Chaumont*, » dit-il, ne manque pas d'esprit, & » a assez le goût de la langue. On n'a » pourtant rien vû de lui, qui puis- » se lui faire honneur. S'il ne prêche » bien, il prêche & hardiment & fa- » cilement. Le desir de la fortune l'a » engagé à des bassesses au dessous de » sa naissance, & à un certain air d'a- » gir qui lui a fait tort: mais c'est » plus par manque de jugement, que » par malignité naturelle.

Quoiqu'il en soit de ceci, on n'a de lui que l'Ouvrage suivant, qui est également solide & bien écrit.

Reflexions sur le Christianisme enseig- né dans l'Eglise Catholique; tirées de diverses preuves que la raison fournit touchant

touchant la Religion Chrétienne enseignée dans l'Eglise Catholique en trois parties. Paris 1693. in-12. Deux tomes.

Le deſſein général de l'Auteur eſt de prouver par des motifs de crédibilité un ſeul Dieu contre les Athées, le Chriſtianiſme contre les Deiſtes, & contre tout ce qui a uſurpé le nom de Religion ; & enfin l'obligation d'apprendre uniquement le Chriſtianiſme dans l'Egliſe Romaine, contre les Proteſtans.

Jean de Chaumont, ſon pere, mort le 2. Août 1667. âgé de 84. ans, s'étoit appliqué à la Théologie, & a donné quelques ouvrages en ce genre qu'il faut rapporter.

1. *L'Areopagite défendu contre Edme Aubertin, Miniſtre à Charenton, ou foibleſſe des deux argumens contre les Oeuvres de S. Denys l'Areopagite, & encore trois fauſſetez d'Edme Aubertin. Paris 1640. in 8°. pp. 113.* It. en Latin. *Areopagitæ defenſio adverſus. 3. Dionyſii Areopagitæ libros ab eo propoſiti imbecillitas demonſtrata, à Joanne de Chaumont Gallicè primùm conſcripta, ſubindeque cujuſpiam amici ſtudio latinè*

Tome XL. R

PAUL-
PHILIPPE
DE CHAU-
MONT.

reddita. Et la p. 632. du 2e. volume de *S. Dionysii Opera. Paris.* 1644. in-fol.

2. *Réponse au sieur de Monglat touchant l'Apologie des Eglises Réfomées. Paris* 1633. *in-*8°. Cet Ouvrage est contre *Jean Daillé.*

3. *Discours pacifique* sur la même matiere. *Paris* 1634. *in-*8°.

4. *Rétractation du sieur Daillé, ou réponse à ses considerations sur le Livre de M. de Chaumont. Paris* 1635. *in-*8°. Voyez sur cette dispute l'article de *Daillé* dans le 3e. tome de ces Mémoires p. 75.

5. *Fausseté d'un Ministre, ou recit d'une conference amiable & privée tenuë à S. Germain en Laye sur l'allegation fausse d'un Ministre de Charenton. Paris* 1642. *in-*8°. pp. 16.

6. *La Chaîne de Diamans ou la Chaîne Eucharistique, faite du Texte des Peres sur ces paroles :* Ceci est mon Corps, &c. *Paris* 1644. *in-*8°.

7. *De la vocation des Pasteurs, contre le Ministre Mestrezat. Paris* 1650. *in-*80.

8. *Apologie de l'Eglise primitive contre le Ministre Mestrezat. Paris* 1653. *in-*80. pp. 166.

9. *Schifme de Charenton.* J'ignore la   PAUL-
date de cet Ouvrage, dont il fait PHILIPPE
mention à la p. 162. du précedent. DE CHAU-
   V. l'Hiftoire de l'Académie Françoife MONT.
de M. l'Abbé d'Olivet. Le Supplément
de Morery de l'année 1735.

ADAM OLEARIUS.

*A*Dam *Olearius,* dont le nom Al-   ADAM
lemand étoit *Oelfchlager,* qui OLEA-
fignifie en cette langue la même cho- RIUS.
fe qu'*Olearius* en Latin, naquit l'an
1603. à *Afcherfleben,* petite Ville
d'Allemagne dans la Principauté
d'*Anhalt,* en la baffe Saxe, de *Marc*
Oefchlager, Tailleur d'habits.

Après avoir été quelque temps Profeffeur Public à *Leipfic,* il quitta ce
pofte pour paffer dans le Holftein,
où le Prince *Frederic,* Duc de *Holf-*
tein-Gottorp, inftruit de fon mérite &
de fa capacité, lui donna bien-tôt de
l'emploi.

Ce Prince, après avoir bâti la Ville de *Frederica Stad,* forma le deffein
d'y attirer une partie du Commerce
du Levant, & particulierement celui

des foyes qui eſt le plus conſiderable.
Il réſolut pour cela d'envoyer une
Ambaſſade ſolemnelle au Czar, &
au Roi de Perſe, dont il avoit beſoin
pour y réuſſir. *Philippe Cruſius* & *Ot-
ton Brugman* furent nommés Ambaſ-
ſadeurs ; & *Olearius* eut ordre de faire le voyage avec eux en qualité de
Conſeiller & de Secretaire de l'Ambaſſade.

Ils partirent de *Gottorp* le 22. Octobre 1633. & allèrent d'abord en
Moſcovie. Ils firent leur entrée à
Moſcou le 14. Août 1634. & furent
fort bien reçus du Czar, qui leur accorda le paſſage par la Moſcovie pour
ſe rendre en Perſe ; mais à condition
qu'ils retourneroient auparavant dans
le Holſtein, & lui apporteroient la
ratification du Traité qu'ils venoient
de conclure.

Ils retournerent donc à *Gottorp*, où
ils arriverent le 6. Avril 1635. Le Duc
content de ces commencemens, les
renvoya bien-tôt avec la ratification du
Traité. Ils partirent de *Hambourg* pour
un ſecond voyage le 22. Octobre de
la même année, & repaſſerent à Moſcou, où ils arriverent le 29. Mars de

l'année fuivante 1636. Ils pafferent ADAM
de-là en Perfe, & fe rendirent à If- OLEA-
pahan le 3e. Août 1637. leurs affai- RIUS.
res ayant été heureufement termi-
nées, ils retournerent dans le Holftein par la Mofcovie,& fe trouverent
à *Gottorp* le 1e. Août 1639.

Olearius demeura depuis dans cette Ville, où il fut fait en 1650. Bibliothecaire, Antiquaire, & Mathe-
máticien du Duc. Il remplit ces poftes
jufqu'à la fin de fa vie, & mourut
l'an 1671. âgé de 68. ans.

Catalogue de fes Ouvrages.

1. *Nouvelle Relation d'un Voyage en
Mofcovie & en Perfe, fait à l'occafion
d'une Ambaffade du Duc de Holftein au
Czar de Ruffie & au Roi de Perfe.* (en
Allemand) *Slevic* 1647. 1656. 1663.
in-fol. Ces trois éditions Allemandes
faites affez confécutivement font voir
l'eftime qu'on a eu pour cet Ouvrage. Il la mérite en effet par l'exactitude & les détails anciens qui l'ac-
compagnent. La troifiéme eft plus
ample que les deux autres. It. traduite en François : *Relation du Voyage de
Mofcovie, Tartarie, & de Perfe, traduite de l'Allemand du fieur Olearius ;*

R iij

ADAM
OLEA-
RIUS.

par Abraham de Wicquefort. Paris 1656. *in-*4°. It. *Ibid.* 1659. 1666. *in-*4°. It. *Leyde* 1719. *in-fol.* * It. *Amst.* 1727. *avec les Voyages de Mandeslo* 2. *vol. in-fol. Jean Davies* en a fait une traduction Angloise, qui a été imprimée à *Londres* en 1666. *in-fol.* Un Anonyme l'a aussi traduit en Flamand, & sa traduction a paru à *Amsterdam* & à *Utrecht* en 1651 *in-*4°. & *in-*12. On en a une partie en Italien sous ce titre : *Viaggi di Moscovia degli anni* 1633. 1634. 1635. & 1636. *libri III. Cavati del Tedesco. In Viterbo* (ou plutôt *à Rome* de l'imprimerie Barberine) 1658. *in-*4°. pp. 179. avec quelques figures. Cette traduction ne s'étend que jusqu'au départ des Ambassadeurs pour la Perse, parce que le Traducteur s'est borné à ce qui regardoit la Moscovie.

2. *La Vallée des Roses de Perse, dans laquelle sont contenuës plusieurs Histoires plaisantes, des paroles ingenieuses, & des maximes utiles, écrites depuis* 400. *ans en Persan par Schich-Saadi Poëte ingenieux, traduite en Allemand par Adam Olearius. Slesvic* 1654. *in-fol.*

* Se trouve à Paris chez Briasson.

3. *Relation du Voyage des Indes d'Al-* **ADAM**
bert de Mandeflo , publié par Adam **OLEA-**
Olearius , qui y a joint fes remarques. **RIUS.**
(en Allemand) *Slefvic* 1658. *in fol.*
Olearius publia cette Relation , conformément au defir de *Mandeflo,* qui
l'en avoit chargé en mourant , après
l'avoir revûë & mife en ordre. Elle a
été auffi traduite en François. Et imprimée avec les Voyages d'Olearius à
Amfterdam , *in-fol.* 1727.

4. *Chronique abregée du Holftein ; ou*
defcription fommaire des événemens les
plus remarquables , arrivés depuis l'an
1448. *jufqu'en* 1663. *dans les pays du*
Nord ; & particulierement dans le
Holftein. (en Allemand) *Slefvic* 1663.
*in-*8. It. Avec la feconde édition de l'Ouvrage fuivant. *Olearius* a joint à cette
nouvelle édition un abregé de l'Hiftoire des temps qui précedent l'anneé
1448. tiré de la Chronologie de *Chré-*
tien Solinus , imprimée en Allemand à
Hambourg en 1615. *in-*8o. pour fatif-
faire quelques perfonnes qui fouhai-
toient avoir une Hiftoire complette
du Holftein.

5. *Cabinet de curiofitez de Gottorp.*
(en Allemand) 1666. *in-*40. *oblon-*

go **It.** *Augumenté avec la Chronique abregée du Holstein. Ibid.* 1674. *in-*4°. *Olearius* décrit ici toutes les curiositez naturelles, qui avoient été rassemblées des quatre parties du monde dans le Cabinet du Duc de *Holstein - Gottorp.*

V. *Idea Historiæ Ascaniensis , Auctore Jacobo Frid. Reimmanno. Quedlomburgi* 1708. *in-*4°. p. 57. *Le Dictionnaire des Sçavans de Mencken.* Ces deux Auteurs, dont le second a copié le premier , ont mis la naissance d'*Olearius* en 1633. sans faire réflexion qu'il partit cette année pour la Moscovie. C'est apparemment une faute d'impression dans le premier pour l'année 1603. mais c'en est une d'inattention dans le second.

ANTOINE MIZAULD.

ANtoine *Mizauld* naquit à *Monlucon* dans le Bourbonnois , au commencement du 16ᵉ siécle.

Etant venu étudier à *Paris* , il s'y appliqua à la Médecine , & s'y fit recevoir Docteur en cette Faculté.

Il acquit de la réputation, tant dans

la pratique de cette fcience , que par ANTOINE
fes ouvrages. Il négligea cependant la MIZAULD.
pratique , pour fe donner à la recherche des curiofitès de la nature & à la
compofition de divers ouvrages.

M. *de Thou* dit , que fes Ouvrages
font paroître fa rare doctrine & fon
jugement exquis , & qu'ils feront toujours eftimez de ceux qui font juges
compétens en ces fortes de matieres.
Ce grand homme étoit trop prévenu
en fa faveur , quand il a parlé ainfi.
On en a jugé bien différemment dans
la fuite , on s'en eft rapporté avec plus
de raifon à *Naudé* , qui p. 135. de
fon *Mafcurat*, dit que *Pierre Menard*,
Libraire , ayant deffein de faire imprimer toutes les Oeuvres de Mizauld ,
en un volume *in-folio* , il l'en détour-
na, parce que c'étoit un homme ,

> *Quælibet à quovis mendacia credere*
> *promptus.*

En effet il étoit extrêmement crédule , & l'on trouve dans tous fes
Ouvrages des contes pueriles qu'il
débite férieufement comme des chofes inconteftables. M. de *la Mon-*
noye ajoute dans fes notes manufcrites
fur les Bibliotheques Françoifes , qu'il
a fait en Latin des fautes qu'on ne

ANTOINE
MIZAULD.

pardonneroit pas à un Ecolier de cinquiéme.

Il s'appliqua particulierement aux
Mathematiques, sur-tout à l'Astronomie, & à l'Astrologie : mais ce qu'il
a fait en ce genre ne vaut pas mieux
que ce qu'il a fait sur la Médecine ;
& le peu qu'il y a de bon dans tous
ses Ouvrages est étouffé par un fatras
de mille choses inutiles ou fausses.

Il mourut à *Paris*, en 1578. dans
un âge assez avancé.

Catalogue de ses Ouvrages.

1. *Ant. Mizaldi Phænomena, sive
Aëria Ephemerides ; omnium auræ com-
motionum signa ab his quæ in cœlo, aëre,
aqua & terra palam apparent, quatuor
Aphorismorum Sectiunculis, methodo sa-
ne quam facili & perspicua, diebus sin-
gulis fideliter ob oculos ponentes. Ejusdem
Prolegomena, in quibus nonnulla de
brutorum præsagitione & prædicendarum
aëris mutationum seria methodo, ex solis Phænomenis. Paris. 1546. in 4°. feuil.*
73.

2. *Le Miroir du temps & Presages
sur le changement d'icelui. Paris* 1547.
in-8°. C'est une traduction de l'Ouvrage précedent.

3. *Meteorologia , five rerum aëria-* ANTOINE
rum commentariolus , fortuitarum aura MIZAULD.
tempeftatum omnium caufas , fpecies ,
generationem , naturam & effectus apho-
riftice & methodice exhibens. Parif.
1547. *in-8°. feuil.* 41.

4. *Le Miroir de l'Air. Paris* 1548.
*in-*80. C'eft la traduction du Livre
précedent.

5. *Cometographia , crinitarum ftalla-*
rum , aliorumque ignitorum aëris Phæ-
nomenon naturam & portenta duobus li-
bris expediens. Additus Catalogus vifo-
rum cometarum ufque ad annum 1540.
Parif. Wechel 1549. *in-*80.

6. *Æfculapii & Uraniæ Medicum fi-*
mul & Aftronomicum ex colloquio con-
jugium , harmoniam Microcofmi cum
Macrocofmo , five humani corporis cum
cœlo paucis figurans , & perfpicue de-
monftrans. Lugduni 1650. *in-*4°. pp.
105.

7. On trouve une piece de 42. vers
Latins de *Mizauld* , à la tête d'un
Ouvrage d'*Oronce Finé* , intitulé :
Sphæra Mundi , five Cofmographia recens
aucta. Parif. 1551. *in-*40. Elle roule
fur les louanges de l'Ouvrge. J'ajoute, pour ni plus revenir , que *Mi-*

ANTOINE *zauld* a mis de semblables vers devant
MIZAULD. la plûpart des Ouvrages de *Finé*, qui
étoit son ami intime.

8. *Planetologia , rebus Astronomicis ,
Medicis , & Philosophicis erudite refer-
ta ; ex quâ Cœlestium Corporum cum hu-
manis , & Astronomiæ cum Medicina
societas & harmonia paucis degustatur ,
& dilucide aperitur. Lugduni* 1551. *in-*
4°. pp. 97.

9. *De Mundi Sphæra , seu Cosmo-
graphia libri tres. Paris.* 1552. &
1566. *in-* 8.

10. *Zodiacus , sive duodecim signorum cœli hortulus , libellis tribus concinnatus. Paris.* 1553. *in-*80. pp. 63.
non chiffrées. Cet Ouvrage est en
vers.

11. *Planetæ , sive Planetarum Collegium. Paris.* 1553. *in-*80. pp. 47. non
chiffrées. Ceci est encore en vers.

12. *Asterismi , sive Stellarum octavi
Cœli imaginum Officina. Ejusdem periti
rerum cœli Philosophi , seu Astronomi
encomium. Paris.* 1553. *in* 8°. pp. 83.
non chiffrées. Tout cela est encore en
vers.

13. *Catalogi sympathiæ & antipathiæ
rerum aliquot memorabilium. Paris.*
1554. *in-*8°.

14. *Ephemerides Aëris perpetuæ, seu* ANTOINE *popularis & rustica tempestatum Astro-* MIZAULD. *logia. Parif* 1554. *in-*16.

15. *Les Ephemerides perpetuelles de l'Air ; autrement l'Astrologie des rustiques ; donnant un chacun jour, par signes très-familliers, vraye & assûrée connoissance de tous changemens de temps enquelque pays & contrée qu'on soit; divisées en cinq parties par petits Aphorismes & breves Sentences. Outre ce, advertissement très-utile en forme de Prologue sur les presages & signes donnés par les animaux touchant les mutations de l'air. Paris* 1554. *in-*16. C'est une traduction un peu étenduë de l'ouvrage précedent.

16. *Memorabilium aliquot naturæ arcanorum sylvula, rerum variarum sympathias & antipathias, seu naturales concordias & discordias libellis duobus complectens. Parif.* 1555. *in-*8º. It. *Francofurti* 1592. & 1613. *in-*16. Il y a bien des contes & des pauvretés dans cet Ouvrage.

17. *Harmonia cœlestium corporum & humanorum dialogis undecim Astronomicè & Medicè elaborata & demonstrata. Parif.* 1555. *in-*8º. It. *Francofurti* 1589.

ANTOINE MIZAULD. ad 1592. 1613. *in-12.* It. traduite en François *Harmonie des Corps célestes & humains faite en onze Dialogues, où sont introduits Esculape & Uranie devisans ensemble & traitants des choses concernantes la Medecine & l'Astronomie, traduit du Latin par Jean de Montlyard.* Lyon 1580. *in-16.*

17. *Ephemerides cœlestes anni 1555. præter vulgarem modum supputata & descripta.* Parif. 1555. *in-8o.* It. en François. *Ephemeride céleste pour l'an 1555.* Paris 1555. *in-80.*

18. *Explicatio & usus cœlestis Ephemeridis Antonii Mizaldi.* Parif. 1555. *in-80.*

19. *Symbolum funebre in Obitum Orontii Finæi.* C'est une piece de 31. vers, qui se trouve avec d'autres semblables faites sur la mort de *Finé*, & à la tête de quelques ouvrages de ce Mathematicien, qui mourut en 1555.

20. *L'explication, usage & pratique de l'Ephemeride céleste d'Antoine Mizauld, comme aussi de toutes autres. Avec tables à ce nécessaires & utiles.* Paris 1556. *in-80.* feuill. 111. Mizauld aimoit à multiplier ses Ouvrages : non content de redonner les mêmes cho-

ses sous des formes differentes , il
mettoit souvent en François ce qu'il
avoit déja donné en Latin , y ajou-
tant seulement quelque chose de nouveau.

ANTOINE
MIZAULD.

21. *Ephemeris cœlestis anni* 1556.
Paris. 1556. *in-*80. It. en François :
Ephemeride céleste pour l'an 1556.
Paris 1556. *in-*80.

22. *Orontii Finæi de rebus Mathema-*
ticis hactenus desideratis libri 4. *cum*
Præfatione Ant. Mizaldi. Paris. 1556.
in fol.

23. *Ephemeris cœlestis anni* 1557.*Pa-*
ris. 1557. *in-*8º. It. en François : *E-*
phemeride céleste pour l'an 1557. *Ibid.*
*in-*8º.

24. *De arcanis naturæ libri quatuor.*
Paris. 1558. *in-*80.

25. *In violentam & atrocem cædem*
Antonii Minardi , Præsidis inculpatis-
simi , Nænia. Paris. Fed. Morel. 1559.
*in-*40. C'est une piece d'environ cent
vers sur la mort de ce Magistrat , qui
fut tué en revenant du Palais , le 12.
Decembre de cette année 1559.

26. *Secretorum Agri Enchiridion*
primum , hortorum curam , auxilia , se-
creta, & medica præsidia inventu promp-

ANTOINE
MIZAULD.

ta , *ac paratu facilia libris tribus pulcherrimis comprehendens. Parif. Fed.
Morel* 1560. *in-*8°. feuil. 180.

27. *De hortensium arborum insitione
Opusculum , Ant. Mizaldi studio &
diligentia concinnatum. Ejusdem Den-
dranatome , hoc est partium corporis ar-
borei explicatio brevis , ubi de earum
nutritione. Parif. Fed. Morel.* 1560. *in-*
8°. feuil. 28.

28. *Pareclefis super morte Francisci
Olivarii , Galliarum Cancellarii. Parif.*
1560. *in-*4°.

29. *Singuliers secrets & secours contre la peste , souventesfois expérimentez
& approuvez , tant en certaine préser-
vation , que parfaite guérison. Paris*
1562. *in-*8°.

30. *Les ℔ anges, antiquitez & excel-
lences d'Astrologie , extraites & traduites du Grec de Lucian. Paris* 1563. *in-*
8°.

31. *Instruction fort populaire pour la
connoissance des Lunes en tout temps.
Paris* 1563. *in-*80.

32. *Alexixepus , feu auxiliaris hortus , extemporanea morborum remedia
ex singulorum viridariis facile compa-
randa paucis proponens. Ad hæc Dio-*

clis *Cariſtii Epiſtola ad Antigonum de* ANTOINE *tuenda valetudine per hortenſia. Pariſ.* MIZAULD. *Fed. Morel* 1565. *in-8o.* pp. 269. L'E-pitre dédicatoire eſt datée du 29. Octobre 1564. A la fin de la Lettre de *Cariſtius Mizauld* a mis le Catalogue de ſes O uvrages , qui ſe trouve dans toutes les éditions de cette Lettre. L'Ouvrage ſuivant y eſt auſſi compris. It, ſous cet autre titre : *Alexikepus , ſeu auxiliaris & Medicus hortus rerum variarum & ſecretorum remediorum acceſſione locupletatus. Coloniæ* 1576. *in-8b.* pp. 200. It. traduit en François par *André Caille,* Docteur en Médecine ſous ce titre : *Le Jardin Medecinal, enrichi de pluſieurs & divers remedes & ſecrets.* Jean Lertout 1578. *in-8o.* It. Tra-duit en Allemand par *George Heniſch. Baſle* 1616. *in-8o.*

33. *Nova & mira artificia comparandorum fructuum, olerum, radicum uvarum & aliorum hortenſium , quæ corpus blande & abſque noxa purgent. Ad hæc Methodus perpulchra componendorum Vinorum , quæ diverſis morbis clementer ſuccurant ; cum priſco & recente Catalogo quorumdam. Pariſ,* 1564. *in-8o.* pp. 87. L'Epitre eſt datée du 1. No-

Tome XL. S.

ANTOINE vembre de cette année. On voit à la
MIZAULD. fin : *Compositio præstantissimi vini ac*
diluti è sena , cum viribus & facultati-
bus ipsius senæ ; avec le Catalogue des
Ouvrages de *Mizauld*. pp. 7.

34. *Nouvelle invention , pour incon-*
tinent juger du naturel d'un chacun, par
la seule inspection du front & de ses li-
néamens. Paris 1565. *in-*8o.

35. *Memorabilium , utilium , ac ju-*
cundorum Centuriæ novem in Aphoris-
mos arcanorum omnis generis locupletes
pulchre digesta. Paris. 1566. *in-*8o.
feuil. 136. It. *Accessit Democrites Ab-*
derita de rebus naturalibus & mysticis ,
cum Synesii Pelagii Commentariis ; in-
terprete Dominico Pizimentio , Vibo-
nensi. Coloniæ 1574. *in-*12. It. *Ac-*
cessit Appendix nonnullorum secreto-
rum , experimentorum , antidotorum
que , contra varios morbos , tam ex
libris manuscriptis , quàm typis ex-
cusis , collecta. Francof. 1589. 1592.
1613. 1673. *in-*12 It. Avec plusieurs
autres augmentations sous ce titre :
Mizaldus redivivus, sive Centuriæ XII.
memorabilium , utilium , ac jucundorum
in Aphorismos arcanorum omnis generis
locupletes perpulchre digesta ; partim ab

Ant. Mizaldo, *partim ex aliis fide di-* ANTOINE
gnis probatifque autoribus excerptæ Edi- MIZAULD.
tio noviffima. Noriberga 1681. *in-*12.

36. *Secrets de la Lune. Opufcule non*
moins plaifant que utile, *fur le particu-*
lier concert, *& manifefte accord de plu-*
fieurs chofes du monde avec la Lune,
comme du Soleil, *du fexe feminin*,
de certaines bêtes, *oyfeaux*, *poiffons*,
pierres, *herbes*, *arbres*, *malades*, *ma-*
ladies, *& autres*, *de grande admira-*
tion & fingularité. Paris 1571. *in-*80.
feuill. 24.

37. *Cofmologia*, *Hiftoriam Cœli &*
mundi varie apud varios fparfam &
obfcure traditam quatuor Opufculis me-
thodice colligens, *& dilucide proponens.*
Parif.Fed. Morel 1571. *in* 80. Cet Ouvrage, dont l'Epître eft datée du 1.
Juin 1570. eft en vers, & divifé en
trois Livres. On trouve à la fuite,
Encomium Docti Aftronomi & periti
rerum cœli interpretis, *Afclepiadeo*
Choriambico Monocolo contectum pp.
72.

38. *Opufculum de fena*, *planta inter*
omnes quotquot funt hominibus beneficen-
tiffima & faluberrima. Parif. 1572. *in-*
80. feuil. 19. Ceci eft plus étendu que

ce qu'il avoit donné sur le même sujet en 1564.

39. *Dioclis Caryſtii, Medici, ab
Hippocrate fama & ætate ſecundi, aurea ad Antigonum Regem Epiſtola de
Morborum præſagiis & eorumdem ex-
temporaneis remediis : ad hæc Arnaldi
à Villanova Conſilium ad Regem Ar-
ragonum de ſalubri hortenſium uſu. Pariſ. 1572. in-8o.* feuil. 27. la Lettre
de *Diocles* avoit déja paru en 1565.
à la ſuite de l'*Alexikepus. Mizauld* l'a
encore jointe à l'Ouvrage ſuivant.

40. *Hiſtoria hortenſium, quatuor
Opuſculis methodicis contexta, quorum
primum hortorum curam, ornatùm, &
ſecreta quam plurima oſtendit ; ſecundum inſitionum artes proponit ; tertium
auxiliares & medicas hortenſium facul-
tates percurrit ; quartum jucunda &
benefica medicamendorum hortenſium
olerum, radicum, fructuum, uvarum,
vinorum & carnium artificia explicat :
rerum variarum acceſſione nunc primum
aucta & illuſtrata. Acceſſerunt & alia.
Colonia Agripp. 1577. in-8o.* Les pieces ajoutées ici ſont 1o. *Dendranato-
me*, &c. 2o. *De Hominis ſymmetria,
proportione, & commenſuratione.* 3o. *Dio-*

clis Caryſtii Epoſtola , & ce qui l'ac- ANTOINE
compagne dans l'édition de 1672. MIZAULD.

41. *Harmonia ſuperioris mundi & in-ferioris , ſeu cœli & terra Accedunt Paradoxa rerum cœli , ad Epiponum , Philuranum & ſocios. Pariſ. 1577. in-8o.*

V. Les Eloges de M. de Thou , & les additions de Teiſſier. Les Bibliotheques Françoiſes de la Croix du Maine & de du Verdier.

LOUIS NOVARINI.

LOuis *Novarini* naquit à *Verone* LOUIS
l'an 1594. d'*Ange Novarini* , & NOVA-
de *Doralice* , tous deux de bonnes fa- RINI.
milles , mais peu favoriſés des biens
de la fortune.

Il reçut au baptême le nom de *Je-rôme* ; mais on le lui changea en celui
de *Louis* , lorſqu'il entra chez les Thea-tins. Il prit l'habit de cet Ordre le 25.
Septembre 1612. dans la Maiſon de
Sainte-Marie de Glarea à *Verone* , des
mains de *Paul Areſi* , Milanois , qui
en étoit alors Supérieur , & qui fut
depuis Evêque de *Tortone.*

On l'envoya en ſuite à *Veniſe* pour

L o u i s y faire fon Novitiat , & il y fit Pro-
N o v a - feffion le 26. Janvier 1614.
r i n i.
    Il étudia depuis en Philofophie &
en Théologie , & fut ordonné Prêtre
dans la même Ville le 6. Mars 1621.

    L'amour qu'il avoit pour l'étude ne
l'empêcha pas de fe donner à la prédication, & à la diréction , & de remplir
diverfes Charges de fon Ordre. Il fut
même plufieurs fois Supérieur à *Verone* , & outre cela Confulteur du S.
Office.

    Il fçavoit fuffire à tout , & ména-
ger fi bien fon temps, qu'il en a trouvé affez pour compofer un nombre
prodieux d'Ouvrages, qui font connoître qu'il avoit extrêmement lû, &
fait de grands recueils de fes lectures.
On affûre qu'il fçavoit fort bien les
langues Greque , Hebraïque & Syriaque , & il ne manque pas de faire
parade de fa Science en ce genre dans
fes Ouvrages.

    Sa vivacité naturelle ne lui permet-
toit pas de polir fes productions ,
il mettoit indiftinctement fur le pa-
pier tout ce qu'il trouvoit dans fes
Recueils fur le fujet qu'il avoit à traiter , foit bon , foit mauvais ; l'envie

même d'employer tout ce qu'il avoit LOUIS
ramaſſé le jettoit ſouvent dans des NOVA-
écarts, qui ne ſervoient qu'à enfler RINI.
ſes livres. Auſſi ſongeoit-il, plutôt
à faire de gros & nombreux ouvrages,
qu'à en compoſer de bons.

Il mourut de plureſie dans la maiſon de *Sainte-Marie de Glarea de Ve-*
rone le 14. Janvier 1650. âgé de 56.
ans.

Catalogue de ſes Ouvrages.

1. *Electa Sacra, in quibus, quà ex*
Latino, Greco, Hebraïco, & Chaldaï-
co fonte, quà ex antiquis Hebræorum,
Perſarum, Græcorum, Romanorum a-
liarumque Gentium ritibus, quædam
divinæ Scripturæ loca noviter explican-
tur & illuſtrantur; antiquitâtes pluri-
mæ in lucem eruuntur : omnia monitis
ſacris ad ſperſa & excurſibus moralibus
locupletata. Venetiis 1627. in-fol. It.
Lugd. 1639. *in-fol.* Ce vol. contient
trois livres, dont le premier eſt intitulé : *Paradiſus deliciarum ;* le deuxiéme *Circuitus Sacer ;* le troiſiéme
Signaculum Spiritale.

2. *Electa Sacra in quibus, quà ex*
linguarum fontibus, quà ex priſcis Gen-
tum ritibus nonnulla ſacrarum littera-

LOUIS **NOVA-** **RINI.** *rum loca novo explicatu donantur aut nova luce vestiuntur, subque Virginea umbra ita Virginis Mariæ laudes exhibentur, ut etiam Gabrielis Nuncii, Josephi Sponsi, Jochimi & Annæ genitorum ejus imagines & universe utilium Monitorum colores vitæ perficiendæ hujus umbræ appositione venustiores ostendantur. Lugduni 1633. in-fol. It. 3a. Editio ab Autore recognita & multis locis locupletata. Turnoni 1640. in-fol. It. Lugduni 1647. in-fol.* C'est proprement un Eloge de la Vierge dans le style diffus, plein de citations, & mystique de l'Auteur. Il fait le 4e. livre de fes *Electa Sacra*, & fon titre courant est *Umbra Virginea*.

3. *Electa Sacra, in quibus sub titulo Agni Euchariftici de augustiffimo adeoque ipso divite Euchariftiæ Sacramento, ejus inftitutione, excellentia, laudibus deliciis, suavitate, Myfteriis, figuris, ritibus, aliifque rebus, quæ ipsum aut tangunt aut spectant, satiate differitur. Lugduni 1638. in-fol.* C'est le 5e. livre des *Electa Sacra*.

4. *Selecta Sacra, in quibus sub nuptialibus aquis, ita de aquarum & nuptiarum nexu agitur, ut de nuptiis varia,*

varia

varia de aquis variis dentur , multaque
moribus irrigandis apta , & nutriendæ N O V A -
notitia opportuna , ex aquis deſumpta R I N I.
aut aquis proxima exponantur. Lugduni
1640. *in-fol.* C'eſt le 6e. livre. On
trouve à la fin de chacun de ces volumes des Tables fort amples.

5. *Electa Sacra , in quibus ſub titu-*
lis hac forma conceptis. 1. *Medicus*
Chirurgus. 2. *Columna Sepulchralis.* 3.
Fumus Bellicus. 4. *Terræ fides.* 5. *In-*
ſitio ſacro-profana. 6. *Teſſelæ litterariæ ;*
qui ſinguli libris ſingulis continentur ;
multa ſacrarum litterarum loca ex an-
tiquis ritibus , ex linguarum fontibus
explicantur & illuſtrantur , ſacræ &
profanæ eruditionis opes augentur , &
pleræque moribus informandis animæ cu-
randis morbis apta monita exhibentur.
Veronæ 1645. *in-fol.*

6. *Schediaſmata Sacro-prophana ; hoc*
eſt ,obſervationes antiquis Chriſtianorum,
Hebræorum aliarumque Gentium ritibus
in lucem eruendis , aliquot S. Scripturæ ,
SS. Patrum , aliorumque Scriptorum lo-
cis illuſtrandis , variæ eruditionis ſup-
pellecti augendæ , pietati fovenda , amo-
liendæ impietati. Nunc primum prodeunt.
Lugduni 1635. *in fol.* Cet ouvrage eſt

Tome XL. T

divisé en 12. Livres, dont chaque
Chapitre traite de differens points de
litterature.

7. *Adagia ex SS. Patrum, Eccle-*
fiasticorumque Scriptorum monumentis
prompta; quæ explicantur & illuſtrantur,
inſertis, ut res exigebat, vitiis evellen-
dis, virtutibus implantandis, excurſi-
bus Theologicis. Eademque opera paſſim
in toto opere nonnulla divinarum litte-
rarum, externorumque Autorum loca
ſua luce veſtiuntur, & priſcorum rituum
recenſione, variis obſervationibus, ſacræ
& prophanæ eruditionis opes augentur.
Opus noviſſime prodit. Lugduni 1637.
in-fol. Deux tomes. Il y a mille ada-
ges expliqués dans chaque tome.

8. *Matthæus & Marcus expenſi, no-*
tis, monitiſque ſacris, quâ ex linguarum
fontibus, quâ ex variarum verſionum
collatione, quâ ex ſanctorum Patrum,
aliorumque Autorum obſervationibus,
quæ ad mores informandos præcipue ſpe-
ctant illuſtrati. Omnia nunc primum
prodeunt. Lugduni 1642, in-fol.

9. *Lucas expenſus, &c. Lugduni 1643.*
in-fol. C'eſt un Commentaire moral
tant ſur l'Evangile de S. Luc, que
ſur les Actes des Apôtres, de même

goût que le précedent & les suivans. Louis

10. *Joannes expensus, &c. Lugduni* Nova-
1643. *in-fol.* On trouve ici un Com- RINI.
mentaire moral sur l'Evangile de S.
Jean, sur ses trois Epîtres & sur l'Apo-
calypse. L'Auteur y a joint *Jacobus ex-*
pensus, ou un Commentaire semblable sur l'Epitre de S. *Jacques*; *Petrus*
expensus, ou Commentaire sur les
deux Epitres de S. *Pierre*, & *Judas*
expensus, ou Commentaire sur son
Epitre. l'Auteur a mis à la tête de
chaque Commentaire une Epitre dédicatoire fort dévote au S. Apôtre ou
Evangeliste qu'il a voulu commenter.

11. *Paulus expensus, &c. Verona*
1644. *in-fol.* It. *Lugduni* 1645. *in-fol.*
Autre Commentaire sur toutes les
Epitres de S. *Paul.*

12. *Omnium Scientiarum Anima;*
hoc est Axiomata Physio-Theologica, ex
proba nota Autoribus editis aut ineditis
prompta, & suo ordine distributa, quæ
explicantur, illustrantur, porriguntur
& coërcentur: eademque opera plures
difficultates expediuntur Lugduni 1644,
in-fol. Trois volumes, qui n'en font
qu'un de médiocre grosseur. Ce sont
des Axiomes de Logique & de Mé-

Lo u i s taphysique expliqués & proposés dans
N o v a- le goût de son temps, qui n'ont rien
r i n i. maintenant qui mérite de l'attention.
Le premier volume contient sept Livres, le second dix-huit, & le troisiéme vingt-cinq ; ce qui en fait en
tout cinquante.

13. *Moses expensus, &c. Veronæ*
in-fol. Deux volumes, le premier en
1646. & le deuxiéme en 1648. Il
avoit dessein de donner des Commentaires semblables sur tous les autres livres de l'ancien Testament ;
mais il n'a pas eu le temps de l'exécuter.

14. *Risus Sardonicus, hoc est, de fi-*
cta mundi latitia, ementito Mundano-
rum gaudio, cui larva calamo detrahitur.
Veronæ 1630. *in-*12.It. *Lugduni* 1639.
*in-*12. It. *Veronæ* 1645. *in-fol.*

15. *Deliciæ divini amoris, hoc est,*
Tractatio de occultis Dei beneficiis, Dei
amore excitando ac fovendo. Veronæ
1645. *in-fol.* Avec le précedent &
l'*Encyclopædia Epistolaris.*

16. *Sanctitatis characteres, hoc est,*
Elogia in B. Gaëtani Thienæi laudem.
J'ignore la date de cet ouvrage, de
même que celle de la plûpart des suivans.

17. *Anatomia ſpiritualis , in qua* L O U I S *homo incruente in partes diductus homi-* N O V A *ni objicitur , ut integer in Deum feratur,* R I N I. *& utilia ex ſingulis membris monita , quibus mens informetur , eliciuntur.*

18. *Encyclopædia Epiſtolaris. Verona* 1645. *in-fol.* Ce ſont differentes lettres de pieté & d'érudition , divi-ſées en deux parties.

19. *Martirologio ſpirituale , per honorar con particular culto e oſſequio i Santi del Paradiſo, con l'aggiunta d'ell' Onomatologia Sacra.*

20. *Horologio ſpirituale , col quale non ſi ſegnano ſolo l'hore ſante , ma co'l moto regolato di regolate induſtrie, & induſtrioſe regole per far bene tutte le attioni del giorno , s'inſegna à ſantificar e le hore , e i momenti dell' hore.*

21. *Calamita de' Cuori , cioè vita di Gieſu nel ventre di Maria.*

22. *Alchimia ſpirituale , in cui s'inſegnano ammirabili induſtrie e documenti ſingolari per ſollevar ad alto grado di merito tutte l'operationi.*

23. *Vita del Cuore , cioè Eſſercizio devoto , ordinato & all' acquiſto & all' accreſcimento dell' amor di Dio.*

24. *Cibo dell' amor di Dio , cioè deli-*

T iij

LOUIS
NOVA-
RINI.

catissime consideratione circa i divini beneficii per nudrire & accrescer la grati-
tudine. *In Venetia* 1636. *in-*24.

25. *Sigillo del Cuore.* Il a fait encore quelques autres ouvrages semblables, qui ne méritent aucune attention.

26. *Partus litterarius, hoc est, brevis strictaque recensio operum, quæ edidit, editionique paravit, aut etiam mo-
litur R. P. D. Aloysius Novarinus,
Veronensis, Clericus Regularis ; cum
Epistola ad Cl. V. Gabrielem Naudæum,
in qua Autoris in scribendo mens aperitur. Veronæ* 1646. *in-*8°. pp. 16. Le
nombre des Ouvrages de l'Auteur,
dont il est fait ici mention, monte à
80.

27. *Admiranda Orbis Christiani,
quæ ad Christi fidem firmandam, Chri-
stianam pietatem fovendam obstinatamque
perfidiam destruendam in magno & par-
vo mundo, aut præteritis extitere sæcu-
lis, aut adhuc vigent, vel illorum adhuc
apparent indicia. Ea ex Historiæ Sacræ
selectioribus monumentis, Fastorum Ec-
clesiasticorum tabulis, Religiosarum fa-
miliarum Chronicis, necnon ex singula-
rium eventuum, signorum, miraculo-*

ſumve quacumque narratione , & ex Louis *nonnullis congeſtis ab Aloyſio Novarino* Nova-*Joannes-Bonifacius Bagatta , Veronen-*rini. *ſis , Clericus Regularis Theatinus colle-git , ſelegit , in unumque redacta in lucem edidit. Venetiis* 1680. *in-fol.* Deux to-mes. *Novarini* travailloit à cet Ou-vrage lorſqu'il mourut ; *Bagatta* a pris ſoin de mettre en ordre ſes Re-cueils , & de publier le tout. On y trouve bien des choſes fabuleuſes , & le livre peut ſervir de preuve de la crédulité & du peu de jugement de l'un & de l'autre. L'Editeur a mis à la tête la vie de *Novarini* , qui eſt toute tirée de l'Hiſtoire de *Joſeph Si-los.*

V. Joſephi Silos Hiſtoria Clericorum Regularium. Pars tertia. Panormi 1666. *in fol.* Sa vie par *Jean Boniface Ba-gatta.*

THEODORE PETREIUS.

THeheodore *Petreius* , naquit l'an Theo-1569. à *Campen,* Ville des Pays-dore Pe-Bas , dans la Province d'*Over-Iſſel ,* treius.

T iiij

THEO-d'une honnête famille.
DORE PE-   Après s'être appliqué aux Belles-
TREIUS.   Lettres à *Zwoll* & à *Deventer*, il alla
en 1584. faire sa Philosophie à *Co-
logne.*

Son cours achevé, il entra à l'âge
de 18. ans, c'est-à-dire en 1587. dans
l'Ordre des Chartreux. Il y conserva
du goût pour l'étude, & employa son
temps à composer divers ouvrages
tant contre les Hérétiques, qu'à la
gloire de son Ordre.

Il demeura presque toujours dans
la Chartreuse de *Cologne*, où il avoit
fait Profession ; on voit cependant
par la date de ses Ouvrages, qu'il étoit
en 1605. Vicaire de la Chartreuse de
Dulmen dans l'Evêché de *Munster*.

On ignore le temps de sa mort. Il
parut encore un de ses Ouvrages en
1645. dans l'Epitre duquel il n'est
point parlé de lui : Ce qui pourroit
faire croire qu'il vivoit encore. Si cela est, il ne doit pas avoir été beaucoup
plus loin, puisqu'il avoit alors 76.
ans.

Catalogue de ses Ouvrages.
I. *Carmen in detestationem hæreseos.*
A la tête du Livre de *François Fevar*

dent , Cordelier , intitulé : *Dialogi* THEO-
ſeptem , quibus ducenti Calvinianorum DORE PE-
errores refutantur. Coloniæ. 1594 *in-8o.* TREIUS.

2. *Hiſtoria Jonæ Verſu heroïce.* A la
tête du Commentaire du même Auteur ſur *Jonas. Commentarius in Jonam*
Prophetam. Coloniæ 1594. *in fol.*

3. *Lapis Lydius , ſeu deliciarum ſpi-*
ritualium hortulus Animæ ad perfectio-
nem contendentis , Autore R. P. Joh.
David , Soc. Jeſu , Belgice editus ,
nunc latio ſermone donatus à Fr. Theo-
doro Petreio. Coloniæ 1601. *in-*12.

4. *Confeſſio Tertullianiana , & Cy-*
prianiana , in quatuor digeſta libros ,
veteris Eccleſiæ Romanæ fidem & Doc-
trinam à mille & quadringentis annis
dilucide breviterque repetens Autore Fr.
Theodoro Petreio. Acceſſere Antidota pro
eadem Confeſſione adverſus impias Lu-
theranorum & Calviniſtarum crimina-
tiones. Pariſ. 1603. *in-*8o. feuill. 137.
Avec de longues tables. Les *Antidota*
ſont de *François Fevardent,* Cordelier,
qui a procuré cette édition de l'Ouvrage de *Petreius.* On voit dans ce
dernier tous les paſſages de *Tertullien*
& de *S. Cyprien,* qui ont rapport
aux articles controverſés entre les

THEO-Catholiques & les Hérétiques, ran-
DORE PE-gés avec beaucoup de méthode sous
TREIUS. certains titres. C'est ainsi que *Petreius*
en a usé dans les aures Ouvrages semblables qu'il a donnés depuis.

5. *Confessio B. Leonis Magni, pri-*
mi hujus nominis Pontificis, in qua ve-
teris Orthodoxæ fidei dogmata, in qui-
bus Catholicis ab hæreticis dissentiunt,
sertis distincta capitibus accurate expli-
cantur, summa fide & studio ex ejus
operibus excerpta & in quatuor libros
digesta. Coloniæ 1604. in 8o. pp. 312.

6. *Confessio B. Gregorii Magni, pri-*
mi hujus nominis Pontificis, in qua,
quid de Orthodoxæ fidei dogmatibus,
in quibus Catholici ab hæreticis nostri sæ-
culi dissentiunt, hic magnus Ecclesiæ
Doctor senserit, continetur. Coloniæ 1603.
in-8o. pp. 341. Il y a eu une édition
précedente, faite aussi à *Cologne* en
1597. in-8o. comme Petreius nous
l'apprend lui-même.

7. *Confessio Bernardina, ex mellifluis*
hujus sanctissimi Patris quotquot extant
scriptis, magno labore decerpta, atque
ad methodum aliarum hactenus à nobis
editarum Confessionum in quatuor libros
distincta. Accessit aurea prorsus ac sum-

me *laboriosa Epistola R. P. Martini* **THEO-** *Laudunensis, S. Cartusiensis Ordinis* **DORE PE-** *quondam in Picardia Prioris, ex meris* **TREIUS.** *S. Scripturæ verbis miro artificio con- flata ac variis mendis expurgata, stu- dio ac labore Fr. Theodori Petreii. Colo- niæ* 1607. *in-*8°. pp. 505. pour la Confession, & 134. pour la Lettre, qui est adressée à un Novice Char- treux, pour l'exhorter à la persévé- rance. On voit à la fin la liste des Pro- vinces, des Maisons & des Généraux de l'Ordre des Chartreux. Outre ces Confessions, dont je viens de parler, *Petreius* en avoit fait une autre beau- coup plus étenduë, qu'il a marquée sous ce titre : *Harmonica quatuor Occiden- talis Ecclesiæ Doctorum Confessio, Au- gustanæ, Wittembergicæ, Smalcaldica, Mansfeldica, & aliis Pseudo-Evange- licorum, Confessionibus opposita*; mais elle n'a pas été imprimée.

8. *Compendiosa veteris Orthodoxæ fidei demonstratio, cum Antithesium quarum- dam solutionibus; pulcherrimis aliquot jucundissimarum historiarum exemplis de hujus saeculi haereticorum moribus ac con- versatione instructa : Primò quidem à R. P. Francisco Costero, Soc. J. Bel-*

*gice edita ; nunc vero à Fr. Theod.
Petreio latinitate donata.* Colonia 1607.
*in-*8o.

9. *Joannis Justi Lanspergii Enchiridion Militiæ Christianæ.* Colonia 1607.
*in-*12. Petreius a donné cette édition.

10. *D. Petri Dorlandi , Diestensis
olim Cartusiæ Prioris Doctissimi Chronicon Cartusiense ; in quo de viris sui
Ordinis illustribus , rebusque in eodem
præclare gestis , necnon & admiranda
plurimarum Cartusiarum & constructione
scite pertractatur;ante annos quidem centum ab Autore conscriptum , nunc autem primo è latebris erutum , ac selectarum quarumdam ajdéctione notarum illustratum , publicoque bono promulgatum
studio Th. Petreii.* Colonia 1608. *in-*8o.
pp. 485. pour la Chronique, & 168.
pour les notes. Il ne s'agit ici que des
Chartreux , qui se sont signalés par
leur pieté.

11. *Conciones in Evangelia Dominicalia ab initio adventus ad Dominicam S. Trinitatis , ex Belgico Francisci
Costeri Soc. Jesu in Latinum per Theod.
Petreium versa.* Colonia 1608. *in-*4o.

12. *Epinicion in fælices Cartusianorum Martyrum agones à Th. Petreio de-*

cantatum. C'eft une piece de plus de TH EO cent vers, qui fe trouvent à la tête DORE PE d'un livre d'*Arnold Havenfius*, inti-TREIUS. tulé : *Hiftorica Relatio duodecim Martyrum Cartufianorum*, *qui Ruremonda anno 1572. agonem fuum feliciter compleverunt* 1608. *in-8°.*

13. *Apologia Catholica*, *id eft*, *Catholica refponfio hiftoriarum de hujus faculi hæreticorum moribus plena*, *ad libellum Gafp. Grevinchovii*, *hæretici Roterodamenfis* ; *primo quidem à R. P. Francifco Coftero Soc. J. Belgice confcripta*, *nunc vero à Fr. Theodoro Petreio Latinitate donata. Coloniæ* 1609. *in* 8°.

14. *Bibliotheca Cartufiana; five Illuftrium facri Cartufienfis Ordinis Scriptorum Catalogus. Autore Fr. Theod. Petreio. Accefferunt origines omnium per orbem Cartufiarum*, *quas eruendo publicavit D. Aubertus Miræus. Coloniæ* 1609. *in-8°.* pp. 310. pour la Bibliotheque , & 73. pour les Origines.

15. *Hæreticus Araneus*, *ex cujus natura & indole univerfa hærefeos œconomia & techna liquido lepideque demonftrantur. Auctore R. P. Joanne David Soc. J. Sacerdote*, *primum quidem Belgice editus*, *nunc vero à Fr. Theo-*

THEO-
DORE PE-
TREIUS.

doro Petreio latinitate donatus. Coloniæ 1609. *in* 12. pp. 574.

16. *Labyrinthus Hæreticorum, è Belgico R. P. Joannis David, Soc. J. Latinè verfus. Coloniæ in-*12. J'ignore la date de cette traduction.

17. *Arnoldi Boftii, Carmelitæ, liber de viris aliquot illuftribus, five præcipuis Patribus Ordinis Cartufianorum editus ftudio Theodori Petreii, cum libris duobus Petri Sutoris de vita Cartufiana. Coloniæ* 1609. *in-*80. *Boftius* eft mort en 1499. & *Pierre Sutor* le 18. Juin 1537.

18. *Arnoldi Havenfii Oratio quodlibetica de auctoritate SS. Patrum in decernendis fidei dogmatibus ; edita à Theod. Petreio. Coloniæ* 1610. *in-*80. *Havenfius* étoit mort l'année précedente.

19. *S. Brunonis Carthufianorum Patriarchæ opera omnia, ftudio Fr. Theod. Petreii. Coloniæ* 1611. *in-fol.* trois tom.

20. *Dionyfius Carthufianus de Difcretione fpirituum & regimine Prælatorum, cum vita Autoris. Cura Theod. Petreii. Afch.* 1620. *in-*12.

21. *Chronologia tam Romanorum Pontificum, quàm Imperatorum hiftorica,*

quâ eorum em vita & res gestæ, ab ipso
inde Apostolorum principe B. Petro ad
modernum usque Urbanum VIII. & à
Julio Cæsare usque ad Ferdinandum II.
accurata non minus quam grata brevi-
tate recensentur. Coloniæ 1626. in-40.
pp. 110. pour l'Histoire des Papes,
& 88. pour celle des Empereurs.

THEO-
DORE PE-
TREIUS.

22. *Catalogus Hæreticorum, seù de*
moribus & error bus omnium propemo-
dum Hæresiarcharum, Hæreticorum ac
Schismaticorum, quotquot ab ipso Christi
avo ad nostram hanc usque ætatem Ec-
clesiam Dei inquietarunt, perturbarunt
vel obscurarunt, Tractatus, tam ex anti-
quis quam recentibus SS. Patrum, Con-
ciliorum, Historicorum, aliorumque
Autorum scriptis, ad justum Alphabeti
ordinem concinnatus studio Th. Petreii.
Coloniæ. 1629. in-40. pp. 233. Ouvrage fort peu exact, de même que
le précedent

23. *Myrothecium, id est, Conclave*
devotarum precum ac Meditationum su-
per Evangeliis totius anni. Auctore R.P.
Francisco Castero, Soc. J. Belgico idio-
mate editarum. Interprete R. P. Theod.
Petreio. Coloniæ 1645. in-12. pp. 549.
V. Bibliotheca Carthusiana p. 298.

*Swertii Athenæ Belgicæ. Valerii Andreæ
Bibliotheca Belgica. Les Prefaces de ses
Oeuvres.*

JACQUES DE BILLY.

**JACQUES
DE BILLY.** Jacques de Billy, naquit à *Compiegne*
le 18. Mars 1602.

Après avoir fait ses études d'Humanitez, il entra dans la Compagnie de
Jesus le 10. Septembre 1619. & fit
depuis ses quatre vœux à *Dijon* le 17.
Octobre 1638.

Lorsqu'il finit ses études de Théologie il fut mis auprès de *Louis de Nogaret de la Vallette* Cardinal, Gouverneur de *Metz* & du pays Messin, &
Commandant des Armées de France.

Il régenta ensuite pendant trois années la Philosophie, & se donna après
à la Prédication. Il fut aussi Recteur
en differens Colleges de la Societé.

Les occupations que lui donnerent
tous ces emplois, ne l'empêcherent
point de cultiver toujours les Mathematiques, pour lesquelles il avoit une
inclination & une disposition naturelle. Il ne se contenta pas même de lire
les

les écrits des autres, & de s'inſtruire JACQUES
de leurs découvertes, il entreprit d'en DE BILLY.
faire lui-même, & il y réuſſit. Ainſi le
P. *Petau*, homme excellent en tout
genre de Science, ne ſe trompa pas,
lorſqu'il prédit en 1630. que *de Billy*
deviendroit un jour un habile Mathématicien, & ſe feroit un nom par-là.
Car, pour le remarquer en paſſant,
c'eſt à *Jacques de Billy* qu'eſt adreſſée
la 2e. Lettre du Livre ſecond du recueil de celles du P. *Petau*, quoique
l'inſcription porte *Joanni Billio*, puiſqu'il n'y avoit point alors à *Pon-tà-
Mouſſon*, où elle eſt adreſſée, de *Jean
de Billy*, au lieu que *Jacques de Billy* y enſeignoit alors les Mathématiques. La faute vient de la fauſſe interprétation que l'on a donnée à la Lettre J. dont on ſe ſert communément
pour déſigner les noms de *Jacques* &
de *Jean*.

De Billy cultiva principalement
l'Algebre, & il écrivoit en 1655.
qu'il y avoit plus de 30. ans qu'il s'y
appliquoit. Quoiqu'il y ait fait pluſieurs découvertes, auſſi-bien que dans
les differentes parties des Mathématiques, il eſt à préſumer qu'il en au-

JACQUES
DE BILLY.

roit fait bien davantage, s'il n'avoit pas changé fi souvent de demeure. Mais comme il étoit propre à plusieurs sortes d'emplois, qu'il jouissoit d'une santé parfaite, & qu'il étoit plein de bonne volonté, on s'adressoit à lui dans le besoin, & il étoit toujours disposé à faire ce qu'on souhaitoit.

Lorsqu'on établit en 1666. une Classe de Mathématique à *Dijon*, il fut chargé d'y professer à l'âge de 64. ans. Il ne remplit ce poste que pendant deux années, après lesquelles il fut fait Recteur du College de *Sens*. Il alla delà à *Chaalons sur Marne* en la même qualité de Recteur. Dès l'an 1662. il l'avoit été du College de *Langres*.

Peut-être le faisoit on changer ainsi souvent de domicile, pour lui faire interompre l'application trop forte & trop assiduë qu'il donnoit à l'étude.

Il demeura les quatre dernieres années de sa vie à *Dijon*, où il étoit Préfet des Classes supérieures, & de la Congrégation des Prêtres.

Il mourut en cette Ville le 14. Janvier 1679. dans sa 77e. année.

Il étoit en rélation avec les plus cé- JACQUES
lebres Mathématiciens de son temps, DE BILLY.
en particulier avec MM. *Fermat* &
Bachet de Meziriac. Le premier dit de
lui dans sa Préface de ses observations
sur *Diophante: Perspicacissimum ejus in-*
genium & eruditio commendatione non
egent, cum in ipsius operibus satis elu-
ceant. Quant au second, *de Billy* s'exprime ainsi dans une Lettre du 12.
Juin 1655.» Je l'ai été voir tout ex-
„ près à *Bourg en Bresse*, où l'espace
„ de deux mois, je passois tous les
„ jours cinq ou six heures avec lui,
„ dans l'entretien des Mathématiques
„ & de diverses Sciences, dont j'ai toujours été curieux.

Dans les *Mémoires de Trevoux* 1721.
Art. 67 p. 1477. *Août*, il est dit que Jacques *Ozanam*, étudiant en Théolo-
gie, *son Professeur se trouva aussi Ma-*
thématicien & Mathématicien habile....
que c'étoit le P. de Billy, connu par di-
vers Ouvrages de Géometrie. La mé-
prise ne tire pas à conséquence : mais
enfin la vérité est que le P. *de Billy*,
n'a jamais regenté la Théologie,
quoiqu'il fût fort capable de le faire.
Le Professeur de M. *Ozanam* fut le

V ij

JACQUES
DE BILLY.

P. *Claude François Millet de Chales.*
Si dans le second tome des Oeuvres
de Wallis p. 412. *Jacques Ozanam* est
nommé disciple de P. *de Billy*, ce ne
peut gueres être que parce qu'il sui-
voit sa méthode.

Catalogue de ses Ouvrages.

1. *Le Siége de Landrecy. Paris*,
Michel Soly. 1637. in-12. It. dans le
21. tome du *Mercure François. Paris*
Oliv. de Varennes 1639. in-8°. p. 369.
401. On voit à la tête de la première
édition le plan de la Ville.

2. *Abregé des préceptes d'Algebre.*
Reims Franç. Bernard 1637. in-4°.

3. *Nova Geometria Clavis Algebra*,
cujus beneficio aperitur immensus Ma-
theseos thesaurus, *& resolvuntur pluri-*
ma problemata hactenus non soluta in
serie multarum quantitatum continue pro-
portionalium. Paris. Mich. Soly 1643.
in-8°.

4. *Arithmetica Geometriæ.* Dans le
même volume p. 435.

5. *Algebricarum præceptionum Epi-*
tome. Dans le même volume p. 447.
Cet abregé Latin contient tous ce
qui est dans le François, marqué ci-
dessus n°. 2. mais mieux expliqué.

6. *Tabula Lodoica, ſeu univerſa E-* JACQUES
clipſeon doctrina tabulis, præceptis, ac DE BILLY.
demonſtrationibus explicata. Adjectus eſt
calculus aliquot Eclipſeon Solis & Lunæ,
quæ proxime (ab anno 1656. *ad annum*
1693.) *per totam Europam videbuntur.*
Divione Petr. Palliot 1656. *in-*4°. Opus
clariſſimum, dit le P. François de Chales, *& optimum, optime praxim docens &*
demonſtrans. On trouve à la p. 261.
une addition dont le titre ne fait
pas mention. Elle a pour titre :

7. *Appendix complectens illuſtria*
quædam ſiderum deliquia uſque ad an-
num 1600.

8. *Le Tombeau de l'Aſtrologie Judiciai-*
re. Paris, Michel Soly, 1657. *in-*4°.

9. *Tractatus de proportione Harmonica,*
in quo plurima Problemata, hactenus
non ſoluta in ſerie trium quantitatum Har-
monice proportionalium reſolvuntur, tum
Algebrice, tum Canonice, tum etiam
Geometrice. Adjicitur Appendix, in
qua reſolvuntur Problemata in ſerie quot-
cumque quantitatum continue Harmonice
proportionalium. Pariſ. Mich. Soly,
1658. *in-*4°. Cet Ouvrage eſt parfait
en ſon genre, ſuivant le P de Chales.

10. *Diophantus Geometra, ſive Opus*

JACQUES
DE BILLY.

contextum ex Arithmetica & Geometria simul ; in quo Quæstiones omnes, Diophanti, quæ Geometrice solvi possunt, enodantur tum Algebricis, tum Geometricis rationibus. Adjectus est Diophantus Geometra promotus, in quo subtiles Propositiones non absimili methodo pertractantur, & via nova ad ejusmodi praxes inveniendas aperitur. Paris. Mich. Soly 1660. in-4°. Dans un manuscrit de cet Ouvrage, qui est dans la Bibliotheque du College des Jesuites de *Dijon*, on trouve une addition, écrite avec soin de la main de l'Auteur même, qui a pour titre : *Appendix altera complectens omnes Quæstiones Diophanti, quæ Geometrice solvi non possunt.*

11. *Opus Astronomicum, in quo siderum omnium hypotheses, eorum motus tum medii, tum veri, Tabularum condendarum ratio, Eclipseon putandarum methodus, observationum praxes, cæterorumque omnium, quæ ab Astronomis pertractantur, scientificus calculus, brevi ac facili via exponuntur.* Divione Petr. Palliot. 1661. in-4°. On trouve dans cet Ouvrage, suivant le jugement du P. *de Chales*,

beaucoup d'ordre , de netteté , & de solidité. Outre ce qui est marqué dans le titre , on y voit encore : *Observatio-nes omnes quæ extant apud Ptolemæum , suntque eximia & certa chronologiæ mo-nimenta. Confectaria ex Observationi-bus Ptolemaïcis.*

JACQUES DE BILLY.

12. *Discours de la Comete , qui a paru l'an 1665. au mois d'Avril.* Paris Cramoisy 1665. *in-4°.*

13. *Extrait d'une Lettre du P. de Billy.* Cet Extrait , qui se voit dans le *Journal des Sçavans* du 6. Septembre 1666. contient une methode nou-velle & très-facile pour trouver l'an-née de la Periode Julienne.

14. *Crisis Astronomica de motu Come-tarum ; refellitur systema lineæ rectæ , atque insuper traditur hypothesis nova ad motus Cometarum perquirendos ; aut saltem quæ tradita est , promovetur , ac legibus Astronomicis accommodatur Di-vione ,* Petr. Palliot 1666. *in-8°.* Hanc Hypothesin, dit le *P. de Chales, videtur de-monstrare ex regressu Cometarum. Quæ demonstratio bene concludit , si vere re-grediuntur.*

15. *Diophanti redivivi pars prior ; in quâ , non casu, ut putatum est , sed*

JACQUES DE BILLY. *certissima methodo & Analysi subtiliore innumera enodantur Problemata, quæ Triangulum Rectangulum spectant. Lugduni, Joan. Thioly 1670. in-8°.*

16. *Diophanti redivivi pars posterior; in qua enodantur Problemata, quæ aliud quam Triangulum spectant. Lugd. Joan. Thioly 1670. in-8°.* On voit à la suite *Analysis speciosa ad enodationem Problematum.*

17. *Doctrina Analytica inventum novum, collectum à R. P. Jacobo de Billy S. J. ex variis Epistolis, quas ad eum diversis temporibus misit D. P. de Fermat, Senator Tolosanus.* A la tête de l'Edition des *Arithmetica Diophanti Alexandrini, cum Commentariis Claudii Gasparis Bacheti, & observationibus Petri de Fermat. Tolosa, Bernard. Rose, 1670. in-fol.* Un exemplaire de cet Ouvrage, qui est dans la Bibliotheque des Jesuites de *Dijon*, est chargé de plusieurs corrections, que l'Auteur y a faites.

Ce sont-là tous les Ouvrages imprimés de *Jacques de Billy*, il faut parler maintenant de ceux qui ne sont que manuscrits.

Novarum Quæstionum libri tres. MSS. *in-*

in-fol. pp. 150. l'Auteur avoit donné JACQUES
ce manuscrit à *Philibert de la Mare* ; DE BILLY.
il a passé depuis à la Bibliotheque du
Roi. Les questions, qui y sont traitées, regardent les Mathématiques.

*Thesauri Chronologiæ liber primus ;
in quo traduntur praxes eorum ferme
omnium, quæ temporis doctrinam spect-
tant. Liber secundus, in quo traduntur de-
monstrationes eorum ferme omnium, quæ
temporis doctrinam spectant.* in-fol. pp.
130. Ce manuscrit & tous les suivans,
se conservent dans la Bibliotheque des
Jesuites de *Dijon*, & sont de la main
même de l'Auteur.

*Tractatus de triplici sphæra, Armil-
lari, Elementari & Cælesti.* in-fol. pp.
75.

Tractatus de Quadratura Circuli. in-
fol. *De Billy*, rapporte ici ce que les
Auteurs anciens & nouveux ont écrit
sur ce sujet, & découvre leurs para-
logismes.

Doctrina Analytica in Geometricis.
in-fol. pp. 76.

Mathesis Mechanicorum. in-fol. pp.
20.

Mathesis Philosophorum. in-fol. pp.
9.

Tome XL.   X

JACQUES
DE BILLY.

*Matheſis Sinuum , Tangentium , &
Secantium. in-fol. pp. 7.*

*Matheſis Radii Viſivi. in-fol. pp.
76.*

*Encyclopædia omnium Mathematica-
rum. in-fol.*

*Tractatus de Calendario Eccleſiaſti-
co. in-fol.*

*Appendix Problematum Analytico-
rum. in-8°.*

*Doctrina Analytica in Geometricis.
in-8°.*

*Opuſculum de Æquationibus Cubicis.
in-8°.*

Problemata nova. in-4°.

*Problemata ſingularia Claudii Gaſ-
paris Bacheti in Commentariis Diophanti. in-4°.*

*Opuſculum de Proportione Arithme-
tica , in quo plurima Problemata , hactenus non ſoluta , reſolvuntur , tum Al-
gebricè, tum Canonicè , tum etiam , dum
res id poſtulabit , Geometricè , in ſerie
multarum quantitatum Arithmeticæ proportionalium. in-40.*

*Tractatus de figuris inſcriptis & cir-
cumſcriptis circulo. in-40.*

Ephemeris Cometæ anni 1590. in-12.

Variæ obſervationes Mathematicæ. in-

4°. Tous ces Ouvrages font accom- JACQUES
pagnés de figures fort bien défignées. DE BILLY.

Commentarius in Jonam ; cum pluri-
mis annotationibus ad mores fpectanti-
bus. Gros volume *in-*40.

*Varii generis Carmina. in-*40. Ces
Poëfies , dont la plûpart roulent fur
des fujets de pieté , lui fervoient de
délaffement dans fa vieilleffe.

Il avoit ramaffé plufieurs chofes
fur la Ville de *Compiegne* , fa patrie ,
qui furent communiquées à *Philibert*
Moret , qui en avoit entrepris l'Hiftoire. Mais je ne fçais fi tout cela exif-
te encore.

Il faut prendre garde de confondre
notre Auteur avec *Erard de Billy* ,
qui vivoit en même temps dans la
Societé , & étoit auffi grand Mathématicien. M. *Huet* en parle dans les
Comment. de rebus fuis p. 34. en ces
termes. *In tam vafto Mathematicarum*
artium campo, curriculi mei moderato-
rem atque ducem conciliavit mihi Mam-
brunus Erardum Billium , Lotharin-
gum , ex fuo fodalitio , qui tum Cado-
mi Theologiæ Moralis præceptis publice
tradendis vacabat. Fuit in hoc homine
fumma reconditarum difciplinarum peri-

X ij

JACQUES DE BILLY. *tia, quam ardens virtus singulari conjuncta modestia contegebat. Is ad hanc palæstram diligenter me exercuit ; longeque magis ad alia mihi profuisset tam excellentis Doctoris institutio, nisi sua eum pietate ad Americanarum gentium salutem rapiente, naufragio paulo post in Oceano periisset.*

V. Outre les Ouvrages citez dans cet article, la Biblotheque des Ecrivains Jesuites. *G. I. Vossius de Scientiis Mathematicis.* Philibert de la Mare, 3e. partie de ses Mémoires. *Juliani Hericurtii Epistolæ ad familiares. Cl. Franc. Millet Dechales de progressu Matheseos, & illustribus Mathematicis ;* à la tête du premier tome de ses Ouvrages in-fol. 1690.

Cet Article vient de la même main que celui du P. Denys Petau.

JEAN CLAUBERGE.

JEAN CLAU-BERGE. JEan Clauberge, naquit le 24. Fevrier, jour de *S. Matthias*, l'an 1622. à *Solingen*, Ville de Westphalie dans le Duché de *Berg*, de *Jean Clauberge*, Ancien de l'Eglise Calvi-

niſte de ce lieu, & de *Catherine Caſ-* JEAN
pars. CLAU-
BERGE.

Il commença ſes études dans ſa patrie, d'où il alla les continuer à *Cologne*, & enſuite à *Meurs.*

On l'envoya en 1639. à *Breme*, &
il y paſſa cinq années, occupé des Belles-Lettres, de la Philoſophie, de la
Théologie, & des Langues Orientales.

Il ſortit de cette Ville, pour aller
continuer ſes études Théologiques à
Groningue, & il y eut pour Maîtres
Henri Altingius, *Samuel des Mareſt*,
Matthieu Paſor, & quelques autres.
Il y prit auſſi des leçons de Philoſophie de *Martin Schoockius.* Son ſéjour
en ce lieu fut de deux années, au
bout deſquelles il ſongea à voyager.

Il partit au mois de Juin 1646. pour
paſſer en France, & s'étant rendu à
Saumur, il y demeura une année entiere pour profiter des inſtructions des fameux Théologiens Calviniſtes, qui y
enſeignoient, *Capel*, *Amyrault*, *la
Place*, &c. Il vint en ſuite à *Paris*, où
il fit auſſi quelque ſéjour.

De-là il alla en Angleterre, & après
y avoir ſatisfait ſa curioſité, il retour-

X iij

JEAN CLAUBERGE.

na à *Groningue*, où il ne demeura pas long-temps sans emploi.

Louis-Henri, Prince de *Nassau*, l'appella le 1. Mars 1649. pour être Professeur ordinaire en Philosophie, & extraordinaire en Théologie à *Herborn*.

Il ne s'étoit appliqué jusque-là qu'à la Philosophie ancienne, qu'il possedoit parfaitement ; mais persuadé qu'elle n'étoit pas la meilleure, il voulut, avant que de se rendre à *Herborn*, aller à *Leyde* s'instruire de la nouvelle, que *Des Cartes* avoit mise en vogue. Il employa tout l'Eté à cette étude, & alla ensuite prendre possession de son poste, qu'il remplit d'une maniere, qui lui acquit une grande réputation, & lui attira bien des Ecoliers. Il fut un des premiers, qui enseigna, dans les Provinces-Unies, la Philosophie de *Des Cartes*, & il le fit avec beaucoup de netteté & de clarté.

Appellé en 1651. à *Duisburg*, pour y être Professeur en Philosophie, & Principal du College de cette Ville, il alla prendre possession de ces deux postes ; mais il ne conserva le dernier qu'environ un an.

Il fe maria le 26. Septembre de la même année, & époufa *Catherine Mer-cator*, fille d'*Arnold Mercator*, Miniftre de l'Eglife de *Duifbourg*, & petite-fille du fameux *Gerard Mercator*, qui étoit veuve de *Jean Arnold Brink*, Marchand de cette Ville. Il n'en eut qu'un fils, nommé *Jean Chriftophe Clauberge*, Docteur en Droit, & cinq filles.

Le College de *Duifbourg* ayant été érigé en Académie, & la Cérémonie de cette érection s'étant faite le 14. Octobre 1655. *Clauberge* reçut dans cette céremonie le degré de Docteur en Théologie, & fut la même année élû Recteur; dignité à laquelle il fut élevé pour la feconde fois en 1659.

Il remplit avec honneur la place de Profeffeur en Philofophie jufqu'à fa mort, qui arriva le 31. Janvier 1665. dans fa 43e. année. Il fut enterré dans l'Eglife principale de *Duifbourg*, & on lui dreffa cette Epitaphe, à côté de celle de *Gerard Mercator*.

D. M.

V. Cl. *Joannis Claubergii Solingani Mont SS. Theologiæ & Philofophiæ D. celeberrimi, Academiæ Duifburgenfis in*

X iiij

[marginal note, right side] JEAN CLAUBERGE.

JEAN CLAU-BERGE.

Cliviis, aufpiciis Ser. Electoris Bran-denburgici erecta Rectoris & Professoris primi & primarii, perspicacia ingenii, eruditione, soliditate, dexteritate docendi, omnibufque virtutum experimentis ornatissimi, nati 1622. M. Februarii D. 24. Denati 1665. M. Januarii D. 31. bene per omnia de se meriti; sibi & suis, posterifque eorum, Vidua mæstissima Catharina Mercatoris, magni illius Gerardi Mercatoris ex pronepte filia, pietate erga conjugem optima H. M. P. C.

Catalogue de ses Ouvrages.

Joannis Claubergii Opera omnia Philosophica, ante quidem separatim, nunc vero conjunctim edita, multis partibus auctiora, & emendatiora. Quibus accessere præter indicem locupletissimum Opuscula quædam nova, numquam antehac edita. Cura Joh. Theodori Schalbruchii. Amstelodami 1691. in-4o. deux tom. pp. 1278. l'Editeur a mis à la tête une vie fort étenduë de *Clauberge* composée par *Henri Chretien Henninius*, Professeur en Histoire, en Eloquence & en Grec à *Duisbourg*. Voici la liste des pieces contenues dans ce recueil.

Dans le premier volume.

1. *Phyfica contracta.* p. 1. imprimée
avec les trois pieces fuivantes, fous le
titre général *de Joannis Claubergii*
Phyfica. Amftelodami 1664. *in-*4°. Cette Phyfique abregée confifte en un
millier de propofitions, fous lefquel-
les il avoit réduit toute la Phyfique,
& dont il expliquoit tous les jours
cinq ou fix dans fes leçons.

2. *Difputationes Phyficæ.* p. 53. elles
font au nombre de quinze.

3. *Theoria Corporum viventium.* p.
163.

4. *Corporis & Animæ in homine con-*
junctio plenius defcripta. p. 209.

5. *Metaphyfica de ente, quæ rectius*
Ontofophia. p. 277. *Duifburgi* 1660.
*in-*8°. It. *cum notis perpetuis in Philo-*
fophiæ & Theologiæ ftudioforum ufum,
& Claubergii logica contracta. Edidit
Joannes Henricus Suicerus, Tiguri
1694. *in-*8°.

6. *Paraphrafis in Renati Des-Car-*
tes Meditationes de prima Philofophia,
in quibus Dei exiftentia & animæ hu-
manæ à corpore diftinctio demonftrantur.
p. 341. imprimée féparément. *Duif-*
burgi 1658. *in-*4°.

JEAN
CLAU-
BERGE.

7. *Notæ breves in Renati Des Cartes principia Philosophiæ, nunc primum editæ.* p. 491.

Dans le 2e. volume.

8. *De cognitione Dei & nostri, quatenus naturali rationis lumine, secundùm veram Philosophiam, potest comparari, exercitationes centum.* p. 585. *Duisburgi* 1656. *in-8°.*

9. *Logica vetus & nova, modum inveniendæ ac tradendæ veritatis in genesi simul & Analysi facili modo exhibens.* p. 765. *Amstelodami. Elzevir.* 1658. *in-12.*

10. *Logica contracta.* p. 911. *Marpurgi* 1695. *in-12.*

11. *Defensio Carthesiana adversus Jacobum Revium, Theologum Leydensem, & Cyriaeum Lentulum Professorem Herbornensem.* p. 937. *Amstelodami* 1658. *in-8°.*

12. *Initiatio Philosophi, sive dubitatio Cartesiana, ad Metaphysicam certitudinem viam aperiens.* p. 1121. *Lugd. Bapt.* 1655. *in-12.*

13. *Differentia Carthesianam inter, & in Scholis vulgo usitatam Philosophiam, descripta à Joanne Claubergio, è lingua Germanica in Latinam translata.* p. 1217.

14. *Joannis Claubergii & Tobiæ An-* JEAN
dreæ Exercitationes & Epiſtolæ varii CLAU-
argumenti , nunc primum editæ p. 1237. BERGE.
Ce ſont-là toutes les pieces du recueil ; il y en a encore quelques autres qui portent ſon nom , & dont il
faut parler.

15. *Joannis Claubergii Dictata Phy-*
ſica privata , id eſt , Phyſica contracta ,
ſeu Theſes Phyſicæ commentario perpe-
tuo explicatæ. Francof. 1686. *in-*4°.
Les Theſes qu'on voit ici avoient déja paru, & on les a miſes à la tête du
recueil de ſes Oeuvres ; mais le Commentaire qui les accompagne , &
qu'un de ſes diſciples a recueilli de
ſes leçons , ne ſe trouve que dans ce
volume ; & l'Editeur du recueil n'a
point jugé de l'y inſerer , parce que
ce n'eſt qu'imparfaitement l'Ouvrage de *Clauberge.*

16. *Ars Etymologica Teutonum è*
Phyloſophiæ fontibus derivata. Duiſbur-
gi 1663. *in-*8°. It. dans un livre intitulé : *G. G. Leibnitii Collectanea Ety-*
mologica , illuſtrationi Linguarum , ve-
teris Celticæ, Germanicæ, Gallicæ, alia-
rumque inſervientia. Hanoveræ 1717.
*in-*8°. deux tom. c'eſt un morceau

JEAN CLAUBERGE. d'un Ouvrage que *Clauberge* avoit entrepris, mais dont il n'a pû faire que trois livres, *de causis Linguæ Germanicæ*. Le but, qu'il s'y étoit proposé, étoit de montrer, que la plûpart des mots qui composent la langue Allemande, loin d'être dûs au hazard, s'étoient formés, suivant les loix, de l'Analogie la plus raisonnable, & qu'il étoit intitulé d'aller chercher l'origine des termes Allemans ailleurs, que dans la langue Allemande même.

17. *Joannis Claubergii, & Martini Hundii Differtationes selectæ, quibus controversiæ fidei adversus omnis generis adversarios explicantur. Duisburgi 1665. in-4º.*

V. sa vie par *Henri Chrétien Henninius*, à la tête du Recueil de ses Oeuvres Philosophiques.

NOEL D'ARGONNE.

NOEL D'ARGONNE. Noel d'Argonne, naquit à *Paris* vers l'an 1634. & fut fils d'un Orfévre de cette Ville.

Après le cours de ses études, il s'appliqua à la Jurisprudence, & exerça

la Profession d'Avocat jufqu'à l'âge de
28. ans.

NOEL
D'ARGON-
NE.

Dégouté alors du monde, il entra
dans l'Ordre des Chartreux, où fon
nom de *Noël* fut changé en celui de
Bonaventure ; & il y fit Profession le
29. Juillet 1663.

Comme il avoit eu jufques-là un
grand commerce avec les Sçavans,
& les perfonnes les plus diftinguées
par leur efprit, il conferva dans fa
retraite beaucoup d'amour pour la
litterature, & continua à entretenir
les liaifons qu'il avoit eu dans le monde.

Il mourut dans la Chartreufe de *Gail-
lon*, en Normandie, où il avoit paffé
une partie de fa vie le 28. Janvier
1704. âgé d'environ 70. ans.

Catalogue de fes Ouvrages.

1. *Traité de la lecture des Peres de
l'Eglife, ou Méthode pour les lire utile-
ment. Divifé en deux parties. Paris
1688. in-12.* Le P. *Mabillon*, qui fait
un grand éloge de cet Ouvrage dans
fon *Traité des Etudes Monaftiques*,
dit que l'Auteur étoit Vicaire de la
Chartreufe de *S. Julien* de *Rouen*,
lorfqu'il le publia, fans cependant y

NOEL D'ARGON-NE.

mettre son nom It. *en quatre parties.* *Paris in-12.* Les additions faites dans cette édition , qui grossissent l'Ouvrage de plus de la moitié, sont de *Pierre Pelhestre* , de *Rouen* , qui est mort Bibliothecaire du grand Convent des Cordeliers de *Paris* , quoique laïc , le 10. Avril 1710.

2. *Mélanges d'Histoire & de litterature* ; *recueillis par M. de Vigneul-Marville*. *Rouen in-12.* trois volumes. Le 1^r. en 1699. & reimprimé en 1700. le 2e. en 1700. & le 3e. en 1701. It. *Paris* 1725. *in-12.* trois vol. M. l'Abbé *Banier* , qui a procuré cette nouvelle édition , a ajouté au troisiéme volume beaucoup de remarques & d'anecdotes nouvelles. On trouve dans ces mélanges bien des faits singuliers , mais dont quelques-uns ne sont pas exactement vrais.

3. *L'Education , Maxime, & Refléxions de M. de Moncade* ; *avec un discours du Sel dans les Ouvrages d'esprit.* *Rouen* 1691. *in-12.* On trouve dans ce petit livre beaucoup de refléxions sensées , de maximes judicieuses , & de principes solides de morale , & il est écrit avec esprit ; il

feroit cependant à fouhaiter que l'Auteur n'eût pas affecté d'y en mettre tant.
On l'attribuë à *D. Bonaventure d'Ar-*
gonne avec affez de raifon, puifqu'on
y reconnoît, fans peine, fa maniere
de penfer & d'écrire. Il s'y eft caché
fous le nom de *Moncade*, comme il l'a
fait dans l'Ouvrage précedent fous
celui de *Vigneul-Marville.*

V. Du Pin, Bibliotheque des Auteurs
Ecclefiaftiques & fa continuation par M.
l'Abbé Goujet. Les Lettres de Bayle.

JASON DE NORES.

J Afon *Denores*, naquit à *Nicofie* dans
l'Ifle de Chypre, d'une des principales familles du Pays, qu'il difoit
être fortie de Normandie.

Il s'appliqua beaucoup à la Philofophie, & s'y rendit habile fuivant le
goût de fon temps.

Ayant perdu tous fes biens, lorfque les Turcs s'emparerent en 1570.
de l'Ifle de Chypre, il fe retira en
Italie, où il avoit déja fait auparavant
quelque féjour, & alla s'établir à
Padoue.

JASON
DE NORES. Il y fut choisi en 1577. pour remplir la Chaire de la Philosophie Morale d'*Aristote*, qui étoit vacante depuis quelques années, & il la conserva pendant treize ans, c'est-à-dire jusqu'à sa mort.

L'affliction que lui causa l'éxil de son fils unique, nommé *Pierre*, qui fut banni pour avoir tué un noble Venitien, dans une querelle qu'il eut avec lui, le conduisit au tombeau en 1590. Il ne devoit avoir gueres moins de 60. ans, puisque dès l'an 1553. il avoit déja donné un Ouvrage au Public.

La plûpart de ceux qui ont parlé de lui, l'ont appellé *De Nores*; mais c'est une faute. Il se nomme lui-même à la tête de tous ses Ouvrages *De Nores*, & *Riccoboni* ne l'a pas appellé autrement. Si son nom est écrit *De Nores* à la tête de son premier ouvrage, c'est une faute, qui peut avoir été faite en son absence.

Catalogue de ses Ouvrages.

1. *In Epistolam Q. Horatii Flacci de Arte Poëtica Jasonis De Nores, Ciprii, ex quotidianis Tryphonis Cabrielii sermonibus interpretatio. Ejusdem brevis*

&

& *distincta summa præceptorum de arte* *dicendi ex tribus Ciceronis libris de Oratore collecta. Venitiis* 1553. *in-*8°. feuil. 173. It. *Pariſ.* 1554. *in-*8°. pp. 269. L'Extrait des trois Livres de l'Orateur n'eſt pas dans cette ſeconde édition.

2. *Breve trattato del Mondo è delle ſue parti, ſemplici & miſte, con alcune altre conſiderationi, che di grado in grado ſaranno piu notabili è piu degne di cognitione, di Jaſon Denores. In Venetia* 1571. *in-*8°. feuill. 74.

3. *In Ciceronis univerſam Philoſophiam de vita & moribus brevis & diſtincta inſtitutio. Patavii* 1576. *in-*80. It. *Ibid.* 1581. *in-*40.

4. *Breve Inſtitutione dell' Ottima Republica di Jaſon Denores, racolta in gran parte da tutta la Filoſofia humana di Ariſtotele, quaſi come una certa introduttione dell' Ethica, Politica & Economica. In Venetia* 1578. *in-*40. feuil. 56. Cet Ouvrage eſt accompagné du ſuivant.

5. *Introduttione di Jaſon Denores ridotta poi in alcune tavole ſopra i tre libri della Retorica di Ariſtotele. In Venetia* 1578. *in-*4°. pp. 63. non chiffrées.

Tome XL. Y

JASON DENORES.

6. *Trattato dell' Oratore , con un dif-corso intorno alla Retorica. In Padoua 1579 in-4o.*

7. *Tavole del Mondo è della Sfera , le quali faranno come introduttione à li-bri di Ariftotile del Cielo , delle Meteo-re , è degli Animali. In Padoua 1582. in-4o.*

8. *Della Rhetorica di Giafon Denores libri tre , ne' quali , oltra i precetti dell' Arte , fi contengono XX. Orationi tra-dotte de' piu famofi & illuftri Filofophi & Oratori ; con gli argomenti loro , dif-corfo , tavole , & ruote ; ove five potra facilmente vedere l'offervatione & l'effe-cutione di tutto l'artificio Oratorio. In Venetia 1584. in-4o.* feuil. 264. Les difcours traduits font dans le corps du livre & y fervent d'exemples.

9. *De Conftitutione partium univerfa hu-mana & Civilis Philofophia, quam Arif-toteles fapienter confcripfit , Jafonis De Nores praefatio in Gymnafio Patavino publice habita. Patavii 1584. in-4.* feuil. 36. dans l'Epitre Dédicatoire, qui eft datée du 31. Mars de cette an-née , il dit que devant expliquer cette année le premier livre des Morales d'*Ariftote* à *Nicomaque* , fuivant la

coutume, il avoit commencé ſes le- JASON
çons par ce diſcours; à la ſuite duquel DENORES.
on voit feuil. 23. *De principum par-*
tium univerſæ humanæ & civilis Philo-
ſophiæ conſtitutione, quam Ariſtoteles de-
cem libris Ethicorum, octo Politicorum,
& duobus Oeconomicorum ſapienter conſ-
cripſit, tabulæ per definitionem & divi-
ſionem.

10. *Diſcorſo di Jaſon Denores intor-*
no à que' principii, cauſe, & accreſci-
menti che la Comedia, la Tragedia, & il
Poëma heroïco ricevono dalla Philoſophia
Morale & Civile, & da' Governatori
delle Republiche. In Padoua 1586. *in-*
4o. feuil. 43.

11. *Poëtica di Jaſon Denores, nella*
qual per via di definitione & diviſione ſi
tratta, ſecondo l'opinione d'Ariſtotele,
della Tragedia, del Poëma Heroico, è
della Comedia. In Padoua 1588. *in.* 4o.
feuil. 156 en trois parties. Ce que *De*
Nores a avancé dans cet Ouvrage ſur
les Paſtorales, qu'il a prétendu être des
monſtres, produits par des gens, qui
ignoroient les regles de la Poëſie rap-
portées par *Ariſtote*, ſouleva contre
lui *Baptiſte Guarini*, qui y étoit attaqué perſonnellement. Ce qui produſit

J A S O N une difpute dont on peut voir le dé-
DENORES. tail dans l'article de ce dernier, tome
25. de ces Mémoires. p. 189.

12. *Difcorfo intorno alla Geografia.*
In Padoua 1589. *in-*4°.

13. *Panegirico in laude della Repu-*
blica di Venetia. In Padoua 1590. *in-*
4°.

14. *Apologia contra l'Autor e del Ve-*
rato, di Giafon Denores, di quanto ha
egli detto in un fuo difcorfo delle Tragi-
commedie è delle Paftorali. In Padoua
1590. *in-*40. C'eft une réponfe à l'Ouvrage de *Guarini*, dont j'ai parlé dans
fon Article.

15. *Ghilini* met au nombre de fes
Ouvrages *Orazione al Doge di Vene-*
tia ; je ne fçai ce que c'eft.

V. *De Gymnafio Patavino Antonii*
Riccoboni Commentarii feuil. 79. & 96.
Ghilini, *Teatro d'Huomini litterati*,
tom. I. p. 76 les *Eloges de M. de Thou*
& les aditions de *Teiffier.*

CORNEILLE SCHRYVER.

CORNEIL-
LE SCHRY-
VER.

COrneille *Schryver*, appellé depuis
Scribonius & *Graphæus*, noms qui

fignifient, le premier en Latin & le CORNEIL-
fecond en Grec, la même chofe que LESCHRY-
celui de *Schryver* en Flamand, naquit VER.
à Aloft en Flandre, l'an 1482.

Il fit fes études à *Anvers*, où il paſſa
la meilleure partie de fa vie, & il s'y
rendit bon Poëte & habile Orateur.

Son mérite & fa capacité lui firent
obtenir le droit de Bourgeoifie dans
cette Ville, & en fuite la place de Secretaire de la Ville.

Les occupations que lui donna cet
emploi, ne l'empêcherent pas de cultiver toujours l'étude, & de compofer
plufieurs Ouvrages. Il s'appliqua auffi à la Mufique, dans laquelle il fe
rendit fort habile.

Il mourut à *Anvers*, le 19. Decembre 1558. âgé de 76. ans, & fut enterré dans l'Eglife Cathédrale, avec
cette Epitaphe.

Cornelius Scribonius Graphæus, præ-
claræ hujus Urbis à Secretis, fibi, fuif-
que & Hadrianæ Philippiæ Dulciſſ.
Uxori vivens pofuit.

Ipfa quidem vixit annis 71. Deceſſit
autem 17. Augufti 1556. uno & 40. an-
nis marita, matrona, & prudentiſſima,
& pietatis cultrix eximia.

CORNEIL-
LE SCHRY-
VER.

Ille vero caram sequutus conjugem, *migravit* 19. *Decembris* 1558. *cum vixisset annos* 76.

Il laissa un fils, nommé *Alexandre*, dont on a quelques Poësies Latines.

Catalogue de ses Ouvrages.

1. *Pacis inter Carolum V. Imp. Cæs. Aug. & Franciscum primum*, *Galliarum Regem Christianissimum ad Aquas Mortuas in Agro Narbonis initæ*, *descriptio. Per Cornel. Scrib. Graphæum. Ejusdem ob Cæsareum ex Hispaniis iter per medias Gallias in Patriam*, *ac præcipue in sua Majest. Urbem Antuerpiam Gratulatio. His accessere alia haud injucunda. Antuerpiæ* 1540. *in-*40. feuil. 36. Outre les deux pieces de vers marquées dans le titre, on en trouve à la suite une troisiéme du même Auteur, intitulée : *Pro D. Caroli V. Imperatoris ex Hispaniis per Britanniam in patriam reditu aggratulatio.*

2. *Apparatus spectaculorum in susceptione Philippi*, *Hispaniarum Principis*, *Caroli V. Imp. filii anno* 1549. *editorum descriptus per Corn. Scrib. Graphæum. Antuerpiæ* 1550. *in-fol.* avec figures.

3. *Olai Magni Historia de Gentibus Septentrionalibus in Epitomen redacta.*

Cum figuris ligneis. Antuerpiæ 1562. CORNEIL-
in-8°. LE SCHRY-
VER.

4. *Enchiridion Principis ac Magiſtra-
tus Chriſtiani , ſive præceptiones quædam ad docendos Principes ac Magiſtra-
tus , è veterum libris. Coloniæ* 1541.
in-4°. Il a compoſé cet Ouvrage avec
Pierre-Gilles , qui a été comme lui
Secretaire de la Ville d'*Anvers.*

5. *Deſcriptio Senatus Antuerpiani ,
à Carolo V. inſtituti. Antuerpiæ* 1541.
in-4°.

6. *Conflagratio Templi D. Mariæ
Antuerpienſis Ibid.* 1534. en vers. Je
ne connois cet Ouvrage & les ſuivans
que par ce qu'en diſent les Bibliothe-
caires des Pays-Bas.

7. *Sacrorum Bucolicorum Eclogæ
III. Ibid.* 1536. *in-8o.*

8. *De Nativitate Chriſti Carmen Paſtorale.*

9. *Monſtrum Anabaptiſticum in rei
Chriſtianæ perniciem natum* 1535.

10. *Querela proditi Chriſti per novos
quoſdam hujus temporis Iſchariotas Tur-
co-Chriſtianos. Antuerpiæ* 1543. *in-4°.*

11. *Exprobratio in Diocletianum pro
Divo Pancratio. Louvanii* 1515.

12. *Paraphraſis Pſalmi* 123. *in tur-
piſſimum ſeletiſſimi cujuſdam prædonis*

CORNEIL-*Martini à Roshem Latrocinium. An-*
LECHRY-*tuerpiæ* 1543. *in-8°.*
VER.
13. *Argumenta in Christiados H.*
Vidæ libros sex, Carmine Heroïco. Dans
l'édition de cet Ouvrage faite à *Har-*
lem en 1562.

14. *Conjugandi & declinandi Regu-*
læ. Antuerpiæ 1529. *in-8°.*

15. *Colloquiorum formulæ, ex Teren-*
tii Comœdiis.

V. *Francisci Swertii Athenæ Belgi-*
gicæ. Valerii Andreæ Bibliotheca Bel-
gica. Ghilini, Teatro d'Huomini lette-
rati tom. 2. *p.* 63.

JEAN-PIERRE GIBERT.

JEAN-
PIERRE
GIBERT.
JEan-Pierre Gibert, naquit à *Aix* en
Provence au mois d'Octobre 1660.
de *Joseph Gibert*, Referendaire en la
Chancellerie.

Il se consacra de bonne heure à l'é-
tat Ecclesiastique en recevant la Ton-
sure ; mais il n'avança pas davantage
dans les Ordres.

Il fit ses premieres études à *Aix*
dans le College des Jesuites, consacra ensuite quelques années à la Theologie.

logie dans l'Univerſité de cette Ville, JEAN-
ſe fit recevoir Docteur en l'un & l'au-PIERRE
tre Droit, & ſe livra enſuite tout en-GIBERT.
tier au Droit Canonique.

M. *de Chalucet*, Evêque de *Toulon*,
l'attira auprès de lui, & le mit dans
ſon Seminaire, où il le chargea d'en-
ſeigner la Théologie.

Retourné à *Aix*, il enſeigna auſſi
la Théologie dans le Seminaire, &
vint enfin à *Paris* en 1703. il y vêcut
dans une grande retraite, partageant
ſon temps entre la priere & l'étude,
& refuſa toujours conſtamment des
bénéfices & des places conſidérables
qu'on lui offrit pluſieurs fois.

Il eut en 1736. une attaque d'Apo-
plexie, & fit une chute conſiderable, dont il a été incommodé juſqu'à
la fin de ſa vie. Enfin la nuit du 29.
au 30. Novembre une ſeconde attaque le rendit paralytique de la moitié
du corps, & lui ôta l'uſage de la
parole.

Il mourut le 2. Decembre ſuivant,
âgé de 76. ans, & fut enterré à *S.*
Coſme, ſa Paroiſſe.

C'étoit un de nos plus habiles Ca-
noniſtes; & il s'eſt fait une grande
Tome XL. Z

JEAN-réputation en ce genre.

PIERRE
GIBERT.
Catalogue de ses Ouvrages.

1. *Les devoirs du Chrétien renfermez dans le Pseaume 118. Paris 1705. in-12.*

2. *Cas de pratique, concernant les Sacremens en général & en particulier. Paris 1709. in-12.*

3. *De doctrina Canonum, Corpore Juris inclusorum, circa requisitum ad filiorum matrimonia parentum consensum Historica disquisitio. Accedunt notæ marginales, desideratos Canones, legesve ex aliis collectionibus, tùm Græcis, tùm Latinis, mox verbatim, mox summatim adjicientes, nec non earumdem notarum Auctarium, quo simul habeas quidquid à Christo ad nos Canonum legumve conditores sanxere. Paris. 1709. in-12. pp. 449.* L'Auteur a ajouté à la fin un plan, dans lequel il explique ce qu'il y auroit à faire pour perfectionner l'édition du corps du Droit Canon faite sur les Mémoires de M. Pithou.

4. *Mémoire concernant l'Ecriture Sainte, la Théologie Scholastique, & l'Histoire de l'Eglise, pour servir aux Conférences des Curez & des Seminai-*

res. *Luxembourg* 1710. *in*-12. *tome*
1er. Il devoit être fuivi de plufieurs
autres, qui n'ont point paru.

5. *Inftitutions Ecclefiaftiques Bénéfi-
ciales, fuivant les principes du Droit
commun, & les ufages de France. Paris
1720. in*-4°. pp. 988. It. 2. *édition,
corrigée* & *augmentée confiderablement,
dans laquelle on trouvera les ufages particuliers aux divers Parlemens du
Royaume,* & *des obfervations importantes prifes des Mémoires du Clergé. Paris
1736. in*-4°. deux tomes.

6. *Differtation fur l'Autorité du fecond Ordre dans le Synode. Diocèfain.
Rouen* 1722. *in*-4°.

7. *Ufages de l'Eglife Gallicane, concernant les Cenfures* & *irrégularités,
confiderées en général* & *en particulier,
expliquées par des regles tirées du Droit
reçu. Paris* 1724. *in* 4°. pp. 832.

8. *Confultations Canoniques fur les
Sacremens, fondées fur l'Ecriture Sainte, les Conciles, les Statuts Synodaux,
les Ordonnances Royaux,* & *fur l'ufage ; où l'on explique ce qu'il y a de plus
important dans les Commandemens de
Dieu* & *de l'Eglife,* & *dans les loix Ci-
viles, qui les font exécuter. Paris* 1725.

Z ij

JEAN-*in*-12. douze tomes. Le premier est
PIERRE sur les Sacremens en général, le se-
GIBERT. cond sur le Baptême & la Confirma-
tion, les quatre suivans sur la Péni-
tence, deux autres sur l'Eucharistie &
l'Extrême-Onction, deux sur l'Ordre,
& deux sur le Mariage.

9. *Tradition ou Histoire de l'Eglise*
sur le Sacrement de Mariage, tirée des
Monumens les plus autentiques de cha-
que siécle, tant de l'Orient que de l'Oc-
cident, avec l'usage de toutes les Egli-
ses, & particulierement celui de Fran-
ce. Paris 1725 *in-*4o. trois tomes.

10. *Expositio Juris Canonici per re-*
gulas naturali Ordine digestas usque
temperatas, ex Corpore Juris ac aliunde
desumptas. Geneva 1732. *in-fol.* pp.
10. C'est le projet de l'Ouvrage suivant, dans lequel il y a des choses
curieuses sur le Corps du Droit Canon.

11. *Corpus Juris Canonici, per re-*
gulas naturali ordine digestas, usque
temperatas, ex eodem Jure & Conciliis,
Patribus, atque aliunde desumptas,
expositi. Opus in tres tomos divisum.
Geneva 1736.*in-fol.* trois vol. It. *Lug-*
duni 1737. *in-fol.* trois vol.

V. *ſon Eloge par le P. Bougerel.* Paris 1737. *in-*12.

DAVID LE CLERC.

Avid le Clerc, naquit le 19. Fevrier 1591. à *Geneve,* de *Nicolas le Clerc* natif de *Beauvais* en Picardie, qui s'étoit établi dans cette Ville, & de *Sara de Courcelles.*

Après avoir fait ſes études d'Humanitez & de Philoſophie dans ſa patrie, il alla en 1612. à *Strasbourg* pour s'y perfectionner dans les Belles-Lettres. Il paſſa deux ans dans cette Ville, occupé de l'étude des Langues, de l'Hiſtoire, & même des Mathématiques, & ſe rendit enſuite en 1614. à *Heidelberg,* pour prendre des leçons de *Janus Gruter.* Il ne ſe contenta pas de profiter des lumieres de ce Sçavant par rapport aux Belles-Lettres; il s'appliqua auſſi à la Théologie ſous *Henri Alting,* & *Abraham Scultet,* mais comme il ne ſe deſtinoit pas alors au Miniſtere, il ne s'y donna que legerement.

Il ſortit d'*Heidelberg* vers le milieu

Z iij

DAVID LECLERC

de l'an 1615. & paſſa en Angleterre après avoir viſité la Hollande. Il y travailla tant à *Londres*, qu'à *Oxford* à ſe perfectionner dans ſes études. Il commença même à *Londres* à apprendre la langue Hebraïque, dont il acquit depuis une grande connoiſſance.

La mort de ſon pere & de ſa mere que la peſte enleva à *Geneve* en 1616. l'obligea de retourner dans ſa patrie ; mais en paſſant à *Paris* pour s'y rendre, il tomba malade & s'étant pendant ſa convaleſcence rendu à *Fontainebleau* auprès d'*Eſtienne de Courcelles*, ſon Oncle maternel, qui y étoit Miniſtre, il y fut de nouveau attaqué de la fiévre, qui le tint pendant ſix mois.

Arrivé à *Geneve*, il trouva les affaires de ſa famille fort en deſordre, & fut obligé de ſe donner des peines infinies pour les arranger. Son mérite & ſa capacité lui procurerent bien-tôt de l'employ. Il fut en 1619. fait Profeſſeur en langue Hebraïque, & remplit ce poſte pendant trente cinq ans, avec beaucoup de réputation. Il avoit réſolu de s'y borner, ſans ſonger da-

vantage à la Théologie, dont il avoit DAVID
entierement abandonné l'étude ; mais LECLERC.
les murmures des Miniftres , qui
prétendoient que la langue Hebraïque n'étoit point affez néceffaire ,
pour qu'on entretînt un Profeffeur,
dont toute l'occupation fût de l'enfeigner, & qui ne prêchât point, l'obli-
gerent d'y revenir, & de recevoir à
l'âge de 40. ans l'impofition des
mains pour le Miniftere. Ce nouvel
emploi le mit dans la néceffité de prêcher ; ce qu'il ne pouvoit faire qu'a-
vec beaucoup de peine ; car quoiqu'il
eût une mémoire fort heureufe, pour
apprendre les langues , il avoit une
peine extrême à apprendre par cœur
fes Sermons.

Il fut encore chargé depuis d'enfeigner l'hiftoire ; emploi dont il s'aquitta
pendant plufieurs années par l'explication de *Quint-Curce* ; & fut outre cela quelquefois Recteur de l'Académie.

Les occupations de ces differens
emplois ne l'empêcherent point de fe
livrer à des études particulieres , & à
acquerir la connoiffance de plufieurs
langues ; car outre le François , qui

Z iiij

DAVID
LE CLERC. étoit fa langue maternelle, il fçavôit l'Allemand, l'Anglois, l'Espagnol, l'Italien, l'Arabe, le Latin, le Grec, l'Hebreu & le Chaldaïque. Il faifoit auffi fouvent des vers latins, pour fe délaffer de fes occupations férieufes.

Il mourut l'an 1655. âgé de 64. ans.

Catalogue de fes Ouvrages.

1. *Lacrymæ Haidelbergenfes , five Halofis Haidelbergæ verfibus expreffa promotionibus anni* 1624. *in* 4°. pp. 16. It. dans le Recueil de fes Poëfies.

2. *Joannis Buxtorfii Synagoga Judaïca ex Germanico latina facta, à Joanne Buxtorfii filio revifa. Bafileæ* 1641. *in-*8°. *David le Clerc* fit cette traduction à la priére de *Jean Buxtorf* le fils. *Jean le Clerc* , fon neveu , dit dans fon Eloge , qu'il a traduit auffi de l'Anglois en François l'Ouvrage d'un célebre Docteur Anglois , intitulé *Panoplia* ; mais il ne marque point fi cette traduction a été imprimée , & je ne fçai ce que c'eft.

3. *Davidis Clerici Quæftiones facræ, in quibus multa Scripturæ loca, variaque linguæ fanctæ idiomata explicantur. Accefferunt fimilis argumenti Diatribæ*

Stephani Clerici. Edidit & annotationes DAVID
adjicit Joannes Clericus Stephani filius. LECLERC.
Amstelod. 1685. *in-8°.* Les Questions
Sacrées de *David le Clerc* font au
nombre de 36. & roulent toutes fur
des sujets de l'Ecriture. Il y a beaucoup d'érudition.

4. *Funambulus , feu differtatio de variis Funambulorum generibus.* A la fin
du Recueil précedent.

5. *Davidis Clerici Orationes , Computus Ecclefiafticus , & Poëmata. Accedunt Stephani Clerici Differtationes
Philologicæ. Amstelod.* 1687. *in-80.*
Dans le Recueil donné par *Jean le
Clerc*, On voit de notre Auteur d'a-
bord treize Harangues prononcées en
differentes occafions , qui roulent
toutes fur des fujets curieux ; enfuite
le *Computus Ecclefiafticus*, qui eft un
abregé de ce qu'on peut dire fur l'année
Romaine , & fur les changemens qui
y font arrivés. Tout cela eft fuivi
de quelques petits Poëmes, & de diverfes fortes de Poëfies; les principales
pieces font fur la défaite de *Sennache-
rib*, fur la prife d'*Heidelberg* par *Tilli*,
Général de l'Empereur, fur les Raves,
dont la Savoye abonde , & fur la

DAVID
LECLERC.

mort du Prince *Maurice de Naffau.*
V. *son Eloge par Jean le Clerc à la
tête des Quæstiones Sacra.*

THOMAS WOOLSTON.

THOMAS
WOOLS-
TON.

THomas *Woolfton* , naquit à *Northampton* en Angleterre l'an 1669.
fon pere , qui étoit un bon Marchand
de cette Ville , en prit un grand foin,
& l'envoya étudier dans l'Univerfité
de *Cambridge.*

Il y entra dans le College de *Sidney*,
où après quelques années d'étude , il
prit le degré de Bachelier en Théo·
logie , & auroit pris enfuite celui de
Docteur , s'il eût été en état d'en faire les frais fans s'incommoder.

Quand fon tour vint de fe mettre
fur les rangs pour être Membre aggré-
gé ou Bourfier de ce College , il fut
reçu avec applaudiffement ; & dès-
lors il s'appliqua tout entier à la Théologie , & principalement à la lecture
des Peres , qu'il poffedoit à fond ;
mais dont il a fait un fort mauvais
ufage.

On prétend que cette lecture , faite

avec trop de contention & d'aſſidui-THOMAS
té, lui avoit tellement dérangé l'eſ-WOOLS-
prit, qu'on fut obligé de le faire for-TON.
tir du College, & de l'enfermer pour
trois ou quatre ans.

Cependant on lui conſerva toujours
ſa penſion, & ce ne fut qu'en 1721.
qu'on la lui ôta, parce qu'il ne réſi-
doit point dans l'Univerſité, comme
il y étoit obligé par les Statuts.

Depuis ce temps-là il a toujours
demeuré à *Londres*, où ſon frere, qui
étoit Echevin à *Northampton*, four-
niſſoit à ſa ſubſiſtance.

Le livre impie qu'il publia en 1727.
ſur les Miracles de *Jeſus-Chriſt*, lui
attira bien des affaires, dont il ne put
voir la fin.

La Cour en ayant pris connoiſſance, réſolut d'en punir l'Auteur. Il fut
arrêté au mois de May 1728. & mis
ſous la garde d'un Meſſager d'Etat ;
mais enſuite on le relâcha ſous caution.

Au mois de Mars de l'année ſuivante 1729. il fut ſommé de paroître
devant le premier Juge du Royaume,
à la pourſuite du Procureur-Général.
Les Avocats pour & contre ayant été

THOMAS
WOOLS
TON.

entendus, & les témoins examinés; les Jurez déclarerent *Woolston* coupable de ce dont il étoit accusé, c'est-à-dire d'avoir composé des *discours tendans à avilir, & à renverser la Religion Chrétienne, à deshonorer par d'impies blasphêmes notre Seigneur Jesus-Christ, & à répandre des opinions diaboliques parmi les Sujets de Sa Majesté.*

Le 13. de May suivant il parut devant la Cour du Banc du Roi, pour y être jugé définitivement. Ses Avocats mirent tout en œuvre pour faire recommencer la procedure, ou pour prolonger la décision; mais la Cour refusa l'un & l'autre, & ordonna que *Woolston* seroit détenu dans la prison du Banc du Roi, jusqu'à ce que les Grands Juges trouvassent à propos de lui prononcer sa Sentence.

Ce ne fut que le 28. Novembre de la même année 1729. qu'elle lui fut prononcée en pleine Cour, & en présence d'un grand concours de peuple. Elle portoit qu'il payeroit 25. livres sterling d'amende pour chacun de ses discours, qu'il subiroit une année de prison, & qu'il donneroit caution

pour fa bonne conduite pendant fa THOMAS
vie ; c'eft-à-dire qu'il s'obligeroit de WOOLS-
payer deux mille livres fterlin , & TON,
trouveroit pour cela deux cautions
de mille livres fterling chacune , ou
quatre de cinq cens livres fterling.

N'ayant pû fatisfaire à cette Sentence , il demeura dans la prifon du
Banc du Roi jufqu'à la fin de fa vie,
Il y mourut le 27. Janvier 1733. d'u-
ne maladie epidemique , qui regnoit
alors , & qui l'attaqua fi violemment,
qu'elle l'emporta en quatre jours. Il
étoit dans fa 63e. année.

Il avoit été lié d'amitié dès fa jeuneffe avec le fameux *Whifton* ; fur
quoi l'on rapporte cette particularité.
Dans le temps que la Cour le pour-
fuivoit pour fes *Difcours fur les Mi-*
racles de notre Seigneur , il fut rendre
vifite à *Whifton* , qui dès qu'il le vit
du haut de fon efcalier , fe mit à lui
crier tout en colere , de fortir promp-
tement de chez lui , parce que fa vûë
l'offenfoit. *Woolfton* furpris d'une pa-
reille reception , lui demanda en quoi
il l'avoit choqué pour le traiter de la
forte. Par vos difcours fur les Miracles , lui répondit précipitamment

Whiston. Envain l'autre réprésenta-t-il que sa conduite ne s'accordoit point avec cette tolérance, qu'il avoit toujours défenduë dans ses Ecrits, & dont il avoit si fort besoin lui-même. Envain lui rappella-t-il leur ancienne amitié, & les promesses qu'il lui avoit tant de fois faites de l'assister de toutes ses forces dans les persécutions qu'on lui susciteroit. *Whiston* fut sourd à tout cela, & se contenta de lui dire qu'il étoit allé beaucoup plus loin qu'il ne l'avoit cru, & qu'en un mot il ne pouvoit supporter sa vûë. Ainsi *Woolston* fut obligé de se retirer, & depuis ce jour-là il ne vit plus *Whiston*, quoiqu'il en parlât toujours avec estime.

Un de ses amis a composé sa vie, dans laquelle il l'a beaucoup flatté. Il l'y réprésente comme un homme de bonnes mœurs, & en particulier d'une extrême sobrieté, d'un grand désinteressement, d'une patience, & d'une douceur surprenantes. Tout ce qu'on peut dire à sa louange sur cela, c'est qu'il n'a jamais été accusé du contraire.

Catalogue de ses Ouvrages.

1. *L'ancienne Apologie pour la vérité* THOMAS *de la Réligion Chrétienne contre les Juifs* WOOLS *& les Gentils renouvellée.* (en Anglois) TON. *Londres* 1705. *in-8o.* l'Auteur y paroît déja entêté des interprétations allegoriques de l'Ecriture, qu'il a portées depuis à l'excès.

2. *Differtatio de Pontii Pilati Epiftola ad Tiberium circa res Jefu Chrifti geftas*, *in-8o.*

3. *Origenis Adamantii Epiftolæ duæ circa fidem vere Orthoxam & Scripturarum interpretationem*, *in-8o.*

4. *L'exacte opportunité du temps, dans lequel Jefus-Chrift s'eft manifefté dans la chair, démontrée par la raifon, contre les objections des anciens Gentils & des incrédules modernes.* (en Anglois) *Londres* 1722. *in-8o.* pp. 104.

5. *Quatre préfens au Clergé; ou cartels de défi pour difputer fur cette queftion : Si les Prêtres mercenaires de ce temps, qui font tous Miniftres de la lettre, ne font pas adorateurs de la bête de l'Apocalypfe, & Miniftres de l'Antechrift.* (en Anglois) *in-8o.* Ce font quatre Lettres qui ont paru depuis l'an 1722. jufqu'en 1724.

6. *Réponfe au quatre Lettres préce-*

*Mém. pour servir à l'Hist.
dentes.* (en Anglois) *in-8o.*

7. *Deux Lettres au Docteur Bennet.
fur cette question : Si de toutes les sectes
Chrétiennes, celle des Quakres n'est pas
celle qui a le plus de ressemblance avec
l'Eglise primitive par rapport aux principes & à la pratique.* (en Anglois) *in-
8o.*

8. *Réponse à ces deux Lettres.* (en
Anglois) *in-8o.*

9. *Le Modérateur entre un incrédule
& un Apostat ; ou le sujet de la dispute
entre l'Auteur du Discours fur les fondemens du Christianisme, & ses Oppo-
fans Ecclesiastiques, mis dans tout son
jour.* (en Anglois) *in-8o. Collins* dans
fon difcours fur les fondemens du
Christianifme, avoit attaqué la Religion combattant le fens litteral des
Propheties, qui regardent *J.C. Woolfton* en prenant la défenfe de cet Auteur, a été plus loin, & a commencé
à y attaquer le fens litteral des Miracles du Fils de Dieu.

10. *Deux Supplémens au Modérateur* (en Anglois) *in-8o.*

11 *Défenfe du Miracle de la Légion
Fulminante contre une Differtation de
Gautier Moyle.* (en Anglois) 1726,
in-8o.
                                    12.

12. *Diſcours ſur les Miracles de no-* THOMAS
tre Sauveur , relativement à la diſpu- WOOLS-
te qui s'agite aujourd'hui entre les incré- TON.
dules & les Apoſtats. (en Anglois)
Londres 1727. 1728. 1729. *in-*8o.
Il y a ſix Diſcours , dont le premier
eſt du mois d'Avril 1727. le ſecond
du mois d'Octobre ſuivant ; le 3e. du
mois de Février 1728. le 4e. du mois
de May ; le 5e. du mois d'Octobre de
la même année ; & le 6e. du mois de
Février de l'année ſuivante 1729. On
ne peut porter plus loin l'impieté , la
profanation & la mauvaiſe foi , que
Woolſton l'a portée dans ces diſcours.
Il y ſoutient expreſſément , que les
quatre Evangeliſtes n'ont point fait
une hiſtoire litterale de la vie de *J.C.*
mais que ce qu'ils en diſent n'eſt qu'u-
ne répréſentation emblématique de ſa
vie ſpirituelle dans l'ame de l'homme,
& que les Miracles qu'ils lui attri-
buent ne ſont que des figures de ſes
operations myſtérieuſes ſur l'Egliſe
& ſur les Elûs. Mais s'il montre autant d'emportement que *Celſe* , *Julien*
l'Apoſtat , & *Porphyre* , il paroît en-
chirir ſur eux par la malignité avec
laquelle il eſſaye de jetter du ridicule

Tome XL. A a

sur les Miracles de *J. C.* & sur sa Personne Sacrée. Cet Ouvrage impie ne
demeura pas long-temps sans réponse;
il fut bien-tôt attaqué , par une foule
d'Ecrits , dont plusieurs sont excel-
lens en leur genre & réfutent ses
paradoxes extravagans d'une maniere triomphante. Je parlerai de ceux
qui sont venus à ma connoissance ,
après que j'aurai fait mention d'une
replique qu'il se hazarda d'y faire.

13. *Défense des Discours de M.
Woolston sur les Miracles de Notre Sauveur contre les Evêques de S. David &
de Londres , & contre ses autres adver-
saires. Partie* 1re. (en Anglois) *Lon-
dres* 1729. *in-8*^o. pp. 71. *Partie* 1ere. *Ibid.*
1730 *in-8*o. pp. 71. passons mainte-
nant aux réfutations de ses *Discours.*

*Défense des Miracles de notre Sau-
veur , pour servir de réponse à M Woolfton ; avec un Supplément en faveur de
la Revélation contenuë dans l'Ecriture
Sainte. Par Thomas Ray.*(en Anglois)
Londres 1729. *in-8*°. pp. 68. Cette
brochure , qui n'étoit que le commencement d'un plus grand Ouvrage , est destinée à réfuter le premier
discours de *Woolston.* La suite ne parut

que l'année fuivante 1730. fous le mê- THOMAS
me titre : *Londres n-8°.* pp. 260. c'eft WOOLS-
une réfutation complette des cinq TON.
derniers difcours.

Défenfe des Miracles de Jefus. (en
Anglois) *Londres* 1729. *in-8°.* Cet
Ouvrage eft compofé de quatre bro-
chures dont la premiere parut au
mois de Mai 1729. & la derniere au
mois de Decembre fuivant. L'Auteur,
qui ne s'eft pas nommé, mais que
l'on croit être M. *Pearce*, Docteur
en Théologie, & Recteur de la Pa-
roiffe de *S. Martin des Champs*, écrit
avec beaucoup d'ordre, de netteté &
de folidité.

*Inftruction donnée au Clergé du Dio-
cèfe de Saint-David dans une vifite faite au mois d'Aôut 1728. Par Richard,
Evêque de cette Ville.* (en Anglois)
Londres 1729. *in-8°.* pp. 44. *Robert
Sinalbrooke*, Evêque de *S. David*,
Auteur de cette inftruction, qui regarde principalement les Ecrits de
Woolfton, les avoit déja cenfurés dans
un Sermon prononcé le 8. Janvier
de cette année devant les Societez éta-
blies pour la réformation des mœurs.
Il en donna peu de temps après une

THOMAS
WOOLS-
TON.

réfutation complette dans un ouvrage intitulé : *Défense des Miracles de notre Sauveur ; dans laquelle on examine particulierement les discours de M. Woolston sur ce sujet, l'on met dans leur vrai jour les prétenduës autoritez des Peres, qu'il allegue contre la vérité du sens litteral, & l'on répond à ses objections tirées de la raison, tome* I. *où l'on réfute les trois premiers discours de M. Woolston.* (en Anglois) *Londres* 1728. *in*-8°. pp. 562. Ce premier volume est dédié à la Reine Regente pendant l'absence du Roi d'Angleterre qui étoit allé à *Hanover* en 1729. Comme l'Evêque de *S. David* représenta dans son Epître dédicatoire *Woolston* comme un infidelle & un Apostat, qui médite la ruine de la Religion, & implore le secours & la vangeance du bras séculier contre lui ; on vit quelque temps après paroître une brochure intitulée : *Instructions à M. l'Evêque de S. David, dans lesquelles on défend les libertez de la Religion : ou remarques sur son Epître dédicatoire ; avec une contre dédicace adressée à ce Prélat, & comparée paragraphe par paragraphe avec la sienne.*

Par Jonathan Jones. (en Anglois) Thomas
*in-*8°. L'Evêque de *S. David* y répon- Wools-
dit par l'Ecrit ſuivant. ton.

   Défenſe de l'Evêque de S. David,
principalement par rapport à l'Eſprit
de perſécution qu'on lui attribue ; en ré-
ponſe à Jonathan Jones. (en Anglois)
2e. *édition. Londres* 1730. *in-*8o. pp.
4o.

   La ſeconde partie de la *Défenſe des*
Miracles de notre Sauveur, par *Robert*
Smalbrooke, transferé depuis la publi-
cation de la premiere à l'Evêché de
Coventry & *Lichtfield,* parut au mois
de Juin 1730. *in-*8°. pp. 592. L'Auteur y réfute les trois derniers diſcours de *Woolſton.*

   Défenſe de l'Hiſtoire de l'Ecriture,
par rapport à la réſurrection de la fille
de Jaïr, du fils de la veuve de Naïm,
& *de Lazare. Pour ſervir de réponſe au*
5e. *Diſcours de M. Woolſton ſur les*
Miracles de notre Sauveur ; avec une
Préface contenant quelques remarques
ſur la réponſe de cet Auteur à l'Evêque
de S. David. (en Anglois) *Londres*
1730. *in-*8°. pp. 68. ſans la Préface,
qui en a douze. Cette brochure eſt
de M. *Stebling* Prédicateur de *Grays-*

THOMAS
WOOLS-
TON.

Inn, qui en publia auſſi-tôt après une ſeconde ſous le titre ſuivant.

Diſcours ſur le pouvoir miracu- leux, que notre Sauveur a eu de gué- rir toutes ſortes de maladies; où l'on exa- mine les ſix cas particuliers contre leſ- quels M. Woolſton a fait des objections. (en Anglois) *Londres* 1730. *in-8o.* pp. 66.

Conférence ſur les Miracles de notre Sauveur, où l'on établit & l'on exami- ne à fond toutes les objections que M. Woolſton a propoſées contre la réalité de ces Miracles, de même que pluſieurs autres difficultez plus importantes; & où l'on prouve évidemment la vérité de la Religion Chrétienne. (en Anglois) *Londres* 1730. *in-8o.* pp. 410. Cet Ouvrage de M. *Flevenſon*, Chanoine de *Salisbury*, & Recteur de *Colwal* dans la Province d'*Hereford*.

L'examen des témoins de la Reſurrec- tion de Jeſus. (en Anglois) *Londres* 1729. *in-8o.* It. en François ſous ce titre : *Les témoins de la Reſurrection de J. C. examinez & jugez ſelon les regles du Barreau, pour ſervir de réponſe aux objections du ſieur Woolſton & de quel- ques autres Auteurs; traduit de l'An-*

glois ſur la 6e. *édition. On y a joint* THOMAS
une Diſſertation Hiſtorique ſur les Ecrits WOOLS-
de M. Woolſton, ſa condamnation & TON.
*les Ecrits publiez contre lui. Par A. le
Moine, Miniſtre de l'Egliſe Anglicane, & Chapelain du Duc de Portland.
La Haye* 1732. *in-*8°. L'Ouvrage Anglois eſt généralement attribué au
Docteur *Scherlock*, depuis Evêque de
Bangor, & l'on ne doute point qu'il
n'en ſoit l'Auteur. Il eſt écrit avec tout
le feu, la délicateſſe & la préciſion
poſſibles. Il faut que les bienſéances
du barreau y ayent été obſervées avec
beaucoup d'adreſſe, puiſque pendant
un temps quelques perſonnes l'ont attribué à M. *King*, grand Chancelier
d'Angleterre.

*Lettre Paſtorale de M. l'Evêque de
Londres au peuple de ſon Diocèſe, &
particulierement à celui des deux grandes Villes de Londres & de Weſtminſter; écrite à l'occaſion de quelques ouvrages, qui ont paru depuis peu en faveur de l'incrédulité. (en Anglois)
Londres* 1728. *in-*8°. It. 6e. *édition
Ibid.* 1730. *in-*8°. pp. 54.

*Seconde Lettre Paſtorale de l'Evêque
de Londres, &c. Ecrite à l'occaſion de*

THOMAS
WOOLS-
TON.

quelques écrits qui ont paru depuis peu, & où l'on soutient, que la raison est un guide suffisant dans les matieres de Religion, sans le secours de la revélation. (en Anglois) Londres 1730. in-8o. pp. 80.

Troisiéme Lettre Pastorale de l'Evêque de Londres, &c. (en Anglois) Londres 1730. in-8o. Ces trois Lettres ont été traduites en François par *A-braham le Moine*, & imprimées à *La Haye* en 1732. in-8o.

Les Miracles de Jesus-Christ ne font point des figures : Sermon prêché par *Prideaux Sutton*, Recteur de Bredon dans le Comté de *Worcester*, & Chapelain de *Guillaume*, comte de Coventry. Avec un sermon de la Resurrection, par *Thomas Hodges*, (en Anglois) Londres 1730. in-8o. pp. 54.

Réfutation impartiale & entiere des raisonnemens du prétendu Rabbin de M. Woolston contre la vérité de la Résurrection de J.C. (en Anglois) Londres 1730. in-8o. pp. 54. C'est la réponse à un écrit que *Woolston* avoit inseré dans son sixiéme discours, comme venant d'un Rabbin.

Deux

Deux difcours, dans le premier def- THOMAS WOOLS-TON. *quels on fait voir que les Miracles de J. C. font une preuve de fa qualité de Meffie, & dont le fecond contient une démonftration de la vérité & de la certitude de fa Réfurrection. Par George Wade, Vicaire de Gainsborough, & Prébendier de Lincoln.* (en Anglois) *Londres* 1729. *in* 8°. pp. 54. Quoique ces deux difcours ayent été prononcés le 1ᶠ. en 1717. & le 2ᵉ. en 1725. & par conféquent n'ayent aucun rapport à l'Ouvrage de *Woolfton*, on les a cependant publiés à fon occafion, parce qu'il y a été rcfuté par avance.

La croyance en J. C. eft conforme à la raifon, & l'infidelité lui eft oppofée. Deux Sermons prêchés le 21. & *le* 28. *Mai* 1728. *Avec un Appendix contenant quelques remarques fur la réfurrection du Lazare contre le* 6ᵉ. *difcours de M. Woolfton. Par Guillaume Harris.* (en Anglois) *Londres* 1730. *in-*8°. pp. 90.

Penfées libres fur M. Woolfton & fur fes écrits, contenuës dans une lettre écrite à un Gentilhomme de Leyde. (en Anglois) *in-*8°. pp. 30.

Tome XL.   B b

THOMAS WOOLS-TON.

Défense du sens litteral de trois Miracles de J. C. 1. Le changement de l'eau en vin. 2. La chasse donnée aux Vendeurs du Temple. 3. L'envoy des diables dans le corps des Cochons, contre les objections de M. Woolston, contenuë dans une lettre à un ami. (en Anglois) Londres 1729. in-8°. pp. 92. Cette défense est de *Benjamin And. Atkinson.*

Dialogue entre MM. Grounds, Scheme, & Woolston, dans lequel la mauvaise foy, les faux raisonnemens & les absurdités contenuës dans les discours sur les Miracles de notre Sauveur, sont pleinement découvertes & prouvées par le seul raisonnement & par les preuves mêmes de l'Auteur. (en Anglois) Londres 1729. in-8°. pp. 38.

L'évidence du Christianisme prouvée par les faits rapportés dans l'Histoire Sacrée & profane ; Ouvrage tiré des Ecrits de M. Huet, par *Jean Entick,* étudiant en Théologie. Avec une Préface, où l'on prouve la fausseté de l'interprétation allegorique des Miracles de notre Sauveur fait par Woolston (en Anglois) Londres 1729. in-8°. pp. 247, sans la Préface qui en a 32,

Lettre de réproches à M. Woolfton fur fon dernier écrit. Par un Ecclefiaf- tique de la Campagne. (en Anglois , Londres 1730. *in-8°.* pp. 17.

THOMAS WOOLS- TON.

Préfervatif contre l'infidelité & l'A- poftafie du temps préfent (en Anglois) Londres 1729. *in-8o.*

Etat de la difpute entre M. Woolf- ton , & fes Adverfaires , contenant la fubftance de ce qu'il a avancé dans fes fix difcours contre le fens litteral des Miracles de notre Sauveur , & de ce que les Evêques Gibfon , Chandler , Smalbrocke, & Sherlock , les Docteurs Pearce , & Rogers , MM. Stebbing , Chandler , Lardner , Ray , &c. ont écrit contre lui. Par Thomas Stackhoufe. (en Anglois) Londres 1730. *in-8°.* pp. 295.

V. La Bibliotheque Britanique tom. I. *p.* 245.

GABRIEL DE COLLANGE.

G*Abriel de Collange , naquit vers l'an* 1524. à *Tours en Auvergne. Etant venu à Paris , il y fut d'a- bord Précepteur & Gouverneur du*

GABRIEL DE COL- LANGE.

B b ij

GABRIEL Duc d'*Atri*, & enfuite Valet de
DE COL- Chambre du Roi Charles IX.
LANGE.

Les qualités de Mathématicien &
de Cofmographe, que *J. Hubert* lui
donne dans des vers Latins, qui font
à la tête de fa traduction de la Polygraphie de *Tritheme*, nous font connoître qu'il avoit aquis quelque réputation en ce genre; en effet il paroît
par cette traduction, qu'il cultivoit
les Mathématiques & qu'il faifoit
quelquefois des obfervations Aftro-
nomiques.

Il fut tué à *Paris* au mois d'Août
de l'an 1572. au fameux maffacre de
la *S. Barthelemi*, ayant été pris pour
un Huguenot, quoiqu'il fût bon Catholique. Il avoit alors 48. ans.

Il a fait quelques Ouvrages & quelques traductions; mais il n'a paru que
les deux livres fuivans.

1. *Réponfe au Roy fur la demande
qu'il lui auroit plû faire à Gabriel de
Collange, Valet de Chambre de Sa Ma-
jefté. Paris* 1566. je ne connois ceci, que
par ce qu'en dit *la Croix du Maine*.

2. *Polygraphie & Univerfelle Écri-
ure Cabaliftique de M. J. Tritheme,
Abbé, traduite par Gabriel de Collan-*

ge , *natif de Tours en Auvergne. Paris,* GABRIE
Jacques Kerver 1561. *in-*4o. *feuil.* 296. DE COL-
On trouve au feuillet 193. *Clavicule* LANGE.
*& interprétation ſur le contenu ès cinq
livres de Polygraphie , & univerſelle
écriture cabaliſtique traduite & augmentée par Gabriel de Collange. Le
Portrait de l'Auteur eſt à la tête , avec
ces mots au bas. Gabriel Colangelius
Alvern. Turon. annum agens* 37.

Un Friſon s'eſt approprié 59. ans
après , cette traduction & l'Ouvrage
même , qu'il a publié de nouveau ſans
faire mention de *Trithcme* , ni de *Collange* , ſous ce titre.

*Polygraphie & univerſelle écriture
cabaliſtique,* contenant cinq livres. *Avec
les tables & les figures concernant l'effet & l'intelligence de l'occulte écriture.
Par Dominique de Hottinga* , *Friſon* ,
J. C. Emden 1620. *in-*4o. pp. 388.
C'eſt une grande impudence à *Hottinga* de dire dans l'Epître Latine,
qu'il a miſe à la tête de ce Livre ,
qu'il l'a ramaſſé & compoſé avec
beaucoup de peine , quoiqu'il n'ait
fait que donner ce qui exiſtoit déja ,
en ſupprimant les Epîtres de *Collange* , & ce qui le regardoit.

B b iij

JEAN LE CLERC.

JEan le Clerc , naquit à *Geneve* le 19. Mars ſuivant le vieux ſtyle , le 29. ſuivant le nouveau de l'an 1657. d'*Etienne le Clerc* , Docteur en Méde-cine , qui après avoir été Profeſſeur en langue Grecque dans cette Ville , devint enfin Conſeiller de la Répu-blique , & de *Suſanne Gallatin* , fille de *Marin Gallatiri* , Conſeiller.

Depuis l'âge de huit ans , qu'on l'envoya au College , juſqu'à quinze , il ſe diſtingua parmi ſes Compagnons d'Etude , remporta le prix de diligen-ce dans cinq Claſſes. A peine avoit-il treize ans , qu'il ſe livroit à la lecture avec une ardeur inconcevable. Après quelque recréation priſe avec ſes con-diſciples , il s'enfermoit dans ſa cham-bre , où il devoroit la traduction Fran-çoiſe de *Tite-Live* , avec aſſez de re-fléxion pour pouvoir répéter ce qu'il avoit lû.

Cette occupation avoit pour lui

tant de charmes, qu'il n'a jamais bien JEAN appris aucun des jeux, ni de l'enfance, LECLERC. ni d'un âge plus avancé, quoiqu'il s'y divertit comme les autres, à ſes heures de loiſir.

Sa mémoire étoit ſi bonne, qu'il n'apprenoit ſes leçons qu'un peu avant l'heure où il devoit aller au College. Lorſqu'il commença à faire des vers, il en compoſoit le nombre preſcrit avec tant de facilité, que non content de ſa tâche, il rempliſſoit encore celle de ſes condiſciples qu'il voioit embarraſſez. Des Etudes plus ſérieuſes lui firent négliger depuis ce talent pour la Poëſie ; & cependant il paroît par quelques vers, qu'il fit ſeulement par occaſion long-temps après, que ſa veine n'étoit pas tarie entierement.

Lorſqu'il fut monté aux plus hautes Claſſes du College de *Geneve*, il ſe donna tout entier à l'étude des langues Latine & Grecque. Il s'attacha ſur-tout à *Terence* & à *Plaute* avec tant de ſoin, qu'il fit pour ſon propre uſage un extrait des notes des Commentateurs. Il lut auſſi *Homere*, & quelques Auteurs Grecs en proſe des plus faciles, aidé des soins assidus de son pere, dont la Bibliotheque étoit d'ailleurs très-bien fournie de tous les bons Auteurs & des meilleures éditions qu'on eût alors, surtout de celles des *Estiennes*.

Sorti du College en 1673. à l'âge de seize ans, il étudia en Philosophie sous *Robert Chouët*, qui de *Saumeur*, où il étoit Professeur en cette Science, avoit été rappellé dans sa patrie, pour y exercer le même emploi, & avoit introduit à *Geneve* la Philosophie de *Descartes*.

Pendant qu'il étudioit en Logique, il fut attaqué au commencement de l'année 1674. d'une fiévre violente, qui le tint quarante jours au lit, & le mit dans un tel état, que son pere & d'autres Médecins habiles desespéroient de sa vie. Il en revint cependant malgré quelques rechutes. Comme il se rétablissoit lentement, & qu'il ne sortoit point de la maison, il se remit peu à peu à la lecture, & à écrire même quelque chose pour se desennuyer. Il s'étoit gâté la main pour l'écriture dans les Classes, comme cela arrive souvent. La foiblesse de son corps , qui l'empêchoit d'écrire vîte , Jean fut cauſe qu'il ſe raccoutuma à un caractere fort net , dont il conſerva depuis l'habitude.

.Vers ce temps-là il ſe mit à lire les Lettres Critiques du Sçavant *Tannegui le Fevre* , & il en fut charmé. Cependant il y trouva quelques remarques , qui ne lui paroiſſoient pas bien fondées , & compoſa là-deſſus de petites Diſſertations, que ſon pere même approuva. Quoiqu'il les eût déchirées dans un âge plus mur , il en rappella depuis certaines obſervations dans ſon *Ars Critica* , les ayant jugées aſſez ſolides pour pouvoir être expoſées aux yeux du Public.

Ayant continué depuis ſes études de Philoſophie , il ſoutint des Theſes *de Materiæ Natura.* Son cours fini , il ne paſſa pas d'abord à la Théologie , qui étoit le but.de ſes études. Il employa auparavant une année à s'affermir dans les Humanitez , & à apprendre les principes de la Langue Hebraïque , ſous *Jacques Gallatin* , Miniſtre , & ſon oncle maternel , n'y ayant point alors de Profeſſeur en cette langue à *Geneve.*

JEAN LECLERC. Depuis ce temps il ne cessa de lire continuellement tous les livres, qui se rapportoient aux connoissances, dont il avoit fait le fond de ses études sçavoir, les Belles-Lettres & la Philosophie. Il se fit au travail par l'habitude, & acquit une très-grande facilité de lire & d'écrire assidûment : en quoi il fut aidé par une santé si ferme depuis la maladie dont j'ai parlé, que jusqu'à une grande vieillesse, il n'eut que très-rarement quelques incommodités fort légeres.

Il entra en Théologie en 1676. âgé de 19. ans, & y eut pour Maîtres *Philippe Mestrezat*, *François Turretin*, & *Louis Tronchin*, sous lesquels il étudia un peu plus de deux ans. Il s'étoit élevé depuis quelques années à *Geneve* des disputes sur la Grace Universelle. *Mestrezat* & *Tronchin* avec quelques Ministres étoient du sentiment de *Cameron* ; mais comme le sentiment opposé avoit prévalu, ils étoient obligés de garder le silence sur cette matiere. *Etienne le Clerc* pensoit comme eux, & *Jean*, son fils, suivit son exemple. Mais les proposans se conformoient à l'opinion dominan-

té, qu'il falloit figner, pour être ad- JEAN
mis au Miniftere. On ne trouvoit LECLERC.
même alors à *Geneve* d'autres livres,
où l'on pût s'inftruire des fentimens
de *Cameron*, que les Thefes de *Sau-*
mur.

Jean le Clerc au commencement de
fes études Théologiques avoit lû les
deux *Syntagmata Theologica* de *Frede-*
ric Wendelin, le grand & le petit,
les Thefes de *Saumur*, & les Controverfes de *Louis Crocius* contre *Martin*
Becan. Il avoit même commencé à
compofer un fupplément aux Thefes
de *Saumur*, mais il ne l'acheva pas. Il
lut en même temps l'Ancien Teftament
en Hebreu, & le nouveau en Grec,
en y joignant quelques Interprétes,
entr'autres *Grotius*, dont cependant
on défendoit la lecture à la jeuneffe.
Il y joignit les deux grands Ouvrages
de *Samuel Bochart*, & outre cela plufieurs petits livres, Latins ou François qui pouvoient fervir à fes études,
qui n'étoient que de pure curiofité.

Il prenoit beaucoup de plaifir à
s'entretenir de fes lectures avec fes
amis, perfuadé que c'eft un des meilleurs moyens de s'imprimer les cho-

fes dans la mémoire, & de fe les ren
dre propres.

Son pere étoit mort en 1676. lorfqu'il eut fini fes études de Théologie
en 1678. il alla à *Grenoble*, où il demeura dans la maifon de M. *Sarazin de la
Pierre*, Confeiller de cette Ville, en
qualité de Précepteur de fon fils aîné
Il y vêcut fort tranquillement, comme il y avoit beaucoup de loifir, il
y lut avec foin quelques Auteurs
Grecs & Latins, fans négliger d'ailleurs la Philofophie & la Théologie.
Il fit alors connoiffance avec le P.
Lamy, de l'Oratoire. Du refte il ne
vit là que peu de gens de Lettres,
Proteftans ou Catholiques, avec qui
il pût converfer avec fruit & avec
plaifir par rapport à fes études.

Il y commença à écrire quelque
chofe fur l'Ecriture Sainte & principalement fur l'Epître aux Romains :
mais il reconnut depuis l'imperfec-
tion de ces Ecrits de fa jeuneffe, qui
le difpofoient à faire quelque chofe
de meilleur.

Après une année de féjour à *Grenoble*, il retourna à *Geneve* avec le
jeune *Sarazin*, & y eut occafion de

recevoir l'impofition des mains pour
le Miniftere, après avoir fubi avec
honneur les examens ordinaires.

Le *Quaternio* d'*Etienne de Courcelles*, fon grand-oncle, lui étant vers
ce temps-là tombé entre les mains, il
le lut avec avidité. Quelque temps
après étant retourné à *Grenoble*, il
y acheta toutes les œuvres de ce Profeffeur des Remontrans, qui avoient
paru dès l'an 1674. & la lecture qu'il
en fit, lui donna du goût pour les
fentimens des Remontrans. Il penfa
dès-lors à abandonner la France & fa
patrie, pour les fuivre en toute liberté.

Il partit de *Grenoble* avec fon éleve
fur la fin de 1680. pour aller à *Saumur*, non point à caufe de l'Académie que les P. Réformés y avoient encore, & qui étoit alors mal fournie
pour l'étude des Lettres & des Sciences ; mais à deffein de s'y perfectionner dans la langue Françoife, qu'on
y parloit mieux qu'à *Geneve* ou à
Grenoble. Il trouva dans cette Ville les
œuvres d'*Epifcopius* qu'il lut avec
beauconp de fatisfaction. Il commença auffi à lire le vieux Teftament dans

la Bible Polyglotte , & à faire fur l'E-
criture des remarques , qui furent le
premier fond des matériaux , ramaf-
fez depuis fans ceffe , d'où il tira de
quoi compofer plufieurs de fes Ouvrages.

De *Saumur* il retourna à *Grenoble*
dans l'Automne de 1681. & n'y demeura jufqu'au mois d'Avril de l'année fuivante , que dans le deffein de
paffer en Angleterre , il vint à *Paris*,
& fe rendit enfuite à *Londres* , où il
arriva fur la fin du mois de Mai
1682.

Dès qu'il y fut arrivé , il fongea à
apprendre l'Anglois , autant qu'il falloit pour entendre les livres. Mais
afin de mettre fon temps à profit pour
fes études , il lut deux Ouvrages
d'*Henri Hammond* écrit en cette langue , fçavoir, fon *Catechifme Pratique*,
& fes *Remarques fur le nouveau Teftament*. Il vint bien-tôt à bout d'entendre & de pouvoir traduire en Latin
prefque tout , quoiqu'il eût un Maître de Langues , qui , fort ignorant
en Théologie , étoit fouvent embaraf-
fé à lui expliquer le fens , que le dif-
ciple même lui apprenoit.

Le Clerc prêcha quelquefois en JEAN
François à *Londres* dans l'Eglise Wal- LECLERC.
lone. Ensuite pendant six mois, ou
environ, il servit l'Eglise de la Savoye;
de maniere qu'il prêchoit tous les Di-
manches ou dans cette Eglise, ou dans
celle qu'on appelle des Grecs. Quoiqu'il raisonnât souvent sur d'autres
principes que les Ministres de ces
Eglises, il n'avança rien dans ses Sermons dont les Auditeurs fussent choqué.

Il visita quelques Evêques, & autres Sçavans de l'Eglise Anglicane ;
mais il ne put alors lier amitié avec
aucun, parce qu'il ne pouvoit pas
parler Anglois, & que peu d'Anglois
sçavoient le François ou parloient
volontiers Latin ; outre qu'il ne séjourna pas tout-à-fait un an en Angleterre.

L'air de *Londres* lui étoit contraire,
& alteroit sa santé; ainsi il se vit obligé
d'abandonner ce pays. D'ailleurs il é-
toit impatient de voir la Hollande,
& de connoître par lui-même l'état
des Remontrans, dont il approuvoit
en son cœur les opinions. Il avoit déja écrit de *Saumur*, au Professeur *Lim-*

borck pour le lui témoigner, & s'in-
former en même temps, s'il ne restoit pas quelques descendans d'*Etienne de Courcelles. Limborch* lui répondit alors d'une maniere très-obligean-
te, & ce fut le commencement de
l'amitié constante, qu'il y eut depuis
entr'eux.

Le Clerc passa en Hollande au commencement de l'année 1683. avec le
fameux *Gregorio Leti*, qui devint depuis son beau-pere. Il alla d'abord
voir *Limborch* à *Amsterdam*, & ap-
prit de lui tout ce qu'il souhaitoit sçavoir; cependant il ne se rangea point
encore à la Societé des Remontrans,
parce que ses parens le rappelloient à
Geneve; & qu'il ne vouloit point se
fixer hors de sa patrie, sans les avoir
vûs encore une fois & leur avoir communiqué sa résolution.

Il passa quelques jours à *Rotterdam*, où il rendit visite au fameux
Jurieu, & prêcha même une fois
dans l'Eglise Wallone.

Vers le milieu de l'Eté, il partit
pour *Geneve*. Là il déclara à ses parens & à ses amis le dessein qu'il avoit
formé de retourner en Hollande,

pour

pour y jouir de la liberté de dire & de profeſſer ce qu'il penſoit. Il fut de retour à *Amſterdam* l'Automne ſuivante.

Il prêcha pendant l'Hyver en François dans l'Egliſe des Remontrans, mais il diſcontinua de le faire l'année ſuivante 1684. ayant été alors établi Profeſſeur en Philoſophie, en Belles-Lettres, & en Langue Hebraïque, dans le College des Remontrans ; poſte qu'il conſerva juſqu'à la fin de ſa vie.

Il ſe maria en 1691. & épouſa *Marie Leti* fille de *Gregoire Leti*, dont il eut quatre enfans, qui moururent dans l'enfance. Un fils, nommé *Gregoire*, fut le ſeul qui parvint à l'âge de huit ans.

Au mois de Mai 1728. un jour qu'il faiſoit leçon, il perdit tout-à-coup la parole. Elle lui revint bien-tôt après ; mais la fiévre le prit, & quelques accès violens qu'il en eut, laiſſerent de fâcheuſes & durables impreſſions. Depuis cet accident ſa mémoire s'affoiblit ſenſiblement, & la diminution alla toujours de plus en plus.

JEAN LE CLERC. Il lui survint en 1732 une attaque de Paralysie sur la langue, telle qu'il ne pouvoit prononcer un seul mot distinctement, que par hazard & avec une peine extrême. Cette difficulté augmenta peu à peu jusqu'à un tel point qu'à la fin on ne sçut plus ce qu'il vouloit dire, ni ce qu'il conservoit de connoissance.

Sa femme étant morte subitement le 4e. Novembre 1734. il parut insensible à cette perte d'une compagne, avec laquelle il avoit passé doucement sa vie pendant l'espace de plus de 43. ans.

Au commencement de l'année 1736. comme il devoit changer de maison, celle qu'on lui avoit louée n'étant pas encore prête, on le transporta chez M. *Gabriel de Normandie*, qui avoit épousé une de ses nieces, fille de *Daniel le Clerc*. Ce fut-là qu'il mourut paisiblement le 8. Janvier de cette année 1736. sur la fin de sa 79. année.

M. *Wetstein*, son successeur prononça son Oraison funebre dans l'Eglise des Remontrans le 24. Février suivant.

Catalogue de ſes Ouvrages. JEAN

1. *Liberii de Sanĉlo Amore Epiſtolæ* LE CLERC.
Theologicæ, in quibus varii Scholaſti-
corum errores caſtigantur. Irenopoli, ty-
pis Philalethianis. 1679. *in-12.* On a
ignoré long temps qui étoit l'Auteur
de cet Ouvrage, mais il eſt ſûr qu'il
eſt de *Jean le Clerc*, qui s'y eſt caché
ſous le nom de *Liberius de Sanĉlo A-*
more. On y voit qu'il étoit dès-lors
dans les ſentimens des Remontrans,
dont il ſuit les principes tant ſur
divers points de Théologie, que ſur
la tolérance en matiere de Religion.

2. *Davidis Clerici, in Genevenſi A-*
cademia olim linguarum Orientalium
Profeſſoris, Quæſtiones Sacræ in quibus
multa Scripturæ loca, variaque linguæ
ſanĉtæ idiomata explicantur. Acceſſerunt
ſimiles argumenti Diatribæ Stephani
Clerici. Edidit & annotationes adjecit
Joannes Clericus St. F. Amſtelodami
1684. *in-8o.* Deux tomes. L'Editeur
a mis à la tête une longue Préface, où
il donne la vie de ces deux Auteurs,
dont le premier étoit ſon Oncle, &
le ſecond ſon pere.

3. *Entretiens ſur diverſes matieres de*
Théologie. Partie II. où l'on voit qu'elle

C c ij

est l'étenduë de nos connoissances Mé-
taphysiques & de leur usage dans la
Religion, avec une explication des Chapitres IX. X. & XI. de l'Epître de S.
Paul aux Romains. Amsterdam 1685.
in-8º. *Le Clerc* ayant été chargé par
l'Auteur de la premiere partie, *Char-
lès le Cene*, de la faire imprimer, y
joignit, pour grossir le volume, cette
seconde, composée comme l'autre de
cinq entretiens. Son explication des
trois Chapitres de l'Epître aux Romains est tirée en partie d'un Ouvrage
d'*Henri Hammond*, Théologien Anglois.

4. *Sentimens de quelques Théologiens
de Hollande sur l'Histoire Critique du
vieux Testament*, composée par le P.
Richard Simon de l'Oratoire, où en re-
marquant les fautes de cet Auteur on donne divers principes utiles pour l'intelligence de l'Ecriture Sainte. Amsterdam
1685. in-8º. It. avec une nouvelle
Préface *Ibid.* 1711. in-8º. *Le Clerc*
étant en France, & allant de *Saumur*
à *Lyon*, lut en chemin l'Ouvrage du
P. *Simon* qui venoit de paroître, &
faisoit déja grand bruit ; il trouv
bien des choses qu'il ne goûtoit pas

& réfolut dès-lors de l'examiner avec foin , quand il feroit en lieu où il pût le faire avec loifir. Son établiffement en Hollande & la nouvelle édition du livre qui parut peu de temps après à *Rotterdam*, lui en fournirent l'occafion. A cela·fe joignit une circonftance particuliere. Le P. *Simon* avoit fait imprimer en 1684. à *Utrecht* fous le nom d'*Origenes Adamantius*, une Piéce intitulée : *Novorum Bibliorum Polyglottorum Synopfis*, dans laquelle il donnoit le projet d'une nouvelle Bible Polyglotte, fuivant l'idée qu'il en avoit déja ébauchée dans fon *Hiftoire Critique*, & témoignoit par un petit Avertiffement fouhaiter que les Sçavans lui communiquaffent leurs avis fur fon deffein.

Le *Clerc* lui écrivit alors une lettre fous ce titte : *Origeni Adamantio Synopfeos novorum Bibliorum Polyglottorum Auctori S. P. D. Critobulus Hierapolitanus*, datée d'*Hierapolis* le 2. Novembre 1684. Cette lettre eft fort honête. On y loue le projet de l'Auteur & *l'Hiftoire Critique* ; mais de maniere que l'on témoigne affez,qu'on n'en approuve pas tout. Les remar-

ques qu'on y fait fur ce qui paroît devoir être ajouté ou corrigé, font écrites avec tous les ménagemens poffi-
bles. Le P. *Simon* garda long-temps le
filence ; mais enfin il s'avifa de répondre par un billet qu'il fit même traduire en Flamand, & l'envoya en cette
langue à *Jean le Clerc.* Cette réponfe
eft d'un ftyle bien different de celui de
la lettre. M. *de la Martiniere* avoüe
dans fon Eloge de M. *Simon*, qu'elle
eft écrite, avec *une féchereffe, qui ap-*
proche fort du mépris. Le Clerc a depuis fait imprimer fa lettre dans la *dé-*
fenfe des fentimens, &c. p. 418. & fuivantes.

Le Clerc indigné de la réponfe de
M. *Simon*, voulut lui faire voir qu'il
s'étoit trompé, en s'imaginant avoir
affaire à un homme, qui ne fût pas en
état de juger de fes Ouvrages avec connoiffance de caufe, & fe crut difpenfé par la maniere dont il en avoit été
traité, de garder deformais avec lui
tant de ménagemens. Il compofa fes
fentimens de quelques Théologiens de
Hollande en forme de lettres, &
comme fi c'eut été le réfultat des conférences qu'il avoit euës avec trois de

fes amis. Mais tout étoit de lui ; & J E A N
s'il prit ce tour , ce fut à caufe de LE CLERC.
certaines chofes qu'il y propofoit ,
& qu'il prévoioit bien devoir paroître hardies comme elles le font en effet , pour ne rien dire de plus Le P.
Simon laiffant à notre Auteur la plus
grande part à l'Ouvrage , prétendoit
que le refte étoit dû à *Pierre Allix* ,
Miniftre de *Charenton* , & à *Aubert du*
Verfé , qui embraffa depuis la Religion Catholique : mais *le Clerc* s'inf-
crivit en faux contre cette prétention,
& en appella même au témoignage
de ceux qu'on lui affocioit , qui ne
l'ont jamais démenti. Il n'y a certaine-
ment rien dans tout le livre , qui y
faffe reconnoître differentes mains.
La réponfe du P. *Simon* ne fe fit pas
long-temps attendre , & fut fuivie de
près par la replique de *le Clerc* , qui
eft intitulée.

5. *Défenfe des fentimens de quelques*
Théologiens de Hollande fur l'Hiftoire
Critique du vieux Teftament contre la
réponfe du Prieur de Bolleville. Amfterdam 1686. *in-*8o. M. *Simon* , qui
avoit pris le nom de Prieur de *Bolle-*
ville dans fon premier Ouvrage con-

J E A N tre *le Clerc*, en publia un second sous
LE CLERC. le même nom pour repliquer à cette
défenfe. Mais *le Clerc* crut devoir en
demeurer-là. *Herman Witfius* ayant
auffi attaqué le Livre de *le Clerc* dans
fes *Mifcellanea Sacra*, celui-ci lui répondit en peu de mots dans un petit
écrit inferé dans l'*Hiftoire des Ouvrages des Sçavans* du mois de Novembre 1691. p. 129.

6. *Bibliotheque Univerfelle & Hiftorique*. *Amfterdam in - 12*. vingt-cinq
tomes, fans la table qui fait le 26e.
Le Clerc commença en 1686. ce Journal, qui finit en 1693. Il y fit entrer
des extraits plus étendus & plus
exacts, fur-tout des livres de quelque
conféquence, que les Auteurs des autres Ouvrages de cette nature n'en
donnoient, y mélant quelquefois fes
propres remarques, foit pour confir-
mer ou pour redreffer ce que s'y trouvoit. Et même de temps en temps il
inferoit des piéces entieres de fa façon fur divers fujets. Il s'étoit d'abord
affocié pour ce travail *Jean Cornand
de la Crofe*, dont il revoioit les
extraits, & leur travail fe trouve pê-
le-mêle dans les premiers volumes,
chacun

deux donnant ſes extraits aux Impri- JEAN
meurs à meſure qu'il les compoſoit. LECLERC.
Cornand voulut ſe faire connoître , &
à l'inſçu de ſon aſſocié mit au bas de
l'Avertiſſement du 4e. tome le nom
de *le Clerc* & le ſien. Depuis ce temps-
là chacun fit dans quelques volumes
ſuivans la moitié tout de ſuite , ſans
que néanmoins on apprît encore aux
lecteurs , en quel endroit la part du
premier finiſſoit. Mais comme *Cornand* ne s'aſſujetiſſoit plus à ſuivre les
avis de *le Clerc* , celui-ci jugea à propos dans le 9e. tome de diſtinguer
exactement ce qui appartenoit à chacun. *Le Clerc* fit ſeul le 10. tome , &
en avertit. Tout le 11. eſt de *Cornand*,
qui mit à la tête avec ſon nom une
Epître dédicatoire à la Princeſſe d'O-
range , *Marie* , depuis Reine d'Angleterre. *Le Clerc* fit ſeul le 12 & les
ſuivans juſqu'au 19. incluſivement ,
excepté le tome 13. où il n'y a de lui
que le 8. & le 15. article. La plus
grande partie du tome 20. & les ſuivans juſqu'au 25. incluſivement ſont
de M. *Bernard*. J'ai dit que *le Clerc*
avoit inſeré dans ce Journal pluſieurs piéces de ſa façon. Il faut les

JEAN LECLERC.

marquer ici en détail.

Tom. 1. p. 245. Projet d'un Ouvrage intitulé : *Temporum Mysthicorum Historia per generationes digesta , in qua quid in antiquis fabulis lateat Historicè aperitur.* On voit ici un morceau de cet Ouvrage , que *le Clerc* avoit entrepris , mais qu'il n'a pas achevé , dans lequel il tâche d'expliquer historiquement ce que la Fable dit des *Argonautes* & d'*Hercule.*

Tom. 3. p. 7. *Explication Historique de la Fable d'Adonis.*

Tom. 6. p. 55. *Explication Historique de la Fable de Ceres.*

Tom. 9. p. 209. *Essai de Critique*, où l'on tâche de montrer en quoi consiste la Poësie des Hebreux. Il y déploye toute son érudition & son esprit, pour prouver que cette Poësie ne consistoit point en Vers Metriques , mais étoit purement rimée comme la Françoise.

Tom. 10. p. 178. *La vie de Clement d'Alexandrie. Ibid.* p. 380. *La vie d'Eusebe de Cesarée.*

Tom. 12 p. 136. *La vie de Prudence. Ibid.* p. 212. *La vie de S. Cyprien.*

Tom. 18. p. 2. *La vie de S. Gre-*

goire de *Nazianze*. Cette vie & les quatre précedentes , qui font fort étenduës & fort curieuses , ont été traduites en *Flamand* , & imprimées ensemble en cette langue à *Amſter-dam* en 1728. *in-*80.

Tom. 14. p. 144. 398. *Mémoires pour ſervir à l'Hiſtoire des Controverſes nées dans l'Egliſe Romaine , ſur la Prédeſtination & ſur la grace depuis le Concile de Trente.*

Tom. 10. p. 309. *Regles de Critique pour l'intelligence des anciens Auteurs.* C'eſt une eſpece d'Eſſai de l'*Ars Critica* , qu'il donna depuis.

7. *Critique du IX. livre de l'Hiſtoire de M. Varillas , où il parle des Révolutions arrivées en Angleterre en matiere de Religion, par M. Burnet , Docteur en Théologie, traduite de l'Anglois. Amſterdam* 1686. *in-*8º. It. *Ibid.* 1688. *in-*8º. le *Clerc* , qui a traduit cet Ouvrage en *François* , a mis à la tête une Préface & une Epître dédicatoire à M. *Burnet*.

8. *Défenſe de la Critique du IX. livre de l'Hiſtoire de M. Varillas , où il parle des Révolutions arrivées en Angleterre en matiere de Religion. Par M.*

JEAN
LECLERC.

Burnet. Traduite de l'Anglois. Amſ-
terdam 1687. *in-8o. Le Clerc eſt en-*
core l'Auteur de cette traduction.

9. *Davidis Clerici Orationes , Com-*
putus Eccleſiaſticus & Poëmata. Acce-
dunt Stephani Clerici Diſſertationes Phi-
lologicæ , quibus Præfationem præfixit
Joannes Clericus. Amſtelod. 1687. *in-*
8o.

10. *Trois Sermons de M. Burnet ,*
traduits de l'Anglois. Amſterdam 1689.
in-8o.

11. *Thomæ Stanleii Hiſtoriæ Philo-*
ſophiæ Orientalis. Recenſuit , ex An-
glica lingua in Latinam transtulit , no-
tiſque in Oracula Chaldaica & Indice
Philologico auxit J. Clericus. Amſtelod.
1690. *in-*8º. It. dans le 2e. volume
de ſes *Opera Philoſophica* de l'édition
de 1698. *Olearius* , qui long-temps
après a donné tout entier en Latin
l'Ouvrage de *Stanlay* a retenu , ſans
y rien changer , la verſion de *le Clerc*,
avec ſes accompagnemens.

12. *Lettre à M. Jurieu ſur la ma-*
niere dont il a traité Epiſcopius dans ſon
Tableau du Socinianiſme 1690. *in-8o.*
Il y a apparence , que ce fut par ordre de la Société des Remontrans ,

que *le Clerc* prit la plume pour dé- JEAN
fendre un Profeffeur qui lui avoit fait LECLERC.
tant d'honneur ; on le difoit du moins
alors dans le monde.

13. *Le Dictionnaire Hiftorique de
Morery ; fixiéme édition, où l'on a mis
le fupplément dans le même ordre alphabetique , corrigé un très-grand nombre
de fautes, & ajouté quantité d'articles &
de remarques importantes. Amfterdam*
1691. *in-fol.* 4. tom. *le Clerc* a eu foin
de cette édition , & il eft l'Auteur des
additions qui y ont été faites, foit de
plufieurs articles nouveaux, foit aux
articles, qui y éroient déja. Il eut auffi foin de celles qui fe firent dans la
même ville en 1694. & en 1698. toutes deux en quatre volumes. *Le Clerc*
fit ufage dans la derniere des remarques de *Bayle* , dont le *Dictionnaire
Hiftorique & Critique* venoit d'être
imprimé pour la premiere fois, &
releva même quelques-unes de fes
fautes. Une quatriéme édition qu'il
donna en 1702. mit le Dictionnaire
encore en meilleur état. Il y ajouta
fix ou fept cens articles nouveaux. Il
ne s'eft plus mêlé des autres éditions,
qui fe font faites en Hollande pendant
le refte de fa vie.   D d iij

JEAN
DE CLERC. 14. *Logica , sive Ars ratiocinandi.* *Amstelod.* 1692. *in-*8°. pp. 180. Il dédia cet Ouvrage au célebre *Robert Boyle* : mais ce grand Philosophe n'en put voir la dédicace, celui par qui il la lui envoyoit l'ayant trouvé mort. C'est ce qui fit que *le Clerc* dédia la seconde édition à M. *Locke.* Cette nouvelle édition parut en 1697. comme je le marquerai plus bas.

15. *Ontologia & Pneumatologia.* *Amstelod.* 1692. *in-*8°. pp. 195.

16. *Abdias Propheta, cum Paraphrasi & Commentario* 1690. *in-*4°. C'est un Essai de ce qu'il avoit entrepris de faire sur toute l'Ecriture, qu'il distribua à ses amis, & envoya de toutes parts, pour sonder le goût du Public. On y voit d'abord une petite Préface, où il traite du temps auquel ce Prophéte a vêcu, de l'occasion & de l'accomplissement de sa Prophetie. Après cela vient une nouvelle traduction du texte, avec une Paraphrase au-dessous, & plus bas des notes sur tous les endroits du texte qu'il a cru en avoir besoin. Encouragé par les applaudissemens de ses amis, il travailla à exécuter son projet, & com-

mença bien-tôt à publier quelque JEAN
chose sur les premiers livres de l'E- LECLERC.
criture , suivant la méthode qu'il
avoit observée dans son Essai.

17. *Genesis, sive Mosis Propheta liber*
primus, ex Translatione Joannis Clerici,
cum ejusdem Paraphrasi perpetua, Com-
mentario Philologico, Dissertationibus Cri-
ticis quinque, & Tabulis Chronologicis.
Amstelod. 1693. *in-fol.*

18. *Mosis Propheta libri quatuor :*
Exodus , Leviticus , Numeri & Deu-
teronomium , ex Translatione Jo. Cleri-
ci , cum ejusdem Paraphrasi perpetua ,
commentario Philologico , dissertationi-
bus Criticis & Tabulis Chronologicis
ac Geographicis. Amstelod. 1696. *in-*
fol. Ces deux volumes , contenant les
cinq livres de *Moyse*, ont été réimprimés revûs & augmentez à *Amsterdam*
l'an 1710. *in-fol.* Il s'en est fait à *Tu-*
binge une troisiéme édition en 1733.
mais cette derniere est pleine de fautes. Il en a paru depuis une quatriéme,
augmentée sur le Manuscrit de l'Auteur , à *Amsterdam* en 1735. *in-fol.*

19. *XVIII. prima Commata Capitis*
primi Evangelii S. Joannis , paraphra-
si & animadversionibus illustrata à Jo.

D d iiij

*Clerico : Ubi demonstratur, contra A-
logos, Evangelium hoc esse fœtum Joannis Apostoli, & avertitur Sententia
Fausti Socini, de sensu primorum ejus
Commatum. Amstelodami* 1695. *in-fol.*
Le Clerc joignit ce petit Ouvrage au
second volume de son Pentateuque ;
mais il l'en ôta dans la seconde édition, pour le placer dans un autre endroit, où il convenoit beaucoup
mieux, c'est-à-dire dans la 2e. édition
de sa version de la Paraphrase d'*Henri Hammond* sur le nouveau Testament. Deux Auteurs Protestans ont
attaqué fortement cet Ouvrage, comme donnant atteinte à la Divinité de
J. C. Elie Benoît, dans un Écrit intitulé : *In priores Octodecim primi capituli Evangelii secundùm Johannem
versiculos Dissertationes Epistolicæ tres.
Roterodami.* 1697. *in-8°. & Jean Van
der Waegen* dans sa *Dissertatio de* λόγῳ
*adversus Joannem Clericum. Frane-
querae* 1698. *in-8o.*

20. *Physica, sive de rebus corporeis libri V. in quibus, præmissis potissimis
corporearum naturarum phænomenis ac
proprietatibus, Veterum & Recentiorum, de eorum causis, celeberrimæ*

co ljectura traduntur. Amstelodami 1695.
*in-*8o.

20. *Ars Critica ; in qua ad studia
linguarum, Latinæ, Græcæ, & He-
braïcæ, via munitur, veterumque emen-
dandorum, spuriorum scriptorum à ge-
nuinis dignoscendorum, & judicandi de
eorum libris ratio traditur. Amstelod.*
1696. *in-*8o. deux tomes. Cet Ouvrage fut d'abord contrefait en Angleterre, & réimprimé à *Amsterdam* a-
vec des corrections, & des additions
en 1700. It. *Editio quarta auctior.
Amstelod.* 1712. *in-*8o. trois volumes.
Le troisiéme contient les *Epistolæ Criticæ* dont je parlerai plus bas, no. 30.
It. *Ibid.* 1730. *in-*8o. trois vol. Cette
cinquiéme édition est parfaitement
semblable à la précedente. C'est un des
bons ouvrages de notre Auteur.

21. *La vie du Cardinal de Richelieu.
Cologne* 1695. *in-*12. deux tomes It.
Ibid. 1696. *in-*12. deux tomes. Quoique le nom de *le Clerc* ne parût point
à cette vie, & que celui de la ville eût
été déguisé, on sçut bien-tôt qu'elle
étoit de lui, & *Huguetan*, Libraire
d'*Amsterdam*, qui l'avoit imprimée,
le décela, cela l'engagea à en donner

sous son nom une troisiéme édition revûë & augmentée, à *Amsterdam* en 1714. *in*·12. deux tomes. On l'a traduite en Flamand. M. *Lenglet* dit qu'elle est assez superficielle, qu'elle est froidement écrite, & qu'il y manque du détail & certains faits essentiels ; cependant qu'elle se fait lire par l'importance du sujet.

22. *Refléxions sur ce qu'on appelle bonheur & malheur, en matiere de loteries, & sur le bon usage qu'on en peut faire. Amsterdam* 1696. *in*-8º. It. *traduites en Flamand. Roterdam* 1696. *in*-8º. Le Clerc n'a point mis son nom à cet Ouvrage.

23. *Traité de l'Incrédulité, où l'on examine les motifs & les raisons, qui portent les Incrédules à rejetter la Religion Chrétienne. Avec deux lettres où l'on en prouve directement la vérité. Amsterdam* 1696. *in*-8º. It. *seconde édition, corrigée & augmentée par l'Auteur Ibid.* 1714. *in*-8º. pp. 508. Outre quelques additions, qui sont dans le corps de l'Ouvrage, le *Clerc* a mis à la tête un *Avis à ceux qui doutent de la Religion Chrétienne, ou qui ne la croyent pas véritable.* L'Ouvrage a été traduit

en Anglois, & imprimé en cette lan- JEAN
gue en 1697. à *Londres in-8°*. La mê- LE CLERC.
me année il en a parû une traduction
Flamande à *Rotterdam in-8o*. Des deux
Lettres, qu'on voit ici à la ſuite du
Traité de l'Incrédulité, l'une, qui
étoit la onziéme de celles dont étoit
compoſée la *Défenſe des Sentimens de
quelques Théologiens de Hollande*, y
reparoît plus ample, plus correcte,
& en meilleur ordre; l'autre n'eſt
preſque qu'un extrait, en forme de
lettre, d'un endroit de la *Pneumatologie* Latine de l'Auteur.

24. *Compendium Hiſtoriæ univerſalis, ab initio Mundi, ad tempora Caroli Magni Imperatoris conſcriptum à
Joanne Clerico. Amſteled.* 1698. *in-8°.*
It. *Lipſiæ* 1707. *in-8o. Le Clerc* avoit
compoſé en faveur des Etudians cet
Abregé, qu'il vouloit quelque jour
travailler avec plus de ſoin, & éclaircir par une eſpece de Commentaire
perpetuel; mais les Libraires le lui ayant
demandé, & d'autres occupations l'em-
pêchant de le mettre dans l'état où
il l'auroit ſouhaité, il le leur abandonna tel qu'il étoit. La ſeconde édition
eſt un peu augmentée. On l'a depuis

publié en François fous ce titre : *A-
bregé de l'Histoire Universelle , depuis
le commencement du monde jusqu'à
l'Empire de Charlemagne , traduit du
Latin de M. le Clerc. Amsterdam* 1730.
*in-*8°.

25. *Novum Testamentum Domini
Nostri Jesu Christi , ex editione vulgata , cum paraphrasi & adnotationibus
Henrici Hammondi. Ex Anglica lingua in Latinam transtulit , suisque animadversionibus illustravit , castigavit,
auxit Joannes Clericus. Amstelod.* 1698.
in fol. deux vol. cette traduction vaut
mieux que l'Original. Le style Anglois d'*Hammond* est fort négligé, dur
est embarrassé, *le Clerc* lui ôta ces défauts, & son travail fut fort estimé
en Angleterre ; cependant comme il
critique son Auteur en divers endroits , quoiqu'avec beaucoup de re-
tenuë, quelques personnes jalouses de
l'honneur de leur compatriote , furent choquées de la liberté qu'il a-
voit prise , on vit même paroître
deux petits livres contre lui à ce sujet;
mais il les méprisa , & se contenta de
faire voir en peu de mots sur quelques
endroits, qu'il étoit facile de les ré-

futer, lorfqu'on réimprima à *Franc-
fort* en 1714. fa traduction en deux
vol. *in-fol.* Cette feconde édition eſt
augmentée d'un grand nombre de
notes, tirées pour la plûpart de celle de la traduction Françoiſe du nouveau Teſtament, qu'il donna en 1703.
Aurefte fes premieres notes ont été
traduites en Anglois, imprimées féparément en un volume *in-*40. à *Londres*, pour être jointes aux œuvres
d'*Hammond.*

26. *Opera Philoſophica, in quatuor
tomos diſtincta. Editio* 2a. *Amſtelodami*
1698. *in-*8º. Le premier volume contient la Logique, qui avoit paru pour
la premiere fois en 1692. & dont j'ai
parlé nº. 14. à laquelle *le Clerc* a ajouté une Diſſertation nouvelle *de Argumento Theologico ab invidia ducto*;
avec l'Ontologie, qui eſt de la même
année, & que j'ai rapportée au nº.
15. mais qui eſt accompagnée ici de
nouvelles notes. Le fecond volume
renferme la Pneumatologie, & la
Philoſophie Orientale de *Stanley.* La
Phyſique remplit les deux autres. It.
Editio tertia auctior. Amſtelod. 1704.
*in-*12. Il s'en étoit fait auparavant

une à *Londres*. It. *Editio* 4. *auctior.*
Amstelod. 1710. *in-*12. It. *Editio in
Germania prima & novissima, cui Præfationem novam addidit Gottlob Fride-
ricus Jenichen. Lipsiæ* 1710. *in-*8°. It.
*Editio quinta auctior & emendatior.
Amstelod.* 1722. *in-*12. Le Clerc a
fait des additions des changemens à
toutes les éditions qu'il a données,
ainsi la derniere est la plus parfaite &
la meilleure.

27. *Sanctorum Patrum, qui temporibus Apostolicis floruerunt, Barnabæ,
Clementis, Hermæ, Ignatii, Polycarpi Opera edita & inedita, vera & sup-
posititia, una cum Clementis, Ignatii,
& Polycarpi Actis atque Martyriis,
Joannes Bapt. Cotelerius, Societatis
Sorbonicæ Theologus, ex Mss. cod. eruit
atque correxit, versionibusque & notis
illustravit. Accesserunt in hac nova editione notæ integræ aliorum Virorum Doctorum, qui in singulos Patres memoratos scripserunt; item Guilelmi Beve-
regii codex Canonum primitivæ Ecclesiæ
vindicatus, Jacobi Usserii Dissertationes Ignatianæ, & Joannis Pearsonii
Vindiciæ Epistolarum S. Ignatii. Recensuit & notulis aliquot adspersit Joan.*

Clericus Antuerpiæ. (C'eſt-à-dire JEAN
Amſterdam) 1698. *in-fol.* deux vol. LECLERC.
It. 2ª. *Editio auctior. Amſtelod.* 1724.
in-fol. deux vol. Cette nouvelle édition eſt fort augmentée tant de pieces
originales, que de Diſſertations ou
de notes de pluſieurs Sçavans, & de
quelques notes nouvelles de l'Editeur. *Le Clerc* y joignit en particulier
deux Diſſertations de ſa façon; l'une
ſur les Conſtitutions Apoſtoliques,
& l'autre ſur les Epîtres de *S. Ignace,*
dans leſquelles il combat les ſentimens de M. *Whiſton* ſur ces Ouvrages.

28. *Parrhaſiana, ou Penſées diverſes
ſur des matieres de Critique, d'Hiſtoire,
de Morale, & de Politique. Avec la
défenſe de divers Ouvrages de M. L.
C. par Theodore Parrhaſe. Amſterdam*
1699. *in-*8º. *Tanegui le Fevre,* frere
de Madame *Dacier,* ayant publié en
1697. un petit Ouvrage *de Futilitate
Poëtices. Amſtelodami, in-*12. un des
premiers Magiſtrats, d'*Amſterdam*
témoigna ſouhaiter que *le Clerc* la
traduiſît en François. Un ami de ce
Sçavant, qui fut chargé de lui en faire
la propoſition, jugea qu'il vaudroit

JEAN mieux, qu'au lieu de traduire il écri-
LE CLERC. vît lui-même ses pensées sur ce sujet.
Cela lui fit naître l'envie de traiter
en même temps divers sujets, sans
donner néanmoins rien de complet,
mais seulement quelques refléxions
un peu étenduës ; & de donner à son
livre un de ces titres terminés en
ana, qui étoient alors fort en vogue.
Il s'y cacha sous le nom de *Theodore
Parrhase*, mais on n'eut aucune peine
à l'y reconnoître, son vrai nom étant
indiqué sur le titre par les Lettres ini-
tiales. L'Ouvrage fut lû avec avidité,
& attira depuis bien des querelles à
son Auteur. Il fallut le réimprimer
peu de temps après, & *le Clerc* publia à cette occasion un second volume, qui parut à *Amsterdam* en 1701.
*in-8*o.

29. *Harmonia Evangelica ; cui sub-
jecta est Historia Christi ex quatuor E-
vangeliis concinnata. Accesserunt tres
Dissertationes de annis Christi, deque
Concordia & autoritate Evangeliorum.
Amstelodami* 1699. *in-fol.* It. *Lugduni*
ou plûtôt *Altorfi* 1700. *in-4*o. La Préface de cette édition est de *Jean Michel Langius*. On y a retranché le texte
Grec,

Grec , qui eſt dans l'édition d'*Amſ-* JEAN
terdam. L'Ouvrage a été traduit en LE CLERC.
Anglois & en Flamand : *l'Hiſtoire de*
la vie de Jeſus-Chriſt , ou Paraphraſe
Harmonique des quatres Evangiles. Par
Pierre Butini. Geneve 1710. *in* 4°. *&*
*in-*8°. n'eſt gueres qu'une traduction
paraphraſée de l'Ouvrage de *le Clerc.*
Le P. *Deſpineul* , Jeſuite , ayant donné l'extrait de cette Harmonie , dans
les *Mémoires de Trevoux de Janvier*
& Fevrier 1701. p. 58. & y ayant dit
que l'Hiſtoire de Jeſus-Chriſt qui
l'accompagnoit , n'étoit gueres qu'un
tiſſu d'interprétations Calviniennes &
& Sociniennes les plus forcées , & les
plus groſſieres , *le Clerc* choqué de ce
jugement , tâcha d'y répondre dans une
addition faite au même Journal réimprimé alors par ſes ſoins à *Amſter-*
dam p. 129. ſon écrit eſt intitulé ; *Re-*
flexions ſur l'Article VIII. où il eſt par-
lé de l'Harmonie Evangelique de M.
le Clerc. Les Journaliſtes de Trevoux
répondirent bien-tôt à ces Refléxions
par un long *Avertiſſement,* qu'ils mirent
à la tête des mois de May & Juin
ſuivans ; & *le Clerc* accompagna dans
l'édition d'Hollande cet *Avertiſſement.*

JEAN
LECLERC.

de ses *Remarques* , dans lesquelles il s'attacha à le réfuter. Ce n'étoient là que les préludes d'un combat en forme.

Le P. Despineul opposa peu de temps après une *Réponse aux Reflexions de M. le Clerc sur l'Article VIII. des Mémoires de Janvier & Fevrier in-12.* pp. 84. *Le Clerc* y repliqua dans les Mémoires de Janvier & Fevrier 1702. de l'édition d'Hollande p. 142 par des *Remarques sur un petit livre, sans nom de lieu, d'Auteur, ni d'imprimeur, intitulé* : Réponse aux Refléxions de M. le Clerc.

Le P. *Despineul* revint aussi-tôt à la charge, & donna une *seconde Réponse Critique à M. le Clerc ; suite des Mémoires d'Août* 1702. *Trevoux* 1702. *in*-12. pp. 201. celui-ci se défendit par des *Refléxions sur un livre intitulé* : Seconde Réponse Critique, &c. inserées dans le mois de May des *Mémoires de Trevoux de l'édition d'Amsterdam* p. 382.

Il avoit paru auparavant dans le mois de Mars 1703. de la même édition p. 217. des *Difficultez proposées au R. P. Despineul sur sa deuxiéme ré-*

ponſe *Critique*, datées de *Londres*, & J E A N
LE CLERC.
ſignées, *Jonſton*, que l'on a cru être
de *le Clerc*, mais auxquelles il a aſſuré
dans les Refléxions précedentes qu'il
n'a eu aucune part, & dont il déclare
même ignorer l'Auteur. Le P. *Deſpi-*
neul, qui avoit réſolu de ne pas aller
plus loin, crut cependant devoir dire
encore quelque choſe ſur cette matiere, & donna dans les *Mémoires de*
Trevoux du mois de Juin 1703. p. 678.
une *Réponſe à M. Jonſton ſur les diffi-*
cultez qu'on lui a propoſées. Le Clerc
joignit quelques notes à cette piece
dans l'édition d'*Amſterdam*, pour y
relever certaines choſes; & ce fut par
là que finit cette diſpute du moins de
ſa part; car le P. *Deſpineul* publia encore depuis une *troiſiéme Réponſe Cri-*
tique à M. le Clerc. *Trevoux* 1704 *in-*
12.

   Il en eut une autre à l'occaſion du
même Ouvrage avec *Jean Maſſon*,
ſur la véritable Epoque des XV. années du Regne de *Tibere*, marquées
dans *S. Luc* chap. III. v. 1. Il faut
en dire ici quelque choſe.

   Maſſon écrivit d'abord une *Lettre à*
l'Auteur des Nouvelles de la Républi-

que des *Lettres fur la double maniere de compter les années de Tibere*, que *Bernard*, Auteur de ces nouvelles, publia dans le mois de Fevrier 1700. p. 235. *le Clerc* lui répondit en peu de mots dans les nouvelles du mois d'Avril fuivant p. 456. *Maſſon* repliqua, mais *Bernard* n'ayant point voulu inſerer ſa replique dans ſon Journal, elle demeura dans les ténébres, juſqu'à ce qu'il la publia lui-même dans *l'Hiſtoire Critique de la Republique des Lettres* tom. 12. p. 54. avec ſon premier Ecrit & la Réponſe de *le Clerc*, ſous ce titre : *La véritable Epoque des XV. ans du Regne de Tibere, marquez dans S. Luc chap. 3. v. 1. fixée & défenduë contre les fauſſes explications de quelques Modernes, ſur-tout de M. le Clerc.*

30. *Epiſtolæ Criticæ & Eccleſiaſticæ, in quibus oſtenditur uſus Artis Criticæ, cujus poſſunt haberi volumen tertium. Acceſſere Epiſtola de Hammondo & Critica, ac Diſſertatio, in qua quæritur, an ſemper ſit reſpondendum calumniis Theologorum. Amſtelodami* 1700. *in-*8°. It. *Ibid.* 1712. & 1730. *in-*12. Ceux contre qui *le Clerc* ſe défend ici,

font principalement le Docteur *Cave* , & *Van der Waeyen* , Profeſſeur
en Théologie à *Franeker* , qu'il déſi-
gne ſous le nom de *Publius Ventidius.*
Le premier l'avoit attaqué dans ſa
*Diſſertation de Euſebii Cæſarienſis A-
rianiſmo adverſus Joannem Clericum* ,
inſerée à la fin de la 2e. partie
de ſon *Hiſtoria litteraria*, à l'occaſion
des vies de quelques Peres , qu'il a-
voit fait entrer dans ſa *Bibliotheque
Univerſelle. Van der Waeyen* avoit
combattu ſon explication des 18. premiers verſets de l'Evangile de *S. Jean,*
comme je l'ai marqué au n°. 19.

31. *Dionyſii Petavii Aurelianenſis* ,
*è Soc. Jeſu , Opus de Theologicis Dog-
matibus auctius in hac nova editione libro
de Tridentini , &c. Notulis Theophili
Alethini S. J. A. E. quas una cum
ejuſdem Præfatione curavit Bibliopolas
nanciſci J. Clericus. Amſtelodami* 1700.
in-fol. ſix volumes. *Le Clerc* a fait ſous
le nom de *Theophilus Alethinus* la Préface & les notes.

32. *Quæſtiones Hieronymianæ , in
quibus expenditur Hieronymi nupera
editio Pariſina , multaque ad Criticam
ſacram & prophanam pertinentia agi-*

JEAN
LECLERC.
tantur. *Amstelod.* 1700. *in*-8o. le P.
Martianay, Benedictin, ayant maltraité *Jean le Clerc*, & *David*, fon
Oncle, dans les premiers volumes
de l'édition de *S. Jerôme*, par rapport au peu de cas qu'ils fembloient
faire de l'érudion Hebraïque de ce
faint, notre Auteur publia ces Queftions, où il prétend foutenir ce qu'il
avoit avancé fur ce fujet ; & paffant de
plus à l'édition de *S. Jerôme*, il tâche
de faire voir, que le P. *Martianay*
n'étoit pas affez habile dans les langues Hebraïque, Greque, & Latine,
pour réuffir dans cette édition. Celui-
ci lui répondit avec beaucoup de vivacité dans un écrit qu'il intitula : *Eruditionis Hieronymianæ defenfio adverfus Joannem Clericum. Parif.* 1700. *in*-
8o. qu'il infera depuis dans le 3e.
tome de *S. Jerôme*. Le Clerc lui repliqua fur le même ton dans un article du 17e. tome de la *Bibliotheque
choifie* p. 1. qu'il intitula : *Remarques
fur l'édition des Oeuvres de S. Jerôme
publiée à Paris, par Frere Jean Martianay.* Ces Remarques avoient été
précedées d'un *Avis à Dom Jean
Martianay*, inferé dans les Mémoires

de *Trevoux* de l'édition d'*Ameſterdam* JEAN
au mois d'Août 1702. p. 155. Il s'eſt LE CLERC,
dit de part & d'autre bien des duretés
& des injures dans toute cette diſpute.

33. *Heſiodi Aſcræi quacumque extant, Græcè & Latinè, ex reſcenſione
Joannis Clerici, cum ejuſdem animad-
verſionibus. Acceſſere notæ Joſephi Scaligeri, Danielis Heinſii, Franciſci &
Guieti & Stephani Clerici nec non in
altero volumine Johannis Georgii Gravii
lectiones Heſiodeæ nunc auctiores, &
Danielis Heinſii introductio in Doctrinam Operum & Dierum ; cum Indice
Georgii Paſoris. Amſtelod. 1701. in-
8°.* deux volumes. *Le Clerc* en expli-
quant *Heſiode* à ſes diſciples, avoit
eu occaſion de faire bien des remarques ſur la *Théogonie*, dans leſquelles
il s'attachoit principalement à expliquer la Mythologie par l'ancienne
tradition de la Grece & par la langue
Phenicienne, qu'il regardoit comme
la ſource des fables. Il conſervoit
d'ailleurs, parmi ſes papiers, des leçons manuſcrites, qu'*Etienne le Clerc*,
ſon pere, avoit faites à *Geneve*, ſur
une parie des *Opera & Dies.* Les *Hu-*

guetans l'ayant appris de lui-même,
en lui communiquant le deffein où
ils étoient de donner une édition *Variorum* de ce Poëte, il leur offrit tout
cela, & s'engagea auffi à faire d'ailleurs
ce qu'il pourroit, pour perfectionner
leur édition, autant qu'il en auroit le
loifir. Il fit fuivre aux Imprimeurs
pour le texte la belle édition de *Gravius*, qui avoit revû Hefiode fur les
manufcrits. Aux notes de divers Sçа-
vans, il joignit les fiennes fur la *Théogonie*, déja compofées, & d'autres
qu'il fit pour fuppléer au défaut de
celles de fon pere, des leçons duquel il ne prit même que ce qui lui
convenoit. Il corrigea en une infinité
d'endroits la verfion latine, qui en
avoit grand befoin, traduifit en Latin les fragmens d'*Hefiode*, qui n'é-
toient qu'en Grec, & y joignit à la
hâte de petites notes. *Gravius*, à qui
il en écrivit, lui envoya quelques additions à fes notes; & ils convinrent
enfemble que *le Clerc* feroit la dédicace & la Préface du premier volume,
& *Gravius* celle du fecond. Quand il
fut queftion de dreffer le titre général, *le Clerc* en fit un, où il ne difoit
rien

qui put donner lieu de penſer, qu'il pré-
tendît avoir revû le texte. Les Libraires
ſuivant leur coutume de vouloir tour-
ner les Titres à leur fantaiſie, change-
rent, à l'inſçu de *le Clerc*, la maniere dont
il s'étoit exprimé, & le firent paroître comme je l'ai rapporté. Celui-
ci fut ſurpris d'y voir *ex recenſione*
Jo. Clerici, qu'il n'y avoit pas mis ;
mais comme il avoit déclaré dans ſa
Préface, que le texte étoit tel que
Grævius l'avoit donné, il ne crut pas
qu'on pût l'accuſer d'avoir voulu
s'attribuer le travail d'autrui, moins
encore que *Grævius*, qui étoit de ſes
amis, fût choqué pour ſi peu de choſe. Celui-ci cependant s'en plaignit
à quelques amis de M. le Clerc ; &
les Libraires pour le contenter firent
imprimer en carton un nouveau titre
ainſi changé : *Ex recenſione Joannis*
Georgii Grævii, cum ejuſdem Animad-
verſionibus & notis auctioribus. Accedit
commentarius nunc primùm editus Joan.
Clerici, & notæ variorum, ſcilicet
Joſephi Scaligeri, &c. Le Clerc donna un long extrait de cette édition,
dans les mois de Mars & Avril 1701.
des *Mémoires de Trevoux* de l'édition

JEAN
LECLERC.

34. *Mémoire pour l'Histoire des Sciences & des Beaux Arts, recueillis par l'Ordre de M. le Duc du Maine. Seconde édition augmentée de diverses remarques & de plusieurs articles nouveaux. Amsterdam in-8°.* neuf volumes, qui commencent en Janvier 1701. & finissent en Juin 1705. les Remarques & les articles nouveaux ajoutés à cette nouvelle édition sont pour la plûpart de *le Clerc*, qui y a donné des extraits de ses Ouvrages, ou s'y est défendu contre les attaques des autres,

35. *Dissertatio Ethymologica.* Jean Louis de Lorme, Libraire d'*Amsterdam* ayant acheté les exemplaires de *Matthiæ Martinii Lexicon Philologicum*, imprimé à *Utrecht* en 1697. en deux vol. *in-fol.* & le trouvant dur à la vente, pria le *Clerc* d'y mettre une Préface, pour avoir occasion, en renouvellant le titre en 1701. de faire paroître cet Ouvrage comme une nouvelle édition, & s'en procurer par-là un plus grand débit. Celui-ci composa, pour lui faire plaisir, cette Dissertation en forme de Préface, qui fut

mise à la tête. Il y montre l'usage des **JEAN.**
Etymologies dans les Langues Sça- **LECLERC.**
vantes, l'abus qu'on en fait, & les
régles qu'il croit qu'on doit suivre,
pour éviter les écueils où donnent
les Etymologistes.

36. *C. Pedonis Albinovani Elegiæ*
III. & fragmenta, interpretatione &
notis Josephi Scaligeri, Frid. Linden-
bruchii, Nicolai Heinsii, Theodori Go-
ralli, & aliorum. Amstelodami 1703.
in-8°.

37. *P. Cornelii Severi Ætna & quæ*
supersunt fragmenta, cum notis & inter-
pretatione Jos. Scaligeri, Frider. Lin-
denbruchii, & Theod. Goralli. Acces-
sit Petri Bembi Ætna. Amstelodami
1703. *in-8o. Le Clerc* se cacha dans
l'édition de ces deux Ouvrages sous
le nom de *Theodore Goral.* Il voulut
y donner un essai de la maniere dont
il croioit qu'on doit s'y prendre pour
éclaircir les anciens Auteurs & en fa-
ciliter l'intelligence à tout le monde.
Il profita de l'occasion pour se défendre contre *Perizonius,* qui dans
ses notes sur *Elien* avoit attaqué quelques endroits de l'*Ars Critica,* où *le*
Clerc portoit son jugement sur *Quint-*

JEAN LECLERC. *Curce. Perizonius* irrité publia l'année suivante un livre entier contre *le Clerc*, qu'il intitula : *Quintus Curtius Rufus, restitutus in integrum, & vindicatus, per modum speciminis, ab accerba nimis crisi viri celeberrimi Jo. Clerici.* *Lugd. Bat.* 1703. *in-8o.* Celui-ci, qui n'étoit gueres plus endurant que son adversaire, lui répondit d'un style aussi piquant que le sien, dans le 3e. tome de sa *Bibliotheque choisie* p. 171. en faisant l'extrait de son Ouvrage.

38. *Bibliotheque choisie, pour servir de suite à la Bibliotheque Universelle. Amsterdam in-12.* vingt-sept volumes, sans la table générale, qui fait le 28. Le premier est de l'an 1703. & le dernier de 1713. On avoit souvent sollicité notre Auteur de reprendre la *Bibliotheque Universelle*, & il s'en étoit défendu jusques-là. Il se résolut cependant alors de le faire ; mais il se proposa un autre plan. Il ne voulut plus se borner à parler seulement des livres nouveaux, ni à parler de chacun en son temps ; mais il se proposa de donner indifferemment des extraits de livres anciens & modernes, suivant qu'ils lui tomberoient sous les mains,

& qu'il le jugeroit à propos. Il conferva du refte fon ancienne méthode d'inferer de temps en temps quelques Differtations de Critique , ou fur d'autres fujets. Il faut les marquer ici, comme j'ai fait par rapport à la *Bibliotheque Univerfelle.*

JEAN LECLERC.

Tom. 1. *Hiftoire des fentimens des Anciens touchant les Atomes , ou les corpufcules defquels tous les corps font compofés , & touchant les confequences Théologiques qui en naiffent* ; tirée d'un Livre Anglois , intitulé : Le véritable Syftême intellectuel de l'Univers par le Docteur *Cudworth* p. 63. 138.

Ibid. p. 314. *Remarques fur les Ouvrages Latins de Pierre Bembo.*

Ibid. p. 354. *Examen d'un livre de* Jacques *Windet ,* de vita functorum ftatu.

Tom. 2. p. 11. *Hiftoire des Syftêmes des anciens Athées, tirée des Chapitres II. & III. du Syftême intellectuel de M. Cudworth.*

Ibid p. 78. *Preuves & Examen du fentiment de ceux qui croyent qu'une nature , qu'on peut nommer Plaftique , a été établie de Dieu, pour former les corps organizés. Tirés d'une digreffion*

JEAN LECLERC.

Ibid. p. 224. *Remarques sur quelques endroits de Julius Firmicus Maternus, dans son Ouvrage intitulé : Matheseos liber VIII.*

Ibid. p. 328. *Remarques sur la premiere Apologie de S. Justin Martyr.*

Tom. 3. p. 11. *Que les Payens les plus éclairés ont cru qu'il n'y a qu'un Dieu suprême. Tiré du Chap. IV. du Systême intellectuel de M. Cudworth.*

Ibid. p. 177. *Défense de son sentiment sur Quint-Curce.*

Ibid. p. 372. *Continuation des Remarques sur la premiere Apologie de S. Justin Martyr.*

Tom. 4. p. 370. & 382. *Epistolæ duæ ad Richardum Kidderum, Bath. & Wellensem Episcopum.* Elles roulent sur l'accusation de Deisme, que cet Evêque Anglican avoit intentée contre lui.

Ibid. p. 395. *Epistola ad Gilbertum Burnetum, Episcopum Salisburiensem.* Elle roule sur un sujet semblable, aussi bien que la suivante.

Ibid. p. 406. *Epistola ad Danielem Whitbyum.*

Tom. 5. p. 30. *Réponse aux objections des Athées, contre l'idée que nous avons de Dieu, avec des preuves de son existence, tirées de la section* 1. *du Chapitre* V. *du Système intellectuel de M. Cudworth.*

JEAN
LeClerc.

Ibid. p. 145. *Abregé de la vie d'Erasme, tirée de ses Lettres, depuis l'an* 1490. *jusqu'à l'an* 1519.

Ibid. p. 283. *Eclaircissement de la doctrine de MM. Cudworth & Grew, touchant la Nature Plastique & le Monde Vital, à l'occasion de quelques endroits de l'Ouvrage de M. Bayle, intitulé:* Continuation des pensées diverses sur les Cometes. Ceci a été le commencement d'une dispute entre Bayle & le Clerc.

Ibid. p. 304. *Défense d'Hugues Grotius, contre la Dissertation de M. Bossuet, Evêque de Meaux, qu'il a mise au-devant de sa deuxiéme Instruction sur le Nouveau Testament de M. Simon.*

Tom. 6. p. 7. *Continuation de la vie d'Erasme, depuis l'an* 1520. *jusqu'à sa mort.*

Ibid. p. 342. *Eloge de M. Locke.*

Ibid. p. 422. *Remarques sur ce que M.*

JEAN
LECLERC.

Bayle a répondu à l'article 4. du tome 5. de la Bibliotheque choisie dans l'Histoire des Ouvrages des Sçavans, art. 7. du mois d'Août 1704.

Tom. 7. p. 19. Réfutation des objections des Athées contre la création du néant, tirée du Chap. 5. du Systême intellectuel de M. Cudworth.

Ibid. p. 80. Remarques sur le Livre de Jerusselden, intitulé : Des Dieux des Syriens.

Ibid. p. 146. Mémoires pour servir à la vie d'Antoine Aschley, Comte de Shaftesbury.

Ibid. p. 191. Projet d'une nouvelle édition de l'Anthologie des Epigrammes Greques. Le Clerc avoit dessein de donner cette édition, mais il ne l'a point exécuté.

Ibid. p. 255. Remarques sur le premier principe de la fécondité des Plantes & des Animaux, où l'on fait voir que la supposition des Natures Plastiques, ou Formatrices, sert à en rendre une raison très-probable.

Tom. 8. p. 11. Réponse aux objections des Athées, contre l'immaterialité de Dieu, tirée de la Section III. du Chap. 5. du Systême intellectuel de M. Cudworth.

Ibid. p. 43. *De l'Immaterialité de* JEAN
l'Ame, avec la réfutation des objections LECLERC.
que l'on fait contre cette doctrine. Senti-
mens des anciens Chrétiens fur cette
matiere. Raisons des Immaterialiftes Pla-
toniciens & Pythagoriciens, pour l'Im-
materialité des Natures Intelligentes.
Tiré du même chapitre de M. Cud-
worth.

Ibid. p. 106. *De Georges Buchanan*
& de ses Ouvrages.

Tom. 9. p. 1. *Réponses à diverses*
objections des Athées, trouchant l'ori-
gine du mouvement, de la pensée, & de
la vie, tirées du Chap. 5. du Syftême
intellectuel de M. Cudworth, Sect.
4ᶜ.

Ibid. p. 41. *Réponses aux objections*
des Athées, fur la Providence divi-
ne, à quelques-unes des queftions qu'ils
font fur la conduite de Dieu, & à leurs
raisonnemens pour montrer qu'il feroit à
fouhaiter qu'il n'y eût point de Religion
pour l'interêt du Genre humain. Tirées de
la derniere Section du Chap. 5. du Syf-
tême intellectuel.

Ibid. p. 103. *Défenfe de la Bonté &*
de la Sainteté divine contre les objec-
tions de M. Bayle. Ces objections fe

JEAN trouvent dans son Dictionnaire aux
LECLERC. Articles des *Manichéens*, & des *Pau-*
liciens.

Ibid. p. 361. *Quatriéme Replique à*
M. Bayle sur les Natures Plastiques ;
ou Remarques sur les Chap. 179. *&*
180 *de ses Réponses aux Questions d'un*
Provincial.

Tom. 10. p. 211. *Examen du senti-*
ment de Longin sur ce passage de la Ge-
nese : & Dieu dit que la lumiere soit ,
&c. *par M. Huet , avec les Reflexions*
de J. le Clerc.

Ibid. p. 364. *Remarques sur la Répon-*
se pour M. Bayle au sujet du III. & X.
Article de la Bibliotheque choisie. Cette
Réponse de Bayle se trouve dans le
4e. tome de ses *Réponses à un Pro-*
vincial.

Tom. 11. p. 104. *Remarques sur*
quelques Médailles en caractéres Phe-
niciens.

Tom 12. p. 57. *Remarques sur un*
bois incombustible venu d'Andalousie.

Ibid p. 105. *Défense de M. Locke*
contre M. Bayle.

Ibid. p. 198. *Remarques sur les En-*
tretiens Posthumes de M. Bayle , con-
tre la Bibliotheque choisie.

Tom. 13 p. 178. *Remarques ſur la* JEAN *diſpute concernant les Oracles.* LECLERC.

Ibid. p. 351. *Nouvelles Remarques ſur le bois incombuſtible & ſur le bois foſſile.*

Tom. 14. p. 60. *La vie de Marc-Antoine Campano.*

Tom. 16. p. 192. *La vie de Boece, avec la Critique de ſes Ouvrages.*

Ibid. p. 311. *Lettre Latine ſur l'édition du nouveau Taſtament de* M. Mill.

Tom. 17. p. 309. *Eloge d'Antoine Van Dale.*

Tom. 18. p. 346. *Eloge de* M. *de Volder.*

Ibid. p. 401. *Remarques ſur un Livre intitulé:* Eſſai ſur le Socinianiſme, ou Réflexions ſur quelques articles de la doctrine de M. *le Clerc*, touchant les Sociniens, & examen de quelques paſſages de ſon nouveau Teſtament François, par *Philippe Meſnard*, Miniſtre.

Tom. 19. p. 351. *Défenſe contre* M. *Burman.* Ce Sçavant, accoutumé à déchirer impitoyablement ceux qui lui déplaiſoient, avoit publié en 1703. une Satire contre *le Clerc*, ſous le

JEAN
LE CLERC.

titre de *Dialogue de Spudæus & de Go-*
rallus. *Le Clerc* en avoit déja dit quelque chofe dans la Préface du tome 2.
de fa *Bibliotheque choifie* ; mais il re-
vient ici à la charge, à l'occafion des
nouvelles chofes que *Burman* avoit
débitées contre lui dans fon édition
de *Petrone*, & le traite comme le dernier des hommes. *Burman* lui repliqua, & fit bien-tôt paroître contre
lui une nouvelle Satire qu'il intitula:
Le Gazetier Menteur, ou M. le Clerc
convaincu de menfonge & de calomnie.
Utrecht 1710. *in*-12.

Ibid. 20. p. 450. *Raifons pourquoi*
on ne répond pas au libelle de M. Pierre
Burman, Profeffeur à Utrecht. Cet écrit
eft relatif à la derniere Satire de *Bur-*
man.

Tom. p. 325. *Remarques fur la vie*
& les Ouvrages de Sulpice Severe.

Tom. 22. p. 174. *Eloge de M. le*
Baron de Spanheim.

Tom. 26. p. 83. *Remarques fur la*
Reflexion X. de la nouvelle édition de
Longin par M. Defpreaux.

39. *Appendix Auguftiniana; in*
quâ funt S. Profperi Carmen de ingratis,
cum notis Lovanienfis Theologi, Jean-

nis Garnerii S. J. Presbyt. Dissertationes pertinentes ad Historiam Pelagianismi ; Pelagii Britanni Commentarii in Epistolas S. Pauli ; ac denique Desid. Erasmi, Joan. Lud. Vivis, Jacobi Sirmondi, Henrici Norisii, Joannis Phereponi & aliorum Præfationes, Censuræ, notæ, & animadversiones in omnia S. Augustini opera. Antuerpiæ. (C'est à-dire *Amsterdam*) 1703. *in-fol. Pierre Mortier*, Libraire d'*Amsterdam*, qui avoit réimprimé le *S. Augustin* de l'édition des Benedictins, voulant y ajouter un douziéme volume composé de diverses pieces qui y eussent rapport, *le Clerc*, qui lui en indiqua plusieurs, lui fournit aussi des notes de sa façon, dans lesquelles ce Pere est fort maltraité, & qui furent imprimées sous le nom de *Jean Phereponus*.

JEAN LECLERC.

40. Il a mis une Préface à l'Ouvrage du P, *Petau de Doctrina Temporum*, dans l'édition faite sous sa direction à *Amsterdam* en 1703. trois volumes *in-fol.*

41. *Le nouveau Testament de notre Seigneur Jesus-Christ traduit sur l'Original Grec, avec des Remarques, où l'on*

JEAN
LECLERC.

explique le texte, & où l'on rend raifon de la verfion. Amfterdam 1703. *in* 4°. deux vol. Quand cet Ouvrage eut vû le jour, quelques-uns de fes amis lui firent remarquer plufieurs fautes d'impreffion & d'inadvertance, & il en découvrit lui même quelques-unes. Il les raffembla, & les fit imprimer fur une demi-feuille de même forme, qui fut jointe aux exemplaires non vendus, & diftribués à ceux qui en avoient déja achetés. La traduction & les notes déplurent également aux Catholiques & aux Calviniftes, qui accuferent bien-tôt l'Auteur de Socinianifme, & il tâcha de fe défendre fur cet article dans une feuille qu'il fit imprimer en forme de lettre datée du 24. May 1704. fous ce titre : *Eclairciffemens de quelques endroits des Remarques de M. le Clerc fur le nouveau Teftament.* Il infera auffi dans le 3e. tome de fa *Bibliotheque choifie* p. 394. *un Avis fur le nouveau Teftament.*

42. *Geographia facra ex V. & N. Teftamento defumpta & in Tabulas concinnata; Auctore Nicolao Sanfon. Acceferunt in indicem Geographicum notæ*

Joannis Clerici , cujus etiam præfixa est
Præfatio. Amstelod. 1703. *in-fol.*

43. *Desiderii Erasmi Roterodami O-*
pera omnia emendatiora & auctiora , ad
optimas editiones , præcipue quas ipse
Erasmus postremo curavit summa fide
exacta , studio & opera Joannis Clerici
cum ejusdem & aliorum notis , in decem
tomos distincta. Lugduni Bat. in-fol.
Le premier volume a paru en 1703.
& le dixiéme en 1706.

44. *Atlas antiquus Sacer , Eccle sta-*
sticus , & Prophanus ; collectus ex ta-
bulis Geographicis Nicolai Sansonis ,
ejus filiorum, aliorumque celebrium Geo-
graphorum. Tabulas ordine collocavit &
emendavit Joannes Clericus. Amstelod.
1705. *in-fol.*

45. *Onomasticon Urbium & locorum*
sacræ Scripturæ , seu liber de locis He-
braicis Græce primum ab Eusebio Cæsa-
riensi , deinde Latinè Scriptus ab Hie-
ronymo ; in commodiorem vero ordinem
redactus , variis additamentis auctus ,
notisque , & tabula Geographica Judææ
illustratus , opera Jacobi Bonfrerii Soc.
J. Recensuit & animadver sionibus suis
auxit Jo. Clericus. Accessit huic editioni
Brocardi , Monachi ex Ordine Prædi-

Jean
leClerc.
catorum , Descriptio Terræ - Sanctæ.
Amstelodami 1707. *in-fol.*

46. *Veteris Testamenti libri Histo-*
rici, Josue, Judices, Rutha , Samuel,
Reges , Paralipomena , Esdras , Nehe-
mias , & Esthera , ex translatione Joan-
nis Clerici , cum ejusdem commentario
Philologico, Dissertationibus Criticis ,
Tabulis Chronologicis. Amstelod. 1708.
in-fol. Il ne mit point de Paraphrase
à ces Livres , qui lui parurent n'en
avoir pas besoin.

47. *Lettre à M. Bernard, sur l'A-*
pologie de Frederic Auguste Gabillon ,
Moine défroqué. Amsterdam 1708. *in-*
8o. Des deux lettres , qu'on voit ici,
l'une est datée du 16. Mai de cette
année , & l'autre du 24. En voici le
sujet. *Gabillon* étant allé en Hollande,
& y ayant embrassé le Calvinisme,
voulut devenir Ministre ; mais il se
décria si fort par sa conduite , que le
Synode Wallon l'exclut du nombre
des Proposans. Il alla chercher fortune
en Angleterre , où il se fit passer pour
Jean le Clerc. Sous ce nom il trompa
plusieurs Théologiens Anglois de
Londres mêmes, qui ne connoissant le
Clerc que de nom , lui firent des Civilités.

Civilités. Après avoir joué divers JEAN
tours à plufieurs perfonnes, pour LE CLERC.
excroquer de l'argent, il crut réuffir
encore mieux à la campagne. La four-
berie ayant été découverte à *Londres*,
un Juge de Paix fit inferer dans la
Gazette Angloife un Avis, où l'on
avertiffoit le Public de l'impofture,
& l'on dépeignoit le fourbe. Mais cela ne fut pas connu affez tôt, pour
empêcher *Gabillon* d'en impofer à plufieurs perfonnes du Comté d'*Effex*,
de *Suffolk*, & d'autres Cantons. De
retour en Hollande, il y publia une
Apologie, où il déchira *le Clerc*, &
Bernard, qui avoit publié, dans la
République des Lettres, quelques extraits de Lettres venuës d'Angleterre,
fur le manége de *Gabillon*, *le Clerc*
ayant fait venir d'Angleterre des té-
moignages incontestables de fes tours,
en divertit le Public dans ces deux
Lettres.

48. *Sulpicii Severi, quæ extant*
Opera omnia, in duos tomos diftributa,
quorum prior continet antehac edita,
cum notis Johannis Vorftii ; alter Epif-
tolas antea cum reliquis operibus non-
dum editas, ex recenfione & cum notis

JEAN LE CLERC. *Joannis Clerici. Lipsiæ* 1709. *in-8°.*

49. *Hugo Grotius de veritate Religionis Christianæ editio accuratior, quam recensuit notulisque adjectis illustravit Joannes Clericus, cujus accessit de eligenda inter Christianos dissidentes sententia liber unicus. Amstelod.* 1709. *in-8°.* It. *Editio adcuratior, quam secundum recensuit, notulisque illustravit Jo. Clericus Ibid.* 1717. *in-8°.* It. *editio adcuratior, quam tertium recensuit Jo. Clericus, cujus accessere contra indifferentiam Religionum libri duo. Hagæ Comit.* 1724. *in-12.* Le livre de *eligenda sententia, &c.* se trouve dans ces deux dernieres éditions comme dans la premiere. Les notes de *le Clerc* ont été inserées dans une édition de l'Ouvrage de *Grotius* donnée par *Jean Christophe Kacher,* à *Jene en* 1727. *In 8o* deux Dissertations de *le Clerc* ont été traduites en François & imprimées avec la traduction du Traité *de Grotius* à *Paris* en 1728. *in-12.*

50. Il a mis une Préface à la tête des Oeuvres de *François Vavasseur,* Jesuite, imprimées à *Amsterd.* 1709. *in-fol.*

51. *Menandri & Philemonis Reliquiæ, quotquot reperiri potuerunt, Grecè & Latinè, cum notis Hugonis Grotii &*

Joh. Clerici, qui etiam novam omnium JEAN
verfionem adornavit, indicefque adjecit. LECLERC.
Amftelod. 1709. *in-*8°.

52. *Titi-Livii Hiftoriarum quod extat, cum integris Joannis Freinfhemii
fragmentis emendatioribus & fuis locis
collocatis, tabulis Geographicis, & co-
piofo indice. Recenfuit & notulis auxit
Joan. Clericus Amftelod.* 1710. *in-*8°.
dix volumes. *Le Clerc* a fuivi le texte
de l'édition de *Gronovius*, & a mis au
haut des marges les années avant J.C.
& celles des Confuls, aufli-bien que
de petits fommaires à côté de chaque
articles ; ce qui joint à la forme des
volumes rend fon édition plus commode que les autres. A l'égard du
refte, les notes font en petit nombre,
& il y en a où les corrections que l'E-
diteur tente, ne paroiffent pas heureu-
fes. Les Supplémens de *Freifhemius* n'y
font pas exactement corrigés, & on
en a retranché les citations, qui font
aux marges de l'édition de *Doujat*,
défauts qui ne peuvent venir que de
la précipitation avec laquelle *le Clerc*,
très-capable d'ailleurs de mieux faire,
a travaillé. C'eft le jugement que M.
Crevier porte de cette édition.

53. *Sallustii vita.* A la tête de l'édition de cet Auteur donnée par *Joseph Wasse* à *Cambrige* en 1710. in-4°.

54. *Æschinis Socratici Dialogi tres, Græcè & Latinè, ad quos accessit quarti latinum fragmentum. Vertit & notis illustravit Joannes Clericus, cujus & ad calcem additæ sunt silvæ Philologicæ. Amstelod.* 1711. *in-*8°. Dans ces *Silvæ, le Clerc* explique non-feulement, ou corrige divers passages d'anciens Auteurs Grecs & Latins, mais encore il traite de l'utilité des Belles-Lettres en général, de leur usage, de l'abus qu'on en fait, des Sciences dont on y doit joindre quelque connoissance, &c. Il y a un long & curieux chapitre sur l'Ironie de *Socrate.*

55. *Philargyrii Cantabrigiensis emendationes in Menandri & Philemonis Reliquias, ex nupera editione Joannis Clerici. Ubi quædam Grotii, & aliorum, plurima vero Phileleutheri Lipsiensis errata castigantur. Cum Præfatione Joannis Clerici. Amstelod.* 1711. *in-*8°. Il avoit paru l'année précédente à *Utrecht* une Critique de l'édition des fragmens de *Menandre* & de *Phi-*

lemon, fous ce titre : *Emendationes in
Menandri & Philemonis Reliquias , ex
nupera editione Joan. Clerici ; ubi multa Grotii & aliorum , plurima vero Clerici errata caftigantur. Auctore Phile-
leuthero Lipfienfi. Ultrajecti* 1710. *in-*
8°. Quoique l'Auteur de cette Criti-
qui violente & emportée fe fût caché
fous le nom de *Phileleutherus Lipfienfis,*
on fçut d'abord qu'elle venoit de *Richard Bentley,* qui en donna depuis une
nouvelle édition à *Cambridge* en 1714.
Quelque temps après qu'elle eut paru , un Inconnu apporta chez *le Clerc*
pendant qu'il étoit abfent , l'Ouvrage dont il s'agit ici , & qu'on croit
être d'*Etienne Bergler ; le Clerc* prit
foin de le faire imprimer , & y joignit une longue Préface, dans laquelle *Bentley* n'eft pas épargné.

56. *Joannis Clerici vita & Opera
ad annum* 1711. *Amici ejus Opufculum , Philofophicis Clerici operibus fub-
jiciendum. Amftelod.* 1711. *in-*80. Il
n'y a point de doute que cet Ouvrage ne foit de *le Clerc* lui-même.

57. *Pervigilium Veneris , ex editione
Petri Pithæi , eum ejus & Jufti Lipfii
notis ; itemque ex alio codice antiquo ,*

JEAN LECLERC.

cum notis Claudii Salmasii & Petri Scriverii. Accessit ad hæc Andreæ Rivini Commentarius. Ausonii Cupido Cruci adfixus , cum notis Mariangeli Accursii, Eliæ Vineti , Petri Scriverii & Anonymi. Accessere ad calcem Josephi Scaligeri & Gasp. Barthii animadversiones. Hagæ Comit. 1712. in-8₀. L'Anonyme, dont il est fait mention ici, est *le Clerc*, Editeur de ces deux petits Ouvrages.

58. *Oratio funebris in obitum Philippi à Limborch , S. Theologiæ apud Remonstrantes Professoris, defuncti die 30. Aprilis, anno 1712. habita à Joan. Clerico 6. Maii , quo sepultus est. Amstelodami 1712. in-4°.*

59. *Bibliotheque Ancienne & Moderne; pour servir de suite aux Bibliotheques Universelle & Choisie. Amsterd. in-12.* tome 28. sans la table , qui fait le 29e. La mort du Libraire , qui imprimoit la *Bibliotheque choisie*, fit naître à *le Clerc* la pensée de discontinuer ce Journal. Mais ses amis l'ayant sollicité de reprendre ce travail , il le continua sous le titre de *Bibliotheque Ancienne & Moderne.* Le premier volume est de 1714. & le 28. de 1727.

Il y a ſuivi la même méthode, que JEAN dans les Bibliotheques precedentes. LECLERC. Les piéces particulieres qu'on y trouve de ſa façon ſont les ſuivantes.

Tom. 1. p. 320. *Romarques ſur les verſions Françoiſes du nouveau Teſtament de MM. de Port-Royal, de M. Simon, du P. Bouhours & du P. Martianay, compoſées enſemble, ſur l'Epître aux Romains.*

Tom. 3. p. 388. *Eloge de M. Burnet, Evêque de Saliſbury.*

Tom. 7. p. 313. *La vie & les Ouvrages de Jean Paſſerat.*

Tom. 8. p. 149. & 237. *La vie du Pape Gregoire VII.*

Tom. 10. p. 32. *La vie de Boniface VIII.*

Tom. 22. p. 440. *Réponſe à quelques difficultez contre la Religion Chrétienne.* Cette piéce eſt Latine.

Tom. 27. p. 388. *Réponſe à ce qu'a écrit M. Freind concernant diverſes fautes qu'il prétend avoir trouvées dans un petit Ouvrage de M. le Clerc (le Médecin) intitulé :* Eſſai d'un Plan, &c.

60. *Hiſtoria Eccleſiaſtica duorum primorum à Chriſto nato ſæculorum, Veteri-*

bus *Monumentis deprompta. Amstelo-dami* 1716. *in-*4o. Ayant été chargé par la Société des Remontrans après la mort de *Limborch*, d'enseigner l'Histoire Ecclesiastique, il pensa à écrire celle des six premiers siécles, & résolut de la publier volume à volume. Mais il n'a pas été plus loin que celui-ci.

61. *Histoire des Provinces - Unies des Pays-Bas. tome* 1. *qui contient ce qui s'est passé depuis l'an* 1560. *jusqu'à l'an* 1618. *avec les principales Médailles & leur explication ; depuis le commencement jusqu'au Traité de la Barriere conclu en l'an* 1716. *Amsterdam* 1723. *in-fol.* Cette explication des Médailles ajoutée à ce volume, pour en augmenter la grosseur, n'est pas de le Clerc, mais de *Limiers. Tome II. qui contient ce qui s'est passé depuis l'an* 1618. *jusqu'à l'an* 1660. *Ibid.* 1728. *in-fol. Tome III. qui contient ce qui s'est passé depuis l'an* 1660. *jusqu'au Traité de la Barriere. Ibid.* 1728. *in-fol.* Cette histoire est divisée en 16. Livres ; mais le dernier n'est qu'un abregé des principaux événemens depuis la paix de *Nimegue* jusqu'à la paix

JEAN
LECLERC.

paix d'*Utrecht.* On ne ſçait quelles ſont les raiſons qui ont engagé le *Clerc* à ſe détourner de ſes autres occupations pour l'écrire ; mais il a donné à entendre qu'elles avoient été très-fortes.

62. *Veteris Teſtamenti libri Hagiographi, Jobus, Davidis Pſalmi, Salomonis Proverbia, Concionatrix, & Canticum Canticorum, ex tranſlatione Joannis Clerici, cum ejuſdem Commentario Philologico in omnes memoratos libros, & Paraphraſi in Jobum & Pſalmos. Amſtelod.* 1731. *in-fol.*

63. *Prophetæ ab Eſaïa ad Malachiam uſque, ex tranſlatione Joannis Clerici ; cum ejuſdem commentario Philologico, & Paraphraſi in Eſaïam, Jeremiam, ejus Lamentationes, & Abdiam ; Diſſertationes Joannis Smith de Prophetia, & ipſius Autoris de Poëſi Hebraeorum. Ibid.* 1731. *in-fol.* Le *Clerc* n'a point achevé ces deux volumes, qui ont été donnés au Public dans l'état où ils étoient, lorſqu'il tomba malade. On a ſeulement joint au ſecond une Diſſertation de *Smith,* dont le *Clerc* eſt le Traducteur, & l'Eſſai de notre Auteur ſur la Poëſie des Hebreux, inſérée en François dans le 9ᵉ.

Tome XL. H h

JEAN
LECLERC.

tome de la *Bibliotheque Universelle*, & traduite içi en Latin par un habile homme.

64. *Deux Lettres de M. le Clerc à M. Bayle.* Inferées dans le tome 6e. de la *Bibliotheque Raisonnée des Ouvrages des Sçavans* p. 317. Elles sont de l'année 1684. & roulent sur des nouvelles de litterature.

65. C'est lui qui a fait les Tables de l'Edition de *Diogene Laërce*, qui a paru à *Amsterdam* en 1692. *in*-40.

V. Sa vie par lui-même. Elle est fort circonstanciée, & renferme bien des particularitez sur ses Ouvrages. *Son Eloge Historique, inseré dans le* 16e. *tome de la Bibliotheque Raisonnée, & imprimé aussi à part avec quelques additions.*

JASON MAINUS.

JASON
MAINUS.

Jason Mainus, naquit à *Pesaro* dans le Duché d'*Urbin* en Italie l'an 1435. d'*Andreot Mainus*, qui ayant été banni de *Milan*, sa patrie, pour un crime qu'il y avoit commis, s'étoit retiré dans cette Ville, & d'*An nete* ſa ſervante & ſa concubine.

Son pere étant au bout de quelque
temps retourné à *Milan*, l'y mena
avec lui, & ce fut dans cette Ville
qu'il fut élevé avec les enfans légitimes
de Galeot Mainus. On eut cependant
moins d'attention pour lui, que pour
ſes freres, & leur Précepteur le traita
toujours avec la derniere dureté.

Après ſes études d'Humanitez, on
l'envoya étudier en Droit à *Pavie*;
mais il s'y livra tellement dès la premiere année à ſa paſſion pour les jeux
de cartes, qu'il perdit tout ſon argent,
& ſes livres, & qu'on le vit aller par
les rües dans un état miſérable.

Cette triſte ſituation jointe aux ré-
primandes de ſon pere, fit tant d'impreſſion ſur lui, qu'il ne ſongea plus
depuis qu'à s'appliquer à l'étude; &
qu'il fit en peu de temps des progrès conſiderables dans la Juriſpru-
dance ſous Jerome *Torti*, *Jacques del
Pozzo*, & *Caton Sacco*.

Il ne quitta *Pavie*, que pour aller
à *Boulogne* continuer les mêmes études, & il y ſuivit avec beaucoup d'aſ-
ſiduité *Alexandre Tartagni*, d'*Imo-
la*.

H h ij

Devenu capable d'enseigner lui-même les autres , il fut appellé à *Pavie* en 1471. & y expliqua les Institutes & les autres parties du Droit jusqu'en 1486. qu'il alla remplir une Chaire de Droit Civil à *Padoue*.

On lui donna mille Ducats de gages ; mais ne trouvant pas dans la suite cette somme assez considerable , il demanda qu'elle fût augmentée. Sur le refus qu'on lui en fit , il passa à *Pise* en 1489. & y remplit une Chaire semblable avec des appointemens plus considerables.

Il professa dans cette Ville jusqu'en 1491. que *Ludovic Sforce* le rappella à *Pavie* , où il enseigna le Droit avec une si grande réputation , qu'on dit qu'il avoit jusqu'à trois mille Ecoliers.

L'année suivante 1492. il alla à *Rome* avec les Députez de *Sforce* pour féliciter le Pape *Alexandre VI.* sur son élevation au Pontificat , & il fit en cette occasion un discours , qui fut fort applaudi.

Il en fit un semblable aux noces de l'Empereur *Maximilien I.* & de *Blanche-Marie* , niéce de *Ludovic Sforce* , célebrées l'année ſuivante 1493. & il JASON revint de la Cour de ce Prince chargé MAINUS. de préſens & de titres honorables comme de ceux de Chevalier & de Comte Palatin.

Il harangua encore le 15. Avril 1495. lorſque *Ludovic Sforce* fut déclaré Duc de *Milan*, & cette nouvelle action lui valut les titres de Conſeiller de ce Prince, & de Patrice.

Dans ces entrefaites *Mainus* étant devenu preſque aveugle, fut obligé d'interrompre ſes leçons, qu'il ne reprit qu'au bout de quatre ans, & non point de neuf comme le marque *Pancirole*, qui n'a pas fait attention, qu'il ſe contrediſoit lui-même dans ſon calcul.

Louis XII. Roi de France, qui s'étoit rendu Maître du Duché de *Milan* en 1499 l'engagea à les reprendre, & voulut même y aſſiſter. Le jour dont on étoit convenu pour cela, *Mainus* vêtu d'une robbe d'étoffe d'or conduiſit ce Prince à l'Auditoire, & quand il fut queſtion d'y entrer, *Louis XII.* voulut qu'il paſſât le premier comme ſon maître en cette occaſion, & dit que la puiſſance roya-

JASON le étoit dans ces lieux inférieure à cel-
MAINUS. le des Profeſſeurs. Cinq Cardinaux &
cent autres perſonnes d'une qualité
diſtinguée accompagnerent ce Prince
& remplirent la ſale avec un grand
nombre d'autres Auditeurs. *Mainus*
choiſit pour le ſujet de ſa leçon une
matiere intereſſante. Il y ſoutint que
la dignité de Chevalier, conferée par
un Prince à celui qui ſe diſtingue
dans un combat, paſſe du pere aux
enfans.

Lorſqu'il fut deſcendu de ſa Chaire,
le Roi l'embraſſa, & lui fit préſent
du Château de *Piopera*. S'entretenant
depuis avec lui en particulier, il lui
demanda pourquoi il ne s'étoit point
marié ; c'eſt, lui répondit *Mainus*, a-
fin que le Pape *Jules* puiſſe me faire
Cardinal à votre recommandation.
Mais il ne lui ſervit de rien d'avoir
découvert l'objet de ſon ambition ;
car il n'y parvint point. D'ailleurs le
préſent, que *Louis XII.* lui avoit fait,
ne lui rapporta jamais un ſol, &
l'engagea même dans des dépenſes,
dont il ne retira aucune utilité. Il ne
l'avoit reçu que pour continuer à profeſſer ; ce qu'il ne laiſſa pas de faire,

quoique dépouillé de ce qu'on lui a- J A S O N
voit donné dans cette vûë.   MAINUS.

Philippe Decius , qui profeſſoit
auſſi la Juriſprudence à *Pavie* , ja-
loux de ſa réputation , ne ceſſoit
point de l'attaquer par des railleries
améres & piquantes. De-là naquit
entr'eux une averſion , qui alla un
jour bien loin ; car on dit que s'étant
rencontrés dans une ruë étroite, ils ſe
diſputerent le haut du pavé avec tant
de chaleur , qu'ils en vinrent juſqu'à
ſe battre à coups de pierres.

Mainus eut auſſi des démêlés avec
François Curtius. Etant un jour tous
les deux devant le Duc de *Milan* ,
pour défendre les interêts de deux
parties oppoſées dans une matiere
importante , le Duc dit qu'il s'éton-
noit que de ſi habiles gens ſoutinſſent
ainſi des opinions contraires , puiſqu'il falloit néceſſairement que l'une
des deux parties eût tort. *Curtius* répondit ſur cela qu'il gageoit mille
écus , qu'il gagneroit ſa cauſe. Mais
Mainus rabattit ſa vanité , en lui dé-
clarant , que puiſqu'il ne ſçavoit pas
qu'un Avocat ne pouvoit faire une
telle gageure, il étoit à préſumer qu'il

JASON
MAINUS.

n'entendoit pas mieux l'affaire dont il s'étoit chargé : fur quoi le Duc fe mit à rire.

Mainus ne fe faifoit point un fcru‑
pule de s'approprier le travail des au‑
tres. On prétend qu'il publia fous fon
nom un Commentaire d'*Alexandre d'I‑
mola* fur le titre *de Actionibus* ; & qu'il
s'enrichit des Ecrits de *Jerome Torti*,
qui avoit enfeigné quelque temps au‑
paravant à *Pavie*, & d'autres Profef‑
feurs. On ajoute qu'il entretenoit à *Bou‑
logne* quelques Ecoliers, qui alloient
copier les leçons de *Barthelemi Socin*,
& de *Charles Ruinus*, dont il fçavoit
faire fon profit ; & que ce dernier Pro‑
fefleur s'en plaignit publiquement,
& changeant par dépit de fentiment,
réfuta depuis les opinions qu'on lui
avoit enlevées.

Comme il n'avoit pas l'efprit fort vif
& fort pénétrant, il a laiffé dansfes Ou‑
vrages quelques articles indécis, dans
la crainte de fe tromper, s'il fe dé‑
terminoit. Il lui eft auffi arrivé quel‑
quefois d'entendre mal les raifons des
autres, & de fe tromper en rappor‑
tant les opinions communes.

Au refte c'étoit un homme labo‑

rieux , & exact à recueillir ce qui a- J A S O N
voit été dit avant lui. Sa Méthode MAINUS.
d'enfeigner étoit claire & nette;ce qui
joint à une profonde doctrine,lui faifoit former de bons difciples.

Lorfqu'il vouloit étudier avec application , il fermoit les fenêtres de fon
cabinet , même en plein jour , & travailloit à la chandelle, afin d'être plus
recueilli.

Il rançonnoit fortement ceux qui
venoient le confulter ; mais il avoit
cela de bon , qu'il s'engageoit à leur
rendre ce qu'il avoit exigé d'eux , s'ils
perdoient leur procès.

Il fit conftruire dans *Pavie* une
belle maifon avec des Tours renver-
fées dans les Angles , pour ne point
faire mentir fon pere , qui lui difoit
fouvent en colere dans les déregle-
mens de fa premiere jeuneffe , qu'il
batiroit des Tours dont les fondemens feroient tournés vers le Ciel ,
& fit graver fur la porte d'entrée
cette Sentence. *Virtuti fortuna Comes.*

Lorfque les François fortirent du
Milanois , il obtint la confifcation
des biens de *Jean-Jacques Trivulce* ,
qui foutenoit les interêts de la France,

JASON MAINUS. mais leur retour en ce pays l'en privva bien-tôt.

Il fut difpenfé fur la fin de fa vie de faire des leçons, fon efprit s'étant affoibli peu à peu. On dit même qu'il le perdit entierement, & qu'un de fes neveux le battoit.

Il mourut à *Pavie* le 22. Mars 1519. âgé de 84. ans, laiffant un fils naturel, nommé *Polydamas*, qui eut des Charges à *Genes*.

Il fut enterré dans l'Eglife de *S. Jacques* avec cette Epitaphe.

Jafon Mainus Jurifconfultus, Eques & Comes, quifquis ille fuerit, hic requiefcit.

Catalogue de fes Ouvrages.

1. *Oratio ad Alexandrum VI. Mediolanenfium Principis nomine.* Dans le Recueil intitulé : *Orationes Clarorum Hominum editæ ab Academia Veneta. Venetiis 1559. in-4°. & Parif. 1577. in-16.*

2. *Epithalamion in Nuptiis Maximiliani Romanorum Regis & Blanchæ Mariæ. Parif. 1495. in-4°.* It. parmi les *Scriptores rerum Germanicarum* de *Freher. Francof. 1602. tom. 2. p. 222.*

3. *Oratio habita in funere excellen-* JASON
tiſſimi Juriſconſulti Hieronymi Forti , MAINUS.
tenentis prima Cathedram in felici
Gymnaſio Ticinenſi per me Jaſonem de
Mayno , Mediolanenſem juris utriuſ-
que Doctorem , in-4o. pp. 12. non chiffrées , Gothique. On lit à la fin : *Ha-*
bita Papiæ in Ecclſia Fr. Minorum per
me Jaſonem de Mayno tertio Idus Au-
guſti anno 1484. It. dans le 4e. tome
des *Amœnitates litterariæ* p. 456. *Jean-*
George Shelhorn, qui avoit trouvé cette Oraiſon funebre manuſcrite , &
qui croyoit qu'elle n'avoit point été
imprimée , a jugé à propos de la faire
entrer dans ce Recueil. Mais quoiqu'elle le fût , elle étoit preſque auſſi rare , que ſi elle ne l'avoit point
été.

4. *In primam & ſecundam Digeſti*
novi partem Commentaria cum ſumma-
riis. Lugd. 1536. *in-fol.*

5. *In primam & ſecundam Codicis*
partem Commentaria cum additionibus
& ſummariis. Lugduni 1536. *in-fol.*

6. *In primam & ſecundam Inforiati*
partem Commentaria. Ibid. 1536. *in-*
fol.

7. *In primam & ſecundum Digeſti*

JASON MAINUS.

Veteris partem Commentaria. Ibid 1536. *in-fol.* On a joint à ces Commentaires *Repertorium, seu Index Alphabeticus in Commentaria Jasonis Mayni Ibid.* 1536. *in-fol.* Ils ont été réimprimés *cum Doctorum adnotationibus, præsertim Joannis Francisci Purpurati. Venetiis* 1568. *in-fol.* It. *Ibid.* 1573. *in-fol.* It. *Lugduni* 1581. *in-fol.* en plusieurs volumes.

8. *Lectura super titulo de actionibus in Institutiones Justiniani, emendata per Antonium Angelum Carcassonam Sardum. Item termini Actionum per Joannem Crispum Montanum. Lugd.* 1556. *in-fol.*

9. *Consiliorum, sive Responsorum volumina IV. cum luculentissimis additionibus & notis Francisci Betii, & Hieronymi Zanchi. Venetiis* 1581. *in-fol.* It. *Francofurti* 1609. *in-fol.*

10. *Repetitio in L. Quominus de Fluminibus. Lugd.* 1553. *in-fol.* It. parmi les *Repetitiones Juris Civilis.*

V. Guidi Panciroli de Claris legum Interpretibus lib. 2. *C.* 127. *Jovii elogia* n°. 66. *Joannis Fichardi vitæ Jurisconsultorum.* Faisaud, vies des Jurisconsultes. Bayle, Dictionnaire.

LAURENT JOSSE LE CLERC.

Aurent Joffe le Clerc, naquit à Pa- L. J O S S E
ris le 22. Août 1677 de *Sebaftien* LE CLERC.
le Clerc, fameux Graveur, dont il
fut le troifiéme enfant.

Ayant embraffé l'état Ecclefiaftique, il s'attacha au Seminaire de *S.*
Sulpice. Il fut ordonné Prêtre au mois
de Decembre de l'an 1702. & reçu
Licentié en Sorbonne au commencement de l'année 1704.

Deftiné enfuite par fes Supérieurs
à enfeigner la Théologie, il la pro-
feffa au Seminaire de *Tulles* pendant
trois ans, & à celui d'*Orleans* pendant treize autres années.

Après quinze ans de féjour dans
cette derniere Ville, on l'envoya à
Lyon au mois d'Octobre de l'an 1722.
en qualité de Directeur du Seminaire
que Meffieurs de *S. Sulpice* ont en
cette Ville.

Son application continuelle à l'étude jointe à un temperament délicat,
l'ayant confumé infenfiblement, il
paffa les deux dernieres années de fa

vie dans une efpece de langueur, qui ne lui permit plus gueres d'autre travail, que celui qui étoit de fon miniftére.

Il mourut d'une inflammation de poitrine le 6. May 1736. dans fa 59. année.

Ses occupations particulieres ne l'ont pas empêché de cultiver les Belles-Lettres & l'Hiftoire litteraire ; c'eft même à cela que fe rapportent la plûpart des Ouvrages que nous avons de lui.

On loue fort fa charité pour les pauvres, fe trouvant attaché à une maifon, qui lui fourniffoit le néceffaire, tout ce qu'il pouvoit avoir de fon patrimoine, du revenu d'un petit bénéfice dont il étoit pourvû, & du produit de fes livres, tout fans exception étoit leur partage.

Catalogue de fes Ouvrages.

1. *Remarques fur divers articles du premier volume du Dictionnaire de Morery de l'édition de* 1718. (Orleans) 1719. *in*-8o. Le lieu n'y eft pas marqué. On voit à la tête une Préface de 47. pages, qui contient une idée générale des principaux défauts du Dic-

tionnaire de *Morery* , & des moyens L. Josse
d'y remedier. Cet Ouvrage , dont il leClerc.
ne fit tirer que cent exemplaires , fut
attaqué par le P. *François Meri* , Benedictin , dans une brochure intitulée : *Difcuffion Critique & Théologique*
des Remarques de M. fur le Dictionn-
naire de Morery de l'édition de 1718.
par M. Thomas , Docteur de Louvain.
(Orleans) 1720. *in-*8°. pp. 96. Critique , que le P. *le Cerf* a mal à propos attribuée au P. *Philippe Billouet*
dans fa *Bibliotheque des Auteurs de la*
Congrégation de S. Maur. Elle ne tom-
be que fur 23. ou 24. endroits des
Remarques , que l'Abbé *le Clerc* ,
qui fe trouvoit avoir encore prefque
tous les exemplaires de fon Ouvrage , corrigea lui-même à la main dans
les endroits , où il reconnut qu'il s'é-
toit trompé. Il continua toujours fon
travail , & fit imprimer la même année fes *Remarques fur le fecond volume*
*de Morery in-*8°. L'année fuivante
1721. il en publia de nouvelles fur le
troifiéme , en un volume *in-*8°. comme les deux précedens. Il acheva depuis fon Ouvrage fur les autres tomes
du Dictionnaire , mais fans en faire

imprimer davantage. Le tout fut communiqué à celui qui prit soin de l'édition qui en fut faite en 1724. & on en tira un nombre considerable de corrections , qui servirent beaucoup à le perfectionner.

2. *Bibliotheque du Richelet , ou Abregé de la vie des Auteurs citez dans ce Dictionnaire , in-fol.* A la tête du premier volume du *Richelet* de l'édition de *Lyon* 1728. en trois vol. cette Bibliotheque est remplie de particularitez singulieres, & curieuses, que l'Auteur avoit recherchées avec beaucoup de soin. Il y a cependant bien des fautes ; d'ailleurs l'Abbé *le Clerc* y a fait entrer de longues discussions sur les affaires de l'Eglise , qui sont absolument étrangeres à son sujet , & que l'on a eu soin de retrancher dans les exemplaires qui sont venus à *Paris.* On trouve dans le 16e. tome de la *Bibliotheque Françoise* p. 86. une *Lettre du P. le Cerf , Benedictin* , où il examine les *Remarques* de M. *le Clerc* sur quelques endroits de la *Bibliotheque Historique des Auteurs de la Congregation de S. Maur* , qui sont inserées dans la *Bibliotheque du Richelet.*

3. *Differtation touchant l'Auteur du* L. JOSSE
Symbole , Quicumque *par un Licenié* LECLERC.
de Sorbonne. Lyon 1730. *in*-12. pp.
54. L'Auteur prétend prouver ici que
ce Symbole eft de *S. Athanafe.*

4. *Lettre Critique fur le Dictionnaire
de Bayle. La Haye* 1732. *in*-12. pp.
456. Cet Ouvrage , qui eft curieux ,
a été impimé en France. Ce n'eft
qu'un effai de ce que l'Auteur pouvoit faire fur ce fujet. Il a pouffé depuis ce travail plus loin.

5. Il a fourni un grand nombre de
remarques pour la nouvelle édition
du Dictionnaire de Bayle , faite en
1734. à *Trevoux* fous le nom d'*Amfterdam* en 5. vol. *in-fol.* Elles font
placées à la fin de chaque volume ,
& on y trouve la même érudition
que dans fes autres Ouvrages.

6. *Lettre au* P. *Etienne Souciet ,
Jefuite.* Dans les *Mémoires de Trevoux*
du mois de Mai 1736. p. 1058. Il y
prend la défenfe de *Sebaftien le Clerc,*
fon pere , accufé par *M. d'Aleman ,*
Ingénieur , d'avoir pris de *Villalpan-
de* l'Ordre François , qu'il a donné
dans fon traité d'Architecture.

7. *Lettre de M. Prêtre du Diocèfe de*

Tome XL.   I i

L. JOSSE *Riez*, à M.... *Chanoine d'Arles*,
LECLERC. *sur ce qui est dit des Saints Fauste de Riez & Cesaire d'Arles , dans l'His-toire litteraire de la France.* Dans les *Mémoires de Trevoux* de Juillet 1736. 2e. partie p. 1541. l'Abbé *le Clerc* , Auteur de cette Lettre , entreprend d'y justifier *Fauste* du Semipelagianis-me qu'on lui attribuë.

Il a composé quelques autres Ou-vrages , qui n'ont point été impri-més.

V. Son Eloge dans le Mercure de Fevrier 1737. *p.* 267. *sa Bibliotheque du Richelet à son article. Memoires de Trevoux* 1736. *p.* 2677.

JEAN-PIERRE NICERON

Auteur de ces Mémoires.

Les personnes qui ont vécu avec le Révérend Pere Niceron & qui l'aimoient, ont cru rendre service au Public de recueillir ce qu'ils ont pû sçavoir de sa vie ; c'est par où nous terminerons ce volume. Triste devoir de notre part ! Mais nous pensons avec tous les Gens de Lettres, que celui qui a employé ses rares talens à honorer la mémoire des autres, mérite bien d'occuper une des premieres places parmi eux.

JEAN-PIERRE NICERON, naquit à Paris l'onziéme jour de Mars de l'an 1685. il étoit d'une famille honnête & ancienne, déja connuë & estimée en 1540.

JEAN-PIERRE NICERON.

JEAN-
PIERRE
NICERON.

Celui dont nous parlons difoit quelquefois, que la *probité des ancêtres &* *l'honneur qu'ils avoient mérité*, étoient un aiguillon pour ceux qui en defcendoient, & que c'étoit peu même de les imiter, qu'il falloit encore les furpaffer s'il étoit poffible. Ses actions ont été conformes à ces fentimens. Il fit fes études à Paris dans le College Mazarin, & les fit avec fuccès. Il ne réuffit pas moins dans fa Rhétorique au College du Pleffis. Doué dèslors de beaucoup de fageffe & de modeftie, & d'un efprit éclairé fur les dangers du monde, il réfolut de le quitter de peur que les avantages qu'il pouvoit y trouver, ne lui en infpiraffent l'amour.

Il avoit un oncle dans la Congrégation des Clercs Reguliers de Saint-Paul, plus connus fous le nom de Barnabites. C'étoit un Prêtre vertueux, capable de donner de bons confeils. Le jeune NICERON le confulta, lui déclara fon penchant pour embraffer le même Inftitut, & attendit en paix fa décifion. Après quelques Conferences fur ce deffein, l'oncle crut reconnoître en fon neveu

une vocation confirmée , & il le pré- JEAN
ſenta au Noviciat établi au Prieuré de PIERER
Saint-Eloy à Paris , où il fut reçu le NICERON.
14. du mois d'Août de l'an 1702. il
y prit l'habit de Religieux le 18. de
Janvier de l'année ſuivante , & y prononça ſes vœux le 20. de Janvier
1704. âgé de dix-neuf ans 10. mois, &
10. jours. Le jeune Religieux ne con-
ſultant plus dès ce moment que ce
qu'exigeoit de lui le Sacrifice qu'il venoit de faire , il quitta Paris & ſa famille ſans regret , lorſqu'auſſi-tôt a-
près ſa Profeſſion on l'envoya à Montargis pour y faire ſa Philoſophie &
ſa Théologie. Il a avoüé que la ſéche-
reſſe & les épines de la Scholaſtique
lui firent d'abord quelque peine, mais
il n'écouta point ſes repugnances , &
il acheva ſa carriere , peut-être avec
plus de gloire & de ſuccès , que ceux
qui y ſont entrés avec plus de goût
& d'attrait.

Ses Supérieurs qui avoient étudié
ſes diſpoſitions & ſes talens, l'envoye-
rent au ſortir de ſa Théologie , à Lo-
ches en Touraine pour y profeſſer les
Humanités , & enſuite la Rhétorique.
Cette occupation , loin de nuire à ſa

JEAN- piété, sembloit la nourrir & l'affer-
PIERRE mir. Le jeune Professeur sçavoit tirer
NICERON. de tout des instructions convena-
bles pour le réglement des mœurs de
ceux dont il tâchoit de cultiver &
d'orner l'esprit. L'application continuelle que son emploi demandoit, ne
prenoit rien sur ses devoirs de Réli-
gieux, & s'il étoit le maître des au-
trés par son état, il cherchoit à en être
le modele par ses vertus. De si heureu-
ses dispositions le firent juger digne
du Sacerdoce. Il n'avoit pas l'âge re-
quis pour y être élevé. On obtint une
dispense de Rome ; & il reçut l'Ordre
de Prêtrise à Poitiers le 2e. de Juin
1708. Le College de Montargis l'ayant
demandé quelque temps après, il y
fut envoyé, & il y professa deux années la Rhétorique ; & la Philosophie
pendant quatre ans.

Quelque pénibles que fussent ces
occupations, quelque temps qu'elles
demandent nécessairement quand on
veut s'en acquitter avec honneur &
avec utilité, elles ne suffisoient pas
au zéle du P. NICERON, ni à la
vivacité de son génie. Il ne se refu-
soit presque jamais aux œuvres de

charité qui ſe préſentoient, & ſur-tout
à l'inſtruction des fidéles, qui eſt une
des principales obligations de la Congrégation des Barnabites. On l'a entendu avec empreſſement dans les
Chaires de pluſieurs Villes de Province, où ſon amour pour le prochain,
& les Ordres de ſes Supérieurs l'a-
voient appellé ; & lorſqu'il eut fixé
ſon ſéjour à Paris, il continua encore
pendant pluſieurs années le même
miniſtere de Prédication dans l'exercice duquel il s'étoit acquis de la réputation. Son ſtyle étoit ſimple, mais
pur : on remarquoit de la ſolidité
dans ſes diſcours : ils étoient peu
ornés, mais l'on ſentoit un Orateur
Chrétien qui cherchoit plus à tou-
cher le cœur, & à convaincre, qu'à
plaire à l'eſprit. Il paroiſſoit lui-même pénétré des vérités qu'il tâchoit
de perſuader & de faire aimer.

Ce fut en 1716. que ſes Supérieurs
le rappellerent à Paris, afin de lui donner plus de facilité pour exécuter les
differens projets qu'il avoit conçus &
dont l'exécution a été & eſt encore ſi
utile au Public, autant qu'elle a été
glorieuſe pour lui. Comme il étoit

JEAN-
PIERRE
NICERON.

JEAN-PIERRE NICERON. infatigable à l'étude, il s'étoit formé une grande habitude pour les Langues étrangeres, & sçavoit, outre les langues sçavantes, presque toutes celles qui sont actuellement en usage dans l'Europe. C'est dans le temps qu'il employoit à apprendre l'Anglois, qu'il donna au public la traduction de quelques Ouvrages qui en ont été fort bien reçus ; mais il n'avoit fait qu'essayer son style dans ces petits Ouvrages ; il vouloit pressentir le Public avant de lui présenter le plus cher objet de ses études. Elles étoient dirigées du côté de la litterature, de l'Histoire litteraire & de la connoissance des livres ; il avoit fait dès-lors de très-grands progrès dans cette Science. Rien ne le satisfaisoit tant que lorsqu'il pouvoit faire quelques nouvelles découvertes en ce genre. Et combien n'en a-t-il point fait ? On peut en juger par ses *Mémoires pour servir à l'Histoire des Hommes Illustres dans la République des Lettres*, Ouvrage d'une immense étenduë, dont les recherches, & les vastes lectures qu'il a fallu faire pour l'exécuter, ne demandoient pas moins
qu'un

qu'un Ecrivain auſſi laborieux.

Pluſieurs avant lui avoient conçu un pareil deſſein , quelques-uns l'avoient ébauché ; mais les uns & les autres effrayés des difficultés qu'il falloit ſurmonter pour fournir une telle carriere, ou n'ont oſé y mettre le pied, ou ſe ſont retirés après avoir fait quelques pas. Il falloit pour exécuter une ſemblable entrepriſe , dépouiller un nombre preſque infini de volumes , conſulter mille & mille monumens, déterrer dans la plûpart des Bibliotheques quantité de piéces ſouvent inconnuës à ceux qui les poſſedent , & cependant très-utiles pour bien réuſſir dans l'Hiſtoire littéraire de la vie des Sçavans; parcourir au moins les Ouvrages de ceux dont on veut donner l'Hiſtoire, pour y découvrir les circonſtances de leur vie qui ne ſont ſouvent dépoſées que là. Tant de travaux avoient fait tomber la plume des mains de ceux qui avoient paru d'abord la prendre avec beaucoup de courage. Le P. NICERON fut plus conſtant ; & depuis qu'il eut donné ſon premier volume en 1727. les autres ſe ſuccederent avec tant de

Tome XL. Kk

JEAN-PIERRE NICERON.

rapidité qu'il en publia 39. en dix ans, & qu'il avoit poussé cette collection à plus de trois volumes au-delà qui se sont trouvés prêts à imprimer après sa mort. Il a évité dans cet Ouvrage l'espece de vanité des Allemands qui mettent un homme au nombre des Hommes Illustres, dès qu'il a fait profession de science, qu'il a eu place dans quelque College, ou qu'il a donné au Public une simple brochure. Le P. NICERON n'a parlé que de ceux qui en général méritoient d'être connus. Il s'est éloigné avec autant de soin du défaut opposé des Italiens dont les Bibliotheques séches & décharnées, n'offrent le plus souvent qu'un Catalogue des Ouvrages des Auteurs de certains cantons, ou de certaines Villes, ne parlent des Auteurs même que d'une maniere vague & générale, & négligent entierement les dates. Il n'a pas cru cependant qu'il dût imiter la prolixité des Anglois qui dans les vies de leurs Sçavans entrent dans un si grand détail, & font de si longues analyses de leurs Ouvrages, que chaque vie forme souvent plus d'un juste volume. Le Pere

NICERON a gardé un juste milieu. Il a donné à la vie de chaque Auteur assez d'étenduë pour le faire suffisamment connoître, & pour donner quelques idées de ses Ouvrages. Il a rassemblé avec beaucoup de peines & de soins, tout ce qu'il a pû trouver dans un grand nombre d'Auteurs, en y joignant tout ce qu'il en sçavoit par lui-même. Les Journaux & les Bibliotheques lui ont fourni une partie des matériaux qu'il a employés, son commerce avec les Sçavans & la vûë des Ouvrages mêmes dont il vouloit parler, lui ont fourni le reste. Cet Ouvrage a été bien reçu chez toutes les Nations, parce que chacune y a trouvé les viés de ceux qui lui ont fait honneur par leurs lumieres & par leurs travaux, & que l'impartialité & le discernement en caracterisent chaque article. A l'égard du style, il est simple, tel qu'il convient à ces sortes d'Ouvrages, mais il est clair, pur & exact.

Quelques éloges que je donne à cet Ouvrage, & qu'on ne peut lui refuser en effet, on convient qu'il n'est pas sans fautes. Le P. NICERON ne

JEAN-PIERRE NICERON.

JEAN-
PIERRE
NICERON.

comptoit point qu'il ne pût s'y trouver quelques inéxactitudes. Malgré
ses recherches & son attention, il n'a
pû tout voir, & il a pû se tromper. Mais
ce qui fait encore son Eloge, c'est
qu'il s'est corrigé dès qu'on lui a fait
appercevoir quelque erreur, qu'il s'est
toujours fait un devoir de reconnoître ses fautes & de les reparer : & l'on
sçait que l'on ne pouvoit l'obliger
d'une maniere plus sensible que de
lui communiquer les remarques que
l'on avoit faites sur son livre,
pourvû qu'il pût compter sur les lumieres & le discernement de ceux qui
les lui donnoient. On en a des preuves certaines dans son 10e. volume
en deux parties & dans le 20e. & il
en auroit donné de nouvelles s'il eût
pû terminer lui-même son Ouvrage.
Sa modestie l'empêcha d'y mettre son
nom, mais il ne faisoit pas difficulté
de s'en avoüer l'Auteur, & il con-
sentit enfin qu'on le nommât à la tête
du 30e. vol. ce qui a été observé dans
ceux qui ont suivi.

Quoique la composition de ses Mémoires consommât la plus grande partie de son tems, il sçut encore en

trouver dans fon attention à le mé- JEAN-
nager, & dans fon application infa- PIERRE
tigable, pour donner quelques autres NICERON.
Ouvrages au Public. Il traduifit de
l'Anglois & publia à Paris en 1729.
*in-*8°. chez Briaffon, *la Converfion de
l'Angleterre au Chriftianifme, comparée
avec fa prétenduë Réformation* : Ouvrage partagé en cinq Dialogues, compofé par un Catholique Anglois qui
joint à beaucoup de lumieres & de
zéle, la folidité du raifonnement &
la force & l'abondance des preuves.
La traduction du P. NICERON a
été fort bien reçuë, & elle eft digne
de l'accueil qu'on lui a fait.

M. Nogués, Docteur en Médecine,
ayant entrepris de traduire de l'Anglois en François *la Geographie Phyfique, ou Effai fur l'Hiftoire Naturelle de
la Terre, par M. Wodward*, le Pere NI-
CERON y joignit la traduction de quelques autres écrits du même Auteur Anglois, fçavoir, *la Réponfe aux obfervations de M. le Docteur Camerarius ;
plufieurs Lettres écrites fur la même
matiere, & la diftribution méthodique
des Foffiles.* Le tout parut *in-*4°. en
1735. à Paris chez Briaffon.

JEAN-
PIERRE
NICERON.

Les travaux de celui que nous regrettons, ne se font point encore bornés aux Ouvrages dont on vient de parler. Depuis plusieurs années, il avoit conçu le dessein de donner une Bibliotheque Françoise, c'est-à-dire, les vies de tous les Auteurs qui ont écrit en François, avec un catalogue raisonné de leurs Ouvrages. Comme il avoit amassé sur cette matiere un assez grand nombre de matériaux en travaillant à ses *Mémoires*, il s'étoit mis en état de commencer cet Ouvrage quelque tems avant sa mort, & comptoit que s'il vivoit encore dix ans, le Public auroit pû joüir entierement de son travail. Il esperoit le lui communiquer par parties, & l'on n'auroit pas attendu long-temps à en voir quelques-unes : mais Dieu en a disposé autrement.

Le premier Juillet 1738. le Pere NICERON sentit vers la mâchoire quelque légere douleur qu'il voulut se déguiser à lui-même, craignant qu'en l'écoutant, il ne fît tort à ses études ; la douleur devint plus vive deux jours après, la partie affligée s'enfla : ses Confreres & ses amis en

craignirent les fuites. On l'obligea de JEAN-
recourir aux remedes, il s'y foumit : PIERRE
mais ce qui ne paroiffoit d'abord qu'u- NICERON.
ne légere incommodité devint rapi-
dement une maladie férieufe qui ré-
fifta à tous les remedes. Le Pere
NICERON ne fut pas le dernier à
le fentir, & il fe prépara à offrir au
Seigneur le facrifice de fa vie. Il reçut
les Sacremens de l'Eglife avec les
fentimens d'une foi vive & animée,
en préfence de fes Confreres attendris
& pénétrés de la plus vive douleur
de la perte qu'ils alloient faire. Il
mourut le Mardi 8e. de Juillet fur le
midi, âgé de 53. ans, 3. mois & 28.
jours : ayant beaucoup vêcu fi l'on
fait attention à l'emploi utile qu'il
avoit fait de fon tems ; & trop peu fi
l'on regarde fon âge & ce que l'on devoit attendre de fes travaux, s'il eût
plû au Ciel de prolonger fes jours.

Le P. NICERON étoit d'une taille
au-deffus de la médiocre. Ses yeux
annonçoient un efprit vif, & un génie
pénétrant. Sous un exterieur fimple
& négligé, on trouvoit un homme
doux, poli, civil ; mais fans affectation & fans fauffe complaifance. Gai

JEAN- sans la plus légere ombre de dissipa-
PIERRE tion, il étoit sérieux quand il devoit
NICERON. l'être, & il l'étoit toujours sans tris-
tesse. Il parloit peu, mais bien, &
toujours à propos. Quand la conver-
sation étoit animée, il sçavoit y donner de nouveaux agrémens par de certaines saillies pleines d'esprit, toujours d'autant mieux reçuës qu'elles
n'étoient jamais ni étudiées, ni affec-
tées. Quoiqu'il eût l'oüie un peu dur,
il ne répondoit jamais le contraire de
ce qu'il falloit répondre, parce qu'il
écoutoit avec tranquillité, & qu'il
sçavoit étudier ses réponses jusques
dans les yeux & dans le maintien de
ceux avec qui il se trouvoit. Quoiqu'il préferât les conversations des Gens
de lettres où il pouvoit s'instruire,
à celles qui ne l'interessoient point, il
n'avoit jamais dans celles-ci un air
emprunté, & dans les premieres il
cherchoit plus à faire briller l'érudition des autres, qu'à montrer celle
qu'il pouvoit avoir : avec les jeunes
gens, sur-tout, il s'étudioit à leur donner de l'esprit, & en général il sçavoit se proportionner avec tous ceux
avec lesquels il conversoit.

Si ſon ardent amour pour l'étude JEAN-
faiſoit qu'il s'y trouvoit toujours bien, PIERRE
la prudence guidoit ſon travail, & il NICERON.
prévenoit l'épuiſement & le dégoût
par des délaſſemens utiles après leſ-
quels il ſe remettoit à l'étude avec
plus d'activité & de meilleures diſpoſitions. Ami ſincére il ſe plaiſoit à
rendre ſervice à tout le monde. Il ſuf-
fiſoit que l'on eût beſoin de lui, pour
qu'il s'employât avec affection à ce
que l'on déſiroit ; & ſa compaſſion
ſur-tout pour les malheureux ne lui
permettoit pas de donner des bornes à
ſon zéle. Cependant quoique ſes ſer-
vices fuſſent toujours déſintereſſés, il
avoit l'ingratitude en horreur, plus
encore quand les autres en étoient
l'objet, que lorſqu'elle ne regardoit
que lui. Car alors, s'il n'y étoit pas
inſenſible, au moins étoit il aſſez
réſervé pour ne s'en point plaindre.
Il paroiſſoit ſi indifferent pour tout
ce qu'on appelle grandeurs humaines,
que quoiqu'il ait vû ſa famille illuſ-
trée par des alliances honorables, par
des Charges & des emplois de diſtinc-
tion, on ne lui en a preſque jamais entendu parler, & il n'a jamais été des

JEAN-
PIERRE
NICERON.

premiers à en féliciter ceux qui a-
voient acquis ces honneurs & ces dif-
tinctions. Quand on lui en parloit,
où il cherchoit adroitement à détourner le difcours, ou quand il étoit for-
cé de répondre, c'étoit toujours avec
une modeftie, qui fans avoir rien d'affecté, laiffoit cependant entrevoir
qu'on ne lui faifoit pas plaifir de l'entretenir de ces fortes de chofes. On
fçait que c'eft plus encore par complaifance, que parce que l'objet de fes
Mémoires le demandoit, qu'il a donné une place dans cet Ouvrage au Sçavant Pere *Jean - François Niceron*,
Minime, un des plus habiles Mathématiciens du dernier fiécle ; & il n'en
a dit que ce que le Public lui auroit
reproché de n'avoir point dit.

Catalogue de fes Ouvrages.

I. *Le Grand Febrifuge, ou Difcours
où l'on fait voir que l'eau commune eft
le meilleur remede pour les fiévres &
vrai femblablement pour la pefte.* Traduit de l'Anglois du fieur Jean Hanc-
kock, Curé ou Miniftre de l'Eglife de
Sainte Marguerite à Londres. *in*- 1 2. Ce
petit Traité parut avec quelques autres piéces relatives à cette matiere en

1724. & eut un ſuccès ſi avantageux JEAN-
que le Libraire a été obligé de le réim-PIERRE
primer deux fois ; la derniere édition NICERON.
eſt de 1730. en 2. vol. *in-douze*, ſous
le titre de *Traité de l'Eau Commune*,
chez Cavelier.

2. *Les Voyages de Jean Ouving-
ton à Surate, & en divers autres lieux
de l'Aſie & de l'Afrique, avec l'Hiſtoire de la Révolution arrivée dans le
Royaume de Golconde, & quelques
obſervations ſur les vers à Soye*, 2. vol.
in-douze. A Paris, chez Ganeau &
Cavelier en 1725.

3. *Mémoires pour ſervir à l'Hiſtoire
des Hommes Illuſtres dans la République des Lettres, avec un Catalogue rai-
ſoné de leurs Ouvrages. in-*12. A Paris,
chez Briaſſon : le premier volume en
1727. & les autres ſucceſſivement,
juſqu'au 39. qui a paru en 1738. Les
3. 1ers. vol. ont été réimprimés en 1729.
& le 4e. en 1737. ſous la date de la
premiere édition faite en 1728. le 40e.
vol. a paru depuis ſa mort en 1739. &
la ſuite paroîtra ſucceſſivement.

4. *La Converſion de l'Angleterre au
Chriſtianiſme comparée avec ſa prétenduë Réformation ; Ouvrage tra-*

JEAN-
PIERRE
NICERON.

duit de l'*Anglois*, *in-*8°. à Paris, chez Briasson, 1729.

5. *Géographie Physique*, *ou Histoire Naturelle de la Terre*, traduit de l'*Anglois* de M. *Wodward*, par *Nogués Docteur en Médecine*. Avec la *Réponse aux Objections de* M. le Docteur *Camerarius* ; plusieurs lettres écrites sur la même matiere, & la distribution méthodique des *Fossiles*, traduits de l'*Anglois*, par le Pere NICÉRON. A Paris chez Briasson, *in-*40. 1735.

Outre les Livres ci-dessus, le Pere NICERON a laissé plusieurs Manuscrits.

6. *Une Table de tous les Journaux en plusieurs volumes in* 4°. qu'il avoit fait pour son usage.

7. *Des Mélanges litteraires en* 2. gros vol. *in-*40.

8. *Bibliotheque Volante*, un gros vol. *in-*4°.

9. *La Bibliotheque Françoise* dont il avoit fini les Lettres, A. B. C.

10. *Plusieurs autres Tables litteraires* à son usage.

11. *Quelques Sermons.*

Fin du quarantiéme Volume.

TABLE

Des Auteurs contenus dans ce Volume,
selon l'ordre des matieres qu'ils ont
traitées dans leurs Ouvrages.

TABLE

DES MATIERES.

TABLE

J.

Tome XL.   L

TABLE DES MATIERES.

Fin de la Table des Matiéres.

APPROBATION.

J'AY lû par ordre de Monseigneur le Garde des Sceaux le 40e. Volume des Memoires pour servir à l'Histoire des Hommes Illustres dans la République des Lettres, & j'ai cru que l'on en pouvoit permettre l'impression. A Paris ce 9. May 1738; HARDION.

TABLE

NECROLOGIQUE

des Auteurs contenus dans ce Volume.

L ij

TABLE NECROLOGIQUE.

Jacob (Louis) m. le 10. May 1670.

Olearius (Adam) m. l'an 1671.

Sauffay (André du) m. le 9. Septembre 1675.

Barovv (Ifaac) m. le 4. May 1677.

Billy (Jacques de) m. le 14. Janvier 1679.

Garnier (Jean) m. le 26. Octobre 1681.

Fremellius (Emanuel) m. le 9. Octobre 1681.

*Nigrifoli (Jerôme) m. l'an 1689.

Chaumont (Paul-Philippe de) m. le 4. May 1697.

Dargonne (Noel) m. le 28. Janvier 1704.

Nigrifoli (François-Marie) m. le 10. Decembre 1727.

Chenu (Jean) m. le 16. Decembre 1727.

Woolfton (Thomas) m. le 27. Janvier 1733.

Le Clerc (Jean) m. le 8. Janvier 1736.

Fabricius (Jean-Albert) m. le 30. Avril 1736.

Le Clerc (Laurent-Joffe) m. le 6. Mars 1736.

Gibert (Jean-Pierre) m. le 2. Decembre 1736.

NICERON (Jean - Pierre) m. le 8. Juillet 1738.

Fin de la Table Necrologique.